村に嫁いでみました。

黒枝りぃ

幻冬舎ルチル文庫

CONTENTS

✦目次✦

秘密の村に嫁いでみました。

✦カバーデザイン＝久保宏夏（omochi design）
✦ブックデザイン＝まるか工房

イラスト・駒城ミチヲ✦

秘密の村に嫁いでみました。

踏みしめる石造りの階段は古く、ひび割れ、いたるところから雑草が生えていた。

生い茂る木々の陰影が、濃い闇《やみ》と折り重なるようにしてそびえる山の真ん中を、その細い階段はどこまでも頂上に向かい伸びている。

目の前にある色彩は、空の黒、山の黒、そして、二つの黒を貫くような階段の灰色のみ。

およそ、生あるものの気配を感じることのできない色にまみれた風景の中、びょうびょうと風の音だけがかしましく、枝葉をしならせ不協和音を生んでいた。

「くっそ、最悪だ。気持ち悪い……なんでこんな山の真ん中にひびだらけの石段なんか作るんだ。まったく、田舎ってところは無駄が多すぎてやってられん」

孤独感をまぎらわせようと一人ごちたが、その声はやけに大きく響き、誰かがすぐ傍《そば》で耳を澄ましているような焦燥感に駆られる。

気のせいだとわかっているのに、果てのないひびまみれの階段と、朽ち果てたような暗い山の陰影だけの世界に取り残されたような心地は、日野鬼《ひのき》の中から不安や恐怖を引きずりだす。

「怖くなんかない。不気味すぎて腹立たしいだけだ。なんで田舎はこんなに真っ暗なんだ」

山と山を越え、谷を巡り、再び山に辿《たど》りつく。

刻一刻と現実世界から切り離されていくような道程を経て、日野鬼はここまでやってきた。

愛車のガソリンを満タンにして出発したのが今日の朝のこと。

しかし、こうして闇と同化したような山あいにつく頃には、何日も時間が過ぎ去っていったような錯覚に陥っている。

どんな険しい道に遭遇しても乗り越えてきた愛車はすっかり傷まみれ。せめて目的地までは乗っていきたかったが、この石段を前にしてはそれも叶《かな》わず、山のすそ野にあった空き地に駐車してきた。

人間はおろか、動物も虫も存在しないかのような暗闇の中、日野鬼の心のよりどころは、両脇にぽつんぽつんと立つ街灯だけだった。それも、赤錆《あかさ》びだらけの古い街灯で、あたりの景色を照らし出すほどの役には立っていない。三つに一つは電球が切れており、五つに二つは、寿命を知らせるように不気味な明滅を続けるばかりだ。

その下で足を止め、日野鬼はもう何度目になるかわからないが、ポケットからメモ書きを取り出しじっと見つめた。ここにいたるまでの手書きの地図には、山に入るために階段がある程度のことしか書かれていない。

脇に「今年のマルベリーは甘い」と、すこぶるどうでもいい情報を書き込むくらいなら、この階段が日本有数のホラー施設であることも明記しておいてほしかった。

ふいに地図の絵がひとりでに揺れた。

喉元《のどもと》までせりあがった悲鳴のような声を飲み込み、日野鬼は顔をあげる。

蛾《が》が街灯の周りを舞っているせいで、その陰が視界を揺らしたようだ。

街灯を舞う蛾は大きかった。生まれてこの方見て来た蛾は、気持ち悪くてもせいぜい五百円玉程度の大きさだが、頭上を舞う蛾は掌《てのひら》ほどはある。

そこにいてくれ、こっちに向かってくるなよ。

そう切に願う日野鬼の面貌《めんぼう》は、揺らめく灯《あか》りの下白く浮かびあがっていた。

口では悪態をつくものの、その表情にはかけらも余裕が見当たらない。

ほっそりとした輪郭と秀でた額。ともすれば頼りなく見えかねない骨格は、しかし鋭い目元ときゅっと引き結ばれた口元のおかげで頼りがいのある男の顔となっている。

くっと目を細めて笑うと、よく狐《きつね》のようだと言われた。美しいがしたたかで油断ならないともっぱらの評判だったが、本当に狐ならば、この山道ももっと楽な道のりになったに違いない。

緩やかに撫《な》でつけるようにセットした髪といい、きっちり締めたネクタイといい、山歩きには似合わぬ姿の日野鬼の体は、これまた暗がりの風景には似合わぬ仕立てのよいスーツに包まれている。

山村にふさわしい格好をしようかと思ったのだが、長年一途《いちず》に仕事に打ち込んできたせいか、もはやこの格好が戦闘服のようなもの。いざ敵地に向かうとなったとき、ポロシャツとジーンズではどうにも落ち着かなかったのだ。

いったい、この長く続く石段を何段踏みしめてきただろうか。

だが、日野鬼はなるべく山の頂を見ないようにしていた。

顔をあげれば、表現しがたいおぞましい光景がそこには広がっているからだ。

ただでさえ暗く、鬱蒼《うっそう》とした夜の山を不穏に見せているのは、街灯より広い間隔で立てられた鳥居の存在だった。

この階段に足を踏み入れてから、これでいくつの鳥居をくぐってきただろう。闇に紛れて色合いはわからなかったが、どの鳥居も朽ちたように木がささくれ、触れれば倒れてしまうような不安定さがあった。

そしてその鳥居の頂上に、歪《いびつ》な影。

脳の奥底で警鐘は鳴っていた。見ないほうがいい、と。

しかし、惹《ひ》きつけられるようにして日野鬼はその影を目を凝らして見つめてしまった。

明滅する街灯に、ときおり鈍く反射しているのは釘か。

じりじりと、暗がりに慣れた日野鬼の目が認識したのは、鳥居の上部に釘で打ちつけられた鳥の姿だった。

一番最初に見た鳥居で、それに気づいたとき、日野鬼は我知らず悲鳴をあげていた。かすれた悲鳴は夜闇にこだまし、しかし自分の悲鳴に羞恥《しゅうち》を覚える余裕がないほどに、恐怖に竦《すく》んだ心臓はいつまでも跳ねまわるばかりだ。

この不気味な鳥居に最初に気づいたときに、帰っておけばよかった。

風が吹く。あたりに満ちる音の正体が、木々のなびく音であるとか、枝のしなる音であるとか、枯葉がうずまく音であるとか、そう思うのはただの想像にすぎない。

もしかしたら、もっと違う、何か別の音かもしれない。

そんなふうに思ったのは、すぐ背後で聞こえた砂利の音のせいだった。

ちょうど、芋虫《いもむし》のオブジェのような不気味な石杭を過ぎたあたりから聞こえはじめた異質な音。

何かに似ている。

……まさに、自分が今石段を踏みしめる、その足音にそっくりではないか？

「ま、まあまだ九時前だし……人の一人や二人」

心臓が締めつけられるような不安。ぐっと、腰のあたりにまとわりつく悪寒。

そういったものを振り払おうとばかりに一人ごちると、日野鬼はそっと背後を見た。

しかし、眼下に広がるのは、今まさに踏みしめてきた石段だけ。

本当にこの道を引き返せば、車を停めた場所に戻ることができるのだろうか。

あれもこれも錯覚。暗闇に不安になって、ネガティブになっているだけだ。

そう自分に言い聞かせ、日野鬼は再び頂上に向けて足を踏み出した。

砂利を踏む音が、また規則正しくあたりに響きはじめる。

「石段と鳥居がなんだってんだ。人を威嚇してびびらせようとするなんて、まさに光屋《みつや》の故郷にふさわしい嫌らしい田舎だな。こうなったら何がなんでもあいつの弱みを見つけてやる」

ぶつぶつ口の中で繰り返すだけだった愚痴は、次第に音量があがる。

もういっそ、大声でわめきながら歩こうか。そんな気さえ浮かんだのはほかでもない、また、背後で何かを踏みしめる音がしたからだ。

猫だ、犬だ、狐だ狸《たぬき》だ。懸命に平和な可能性をひねり出す日野鬼の足音と、誰かの足音が被《かぶ》る。

いつの間にか、風の音が止んでいた。

いや、静寂に満ちた空間に、人の気配が増えたのだ。自分だけではない空間になったとたん、山がそっぽを向いたようにささやきを潜めた。

じゃり、じゃり、じゃりじゃり。

小石まみれの石段を踏みしめる、耳障りな音。

この石段を登り切った向こう側には、古い集落があるらしい。

時刻は夜の九時前。この先には居住区があるのだから、背後の気配はこのあたりの住人だ。間違いない。

そんな理屈を何度も胸のうちで繰り返し、日野鬼は観念して石段の途中で足を止めた。

立ち止まった日野鬼の耳に、数歩、石段を登る誰かの足音が届き、そしてその足音の主もまた立ち止まった。

こんばんは。そう無難にあいさつすればすむ話だ。それなのに、日野鬼はなかなか振り返ることができなかった。腰が震え、油断すれば今にも地面に膝《ひざ》をついてしまいそう。

震える膝を叱咤《しった》して日野鬼はいつの間にかどっと冷たい汗が噴き出しはじめた体をよじった。

背後。視界の端に白い影が見え、心臓に鳥肌でも立ったような冷たい衝撃を覚える。

それでも根性で首を背後に回すと、その影の正体が日野鬼の瞳《ひとみ》に映り込んだ。

暗闇と灰色に照らし出された階段と鳥居。それらをバックにした白い影は、人の形をしていた。

ずぶ濡《ぬ》れの白い着物に包まれた体が、ゆらりとかしぐ。黒い髪に覆われた白い面貌は、蛾の群がる街灯の光に揺らめき、まだら模様に見える。

白い体に白い着物。濡れそぼつそれらの上に、ぽんと乗った頭。その口元がふいに裂けたように上下に開き、真っ赤な口の中が見えた。

「っ……」

後ずさった日野鬼のかかとが、上に続く階段の段差に当たる。

よろめいた体を、震える膝は支えてくれそうにない。

白い影が、信じられない言葉を発した。

「日野鬼さん……」

初めて来た場所で、見慣れぬ生き物にふいに自分の名前を呼ばれる。それを恐怖と呼ぶには物足りないほどの衝撃の中、日野鬼は何か言おうとして、しかしそれも叶わずえずくように喉を鳴らした。

白い影が、かすれた声とともに、濡れた袖《そで》のまとわりつく腕をあげた。無骨な指と、ふやけた白い爪《つめ》が近づいてくるのが見え、そしてそれは暗闇に消えていった。

「うわあああああ！」

暗闇の遠くで自分の悲鳴が聞こえた気がしたが、背骨が溶けたように体の力が抜けてしまった日野鬼の意識はもはや、現実世界にとどまることなく山の闇に引きずり込まれていったのだった。


手放した意識の奥深くから、気に食わない声が聞こえてくる。

さっき、自分の名を呼んだ声によく似た、低く澄んだ男の声だ。

『可哀相に、泣いてたぞ彼女。同僚に威張り散らして、上司に媚《こび》売って、あげくのはてに婚約者がいる上司と不倫までするなんて、出世頭とは思えぬ醜聞のオンパレードだな日野鬼』

あれは一か月ほど前、入社五年目を迎え愛着の湧いたオフィスの一つで光屋陽斗《はると》が言い放った言葉だった。

鏡張りの高層ビルのワンフロアはすりガラスのパーティションで区切られ、誰もが自信に満ちた顔をして仕事についている。足元まで広がる窓ガラスの壁面からは東京を一望でき、日野鬼はそのパノラマを眺めながら上司の永江《ながえ》と仕事をするのが何より好きな時間だった。美しい田園風景にはまったくなんの用事もない。このまま、灰色のビルが並びアスファルトの熱気がこもる都会の中でずっと好きな仕事をして生きていたかった。

だが、いつも通りであるはずの日常は、突然あっけなく崩れ去るものだ。

あの日、日野鬼は誰も使っていないオフィスの一室で、片頬《かたほお》を押さえてうつむいていた。ついさっき、社内でも人気の受付嬢の平手打ちを食らったばかりだ。「あんたなんて最低！」と言う悲鳴とともに、泣き出しそうになった彼女は逃げるように走り去ってしまった。

その、受付嬢が自分を殴った理由を、日野鬼はほんの数分前に知らされた。

日野鬼が男同士でこっそりつきあっていた職場の上司、永江には婚約者がいたのだ。つい先週末の夜だって、いきつけのゲイバーのママに「気ままな独身貴族だよ」なんて言っていたくせに。

今日は朝から散々な日だった。日野鬼にとっても、そしてきっと永江の婚約者らしい、さっきの受付嬢にとっても。

出社してすぐに管理部に呼び出された日野鬼を待っていたのは、永江が常習的に不正行為を行っていたことに関する聞き取り調査だった。日野鬼の勤める会社は中小から大企業まで、経営戦略や外部監査関係を請け負うコンサルティング会社で、各分野の専門知識を持つ人材が集まっている。

入社当初は苦労したが、地道に経験を積んだ日野鬼は、入社五年目にしてようやく具体的な業務にも関わることができるようになり、毎日充実していた。

同期の中では出世頭。子供の頃から競争と、それに伴う一番というポジションを愛して生きてきた日野鬼は、どちらかと言えば高慢な性格の持ち主だが、それを補って余りある努力の積み重ねや気遣いのできる洞察力を兼ね備えている。

華やかな生活とやりがいのある仕事。そしてついには今年、恋人までできた日野鬼はそれこそ毎日が春爛漫《はるらんまん》だったのだ。

経験豊富で穏やかな大人の男だった永江。彼の仕事ぶりに憧《あこが》れ、プライベートでは甘え、二人きりのときは飽きるほどキスをした。

そのキスが、なぜ写真に撮られて会社の管理部の幹部連中の手元にあったのか……。

永江の仕事に不正行為があったことも初耳なら、二人の関係がこんな形でばれたのも寝耳に水で、日野鬼は丸一日管理部に拘束されても、ろくな返事ができなかった。

経済状況や雇用関係の法律が日々変わり続ける中、常に顧客の最新情報を押さえている経営コンサルタントは、ささいなアドバイスも時には法に触れることもある危険と隣りあわせ。

そんな中、永江は常習的に顧客の経営情報を他社に流しているという訴えがあった。

永江はそんなことをする男ではない。と、日野鬼は力強く主張したが、社員の反応は冷淡だった。

まあ、プライベートじゃ抱きあってキスする相手のことは庇《かば》いたくなるだろうね。君でも恋は盲目か。うちは同性愛も社内恋愛も寛容なほうだけど、婚約者持ちはちょっとね。

心ない言葉の波状攻撃は、もちろん永江の不正の証言を引き出すための揺さぶりだとわかってはいるが、しかしどれもこれも、冷たい刃《やいば》となって日野鬼の心に突き刺さっている。

そして、今日初めて存在を知った、愛する男の婚約者からの平手打ち。

フロアに戻ると社内では誰もが日野鬼と永江の噂をしていた。不正の噂から……プライベートの関係の噂まで。

今まで馬鹿にしていた連中の勝ち誇った顔を見ていられず、日野鬼はこうして逃げるように無人の部屋に駆け込んだのだった。

上層部はまだ自分を疑っているだろう。今まで築きあげてきた成績はゼロに戻る……くらいですむかどうか。仲の良かった同僚や世話になった先輩は今まで通りの関係を続けてくれるだろうか。さっきの婚約者は今後どうするのだろう。そもそも永江は本当に……。

いくつもの疑念や不安が浮かんでは消え、また浮かぶ。

そんな日野鬼の元に、光屋陽斗はわざわざ嫌味を言いにやってきたのだ。

日野鬼は嫌いな生き物が三種類いる。仕事をしない人間と、仕事ができない人間と、そして、仕事はできるけれども光屋陽斗。

なんの因果か、大学も就職先も同じ。入社式では同じブランドのスーツで鉢合わせ、ディベートになればまったく同じ持論を展開し、共に社内での評価は若手の中でも上々。

仲良くすればこれほど心強い相手もいないのだろうが、いかんせん日野鬼も陽斗も、勝気で上昇志向が強いという性格まで一緒で、手を取りあえたことは一度もない。

そんな陽斗こそが、永江を告発した張本人だった。

『上機嫌だな光屋。上層部に、同僚の同性愛キス写真送りつけるのがそんなに楽しいだなんて、さすが田舎もんは娯楽の趣味が悪いな』

陽斗に、田舎もん、は禁句だ。

そうとわかっていながらの挑発に、陽斗は簡単に笑みを消し去った。

『隠したい関係なら、ゲイバーみたいな人目のあるところでキスなんかするなよ。まるで俺のせいでクビになるみたいな顔してるけど、もとはと言えば永江さんが悪いんだからな』

『ふん、永江さんは立派な人だ。誰より顧客を大事にしている。お前の告発なんか、嘘八百に決まってるさ』

それに、俺はクビじゃない、無罪放免だ。と、無理やり笑みを浮かべて言ってみせると、こちらの弱気など見透かした様子でわざとらしく陽斗は肩を竦めた。

『お前は往生際が悪いな。ああ、そうか、プライドの高いお前じゃ、今さら就職先のグレードを落としたくないもんな。仲間から白い目で見られて受付嬢泣かせたままでも、この会社にしがみつくしかないのか』

怒りに顔色を失った日野鬼を前に、今年は不調で成績が芳しくなかった陽斗も鬱憤が溜《た》まっているのか、その嘲笑《ちょうしょう》は意地の悪いものになっていく。

『ま、俺も永江さんに不満があっただけで、お前まで巻き添えにするつもりはなかったんだ。俺のせいで生き場がないなら申しわけないし、就職先の世話してやってもいいんだぞ？』

『ふん、お前みたいな田舎もんに何の世話ができるんだ。山道で野菜を無人販売している料金箱の見張りの仕事でも紹介してくれるのか？』

今度は陽斗の顔色が変わるが、日野鬼の心は晴れなかった。

未だ、会社からの電話にも出ず家にもいないという永江の身の潔白が証明されるまで、日野鬼が窮地に立たされ続けることに変わりはないのだから。

そんな日野鬼の不安を煽《あお》るように、侮辱に震える陽斗が言い放った。

『うちに、嫁の来てのない弟がいるんだが、お前がゲイなら丁度いい、あいつのとこに嫁入りしたらどうだ』

『……なんだと、お前』

『お前が馬鹿にしてやまない俺の田舎は嫁不足に悩んでるから、新しい嫁が来たらさぞやみんなにちやほやしてもらえるぞ。好きだろお前、ちやほやされるの』

かっと怒りが胸の中で花開くが、今にも殴ってしまいそうな手を懸命に押しとどめる。

そんな日野鬼の様子を、陽斗は憎々しげに見つめていた。

『怒るなよ。俺は親切心で言ってるんだぞ？　永江みたいな屑《くず》とつきあって浮かれるわ、目の前で不正な仕事があっても見逃すわ、目が曇ってるにもほどがある。田舎の綺麗《きれい》な空気と、まともな男とのつきあいで、少しは心の掃除をするんだな』

そもそも、陽斗の暴言は気に入らないが、本当に永江が不正行為をしていたのならば陽斗の告発は正しい。そして、自分は目が曇っていたことになる。

だが、悪質な嫌味を前に、日野鬼は目の前の男がすべての悪の根源のように思えてきた。

『光屋、お前……独身男がプライベートでキスしてた、ただそれだけの写真を職場に提出したことを、悪いとはひとかけらも思ってないんだな？』

震える声でそう問うと、一瞬の間があった。

そして、陽斗は嘲りも動揺も飲み込んだような真剣な顔をして答えた。

『ああ、思ってない』

がぜん、日野鬼の怒りは、これまで縁のなかった復讐心に火をつけた。

なんとしてでもこいつにぎゃふんと言わせてやる。そんな醜いほどの復讐心に背中を押され、日野鬼は「弟のところに嫁入りしたらどうだ」というあの嫌味を叶えるべく、大嫌いなド田舎へ足を踏み入れる決心をしたのだ。

もうあれから一か月も経《た》つのか。懐かしい記憶の波間に漂いながら日野鬼はうめいた。

せめて寝ているときくらい陽斗の顔なんて見たくないのに、無意識の見せる映像は残酷だ。

日野鬼さん。と、どこかで自分を呼ぶ声がする。

陽斗の声だ。古い映像が消えてくれたと思ったら、声だけはしつこく脳裏を駆け巡っている。

しかし、再び名を呼ばれるうちに、日野鬼の意識は覚醒《かくせい》した。

はて、今まで何をしていたのだったか。たしか、長く続く薄気味悪い階段で何か不気味な呟《つぶや》きを聞いたあとから記憶がない。今、自分はどこかに横たわり、その肩を誰かが支えてくれているようだ。

ゆっくりと目を開くと、間近に男の顔があった。

漆黒の髪に白い肌の映える端正な顔立ち。鼻梁《びりょう》もこめかみも柔らかな稜線《りょうせん》でできた面貌は、そのくせ中性的かと言われればむしろ男性的だ。夜の海のような黒々とした、鋭い瞳の輝きのせいだろうか、それとも墨で描いたような意思の強そうなラインの眉《まゆ》のせいだろうか。

純和風の面差しを、かつて日野鬼が愛した上司は「なんていうか、品があるよね。黙ってさえいれば」と評していた。その口調がどこかうっとりしているように思えて、あれ以来日野鬼は、陽斗の顔立ちさえ気に食わなかったのだ。

その、気に食わない男の顔が、らしくもなく心配げに眉を顰《ひそ》め、こちらを覗《のぞ》きこんでいる。

その表情がいかにも誠実そうで、咄嗟《とっさ》に日野鬼は拳《こぶし》を握りしめ、殴り掛かっていた。

「光屋お前、そんな顔するくらいなら、あんなくだらないことを言うな馬鹿野郎！」

振りかぶった拳は、しかし陽斗の大きな手にやすやすと受け止められてしまった。

大きな手だ。節くれだって、マメでもできているのか、皮膚が硬くなった手に柔らかく受け止められた自分の拳が、ひどく情けないものに見えてしまう。

「一発くらい殴られろよ！　止めるなんて生意気だぞ光屋！」

「弱ったな……殴ったりしたら、あなたが手を怪我《けが》するぞ？」

「馬鹿にしてるのか！」

飲み会の腕相撲大会は俺の連勝だっただろ、と言いかけて日野鬼はふと違和感を覚えて口を閉ざした。拳をやんわりと包む、陽斗の節くれだった手が見知らぬ生き物のように思えて、慌ててその手をふりほどき、日野鬼はあたりを見回す。

周囲は黒く繁る木々がこちらを見下ろしており、相変わらず山の影に囲まれた夜の景色がどこまでも広がっていた。

そして、目の前には白い着物の男。

なぜかずぶ濡れの体をそのままに、日野鬼に振りほどかれた手を、もう片方の手で握りながらきょとんとしている。その姿は、やはり陽斗だ。

「お前、俺に嫌がらせするためにここまでするか？　あんな驚かせ方して、階段から落ちていたらどうしてくれたんだ！」

「す、すまん。まさかあんなに驚くと思わずに……」

「だいたいなんだ！　お前のくだらない話に乗ってこんなところまで来てやったのに、あのクソ長い不気味な階段は！」

「大丈夫大丈夫。あの階段のおかげで村まで迷うことないし、けっこう便利だぞ」

「便利なものに、朽ちた鳥居だの死んだ生き物が付属しててたまるか！　お前は性格どころか故郷まで恐ろしいやつだなまったく……」

　鳥居の階段を思い出し、寒気がして日野鬼は自分を抱くようにして両腕をさすった。落ち着かなくて背後に視線をやると、鳥居の暗い影が見えている。どうやら、ここはあの階段を登りきったところのようだ。

　しかし、いったい自分はいつの間に、残る長い道のりを越えてきたのだろう……。

　そういえば陽斗の態度がおかしい。らしくもなく呑気《のんき》だし、何より妙なことといえば、抱きしめた自分の体もやたら湿っぽく冷たい。

　本当に自分は陽斗に文句を言っているのだろうか。

　……本当に目の前の男は陽斗なのだろうか。

　その自覚とともに、突然遠くから不気味な音が聞こえてきた。

　おおおお。おおおおおおおおお。

　風の音、とはとても言えない人の声。不気味に響くその音はとても遠いところにあるようだが、木々に跳ね返りながらすぐ間近にせまっているようなおぞましさがある。

「な、なあ……」

陽斗の声がして、日野鬼は青い顔をあげた。

やはり目の前の男は陽斗だ。だが、そう思いたいだけかもしれない……。

「日野鬼さん、だよな？　ハル……兄の同僚の……」

「そうに決まってるだろ、何を今さら……んっ、兄？」

まだ恐ろしげな声はどこからともなく響き渡り、月のない空は今にも落ちてきそうだ。

その闇の中に、ぽつんと浮かぶ陽斗の顔が、一瞬にして景色に似合わぬ笑みを浮かべた。

「ほ、ほんとに日野鬼さんなんだ！　すごい、本物だ！」

鬱蒼とした空気がかき消えてしまいそうなはしゃいだ声。膝をついたままにじりよってきた陽斗の無邪気な笑顔が、いっそ闇よりも怖くて日野鬼は後ずさった。

「な、なんだなんだっ！」

「日野鬼さん、握手してもらってもいいか？　あ、サインもらったほうがいいのかな……」

いいとは言っていないのに日野鬼の手は奪われ、再び握りこまれる。その冷たい指先にぎょっとするが、それ以上に見たことのない陽斗の様子が不気味でならない。

「光屋……イメチェンのつもりならやめとけ……年甲斐《としがい》もなくみっともない」

陽斗はぎゅっと手を握ったまま、日野鬼の苦言にさらに笑みを深めてのたまった。

「やだな、俺たち初めましてだぞ、日野鬼さん。俺、光屋陽斗の弟で月斗《つきと》だ。初めまして！」

「か、からかってるんだろう光屋。どう見てもお前じゃないか」

日野鬼の剣幕に気圧《けお》されたのか、それともほかに理由があるのか、それまでにこにこしていた月斗は、ふいに寂しげな表情になると握手の手をほどき、こうべを垂れた。

「わ、悪い……、俺たち双子なんだ……」

「は？」

「ほら……同じ生年月日に、同じお母さんから生まれるっていう……」

「双子の意味くらいわかってる！　そうじゃなくて、本当に本当に双子か？　下手な嘘ついて、やっぱりお前、俺をからかって……ひっ」

言い募っている最中、また木々に跳ね返るようにして、おおおおお、という不気味な声が幾重にも重なり響いてきた。

怖い。しかし、怖がっているのが恥ずかしくもあり、日野鬼はわざとらしいほど強気な態度を装う。

「ま、まあいい。とにかく、お前が光屋陽斗の弟なんだな。ほかに弟はいないな？」

「ああ、ごめん……なんの用か知らないけど、やっぱり双子じゃ駄目か？」

双子でけっこう。陽斗と同じ顔が相手ならば、この村に来た目的も見失わずにすみそうだ。よく見れば実に憎たらしい顔をしている、と満足して日野鬼は立ちあがり、不安げな月斗を見下ろした。

「俺が光屋の同僚だと知っているなら話が早い。今日は遠路はるばる、お前の兄貴の紹介で、お前の嫁になりに来てやったぞ。さあ感謝しろ」

「……よめ？」

「ふふん、驚いて何も言えないみたいだな。だが、さっきも言ったが光屋陽斗の紹介で仕方なく来たんだからな。たとえ迷惑でも、恨むならお前の兄貴を恨むことだ」

きょとーんとした陽斗そっくりの月斗の間抜けな表情に、日野鬼はほんの少しだけいい気分になった。

そうだ、恨むなら是非とも陽斗を恨んでもらいたい。ついでに骨肉の争いでも繰り広げてくれればいいのだ。

醜い計画を立てる日野鬼の背広のポケットには、山に入って以来圏外のままの携帯電話がある。心配してくれる知人の着信から、いけすかない無能同僚の嫌味までたっぷり連絡が来た愛用の携帯電話。けれども、その電話に永江からの着信だけがない。

『上等だ、その縁談、受けてたってやろうじゃないか』

あの日、日野鬼は言い争いのさなか陽斗に詰め寄った。

『クビになったら、ありがたくお前みたいな偏屈野郎が育ったクソ田舎に嫁入りしてやる。ご自慢の旧家はさぞや立派な家だろうから、次の就職先代わりには申し分ない。言い出したのはお前だぞ、さあ地図を寄越せ！』

売り言葉に買い言葉だということはわかっていた。

けれどもう、永江を信じるが故に意地を張っているのか、それとも何もかも失いかけている自分を受け入れることができずに、陽斗に八つ当たりしているのか、日野鬼は自分でもわからなくなっていた。

ただ一つ確かなのは、このまま陽斗に一矢報いることなく生きてはいけないということだけだ。

『言っとくが日野鬼、お前みたいなやつが簡単にこなせるほど田舎暮らしは楽じゃないからな。あとで泣きついて俺に助けを求めるはめになっても知らないぞ』

『ふん、抜かせ。お前なんかの実家、俺にかかれば一ひねりだ。もうお前なんぞ帰ってこなくていいと言わせるほどにいい嫁をやってやろうじゃないか。そのあかつきには、お前のことをお義兄《にい》様と呼んでやろう』

『……それ、俺の実生活にあまりダメージがないんじゃないか？』

『むっ……と、とにかくお前を義兄いびりしてやるから覚悟しろ』

堂々たる宣言とともに、日野鬼は審判の時を待った。

しかし、待てど暮らせど永江からの連絡はなく、会社にも姿を現さなかった。

管理部から連日「永江くんから、個人的な連絡はあったかね」と聞かれて一か月が経った頃、日野鬼は退職届の準備をした。

一か月という時間は、永江の業務を見直し悪事の証拠を見つけるにも、そんな永江への最後の信頼が目減りしていくにも十分な時間だった。例の受付嬢は会社を去っていき、ただ、尾ひれのついた噂が水面下でささやかれ、白い視線がいくつも突き刺さる毎日。

決して負けたくないと思っていたのに、何に負けたくないのかさえわからなくなった日、日野鬼はついに退職届を提出したのだった。

届を受理した上司のどこかほっとした様子の「転職で忙しくなるだろう。明日からもうこなくていいよ」という最後まで冷たい対応に、もはや未練などない。

そうして、さっそく足を向けたこの村で出会うべき弟が、まさか陽斗と同じ顔をしているとは思いもしなかったが。

これからこいつを利用して、何がなんでも陽斗に一矢報いる材料を探してやる。

そんな日野鬼の鬱屈をよそに、月斗はぽかんとしたまま呟いた。

「ほ、本当に？　本当に俺の嫁さんになりに来てくれたのか？」

「そうだ。お前でないとならないんだ。諦《あきら》めろ」

男であるとか、そもそも交流が全くない相手だとか、こんな深夜に突然に迷惑だとか、月斗にはいくらでも反論の余地も権利もあるだろう。

だが、反論など一つ残らず蹴《け》散《ち》らしてやる、と身構えていた日野鬼の目に映ったのは、次第に喜びに緩みはじめる月斗の顔だった。

「わかった、諦める！　俺、いい夫になるから、これからよろしくな、日野鬼さん！」

「う……ま、まかせてお、けっ？」

……よほど嫁の来てがなくて、もうなんでもよくなってしまったのかもしれない。

わずかに芽生えたそんな同情は、しかし長くは続かなかった。

月斗が、元気よく立ちあがったかと思うと、そのまま日野鬼の腰に腕を回し体を持ちあげてきたからだ。あっけなく日野鬼の足は宙を蹴り、視界がひっくり返る。

「な、何するんだ！」

不安定な姿勢に、思わず月斗の首にすがってしまうが、これでは本格的にお姫様抱っこのポーズになる。

嫁に来た身としては正しい姿というべきなのだろうか。

「階段で倒れるくらいだし、日野鬼さん繊細なんだろう？　慣れない田舎道だろうし、俺が家まで運んでやるよ、安心してくれ！」

「いや、倒れたのはお前のホラー映画臭のせいで……」

繊細のせの字も似合わぬ人生を歩んできたつもりだが、こうも軽々と抱きあげられては、もしかして自分繊細なんじゃないか？　という図々しい気分にならなくもない。

事実、月斗は日野鬼を横抱きにしたまま、まるで重さを感じさせない軽快さで大股《おおまた》で歩きだしたのだ。鼻歌でも歌いそうなほどの上機嫌で。

光屋の家族への嫌がらせも辞さない覚悟で復讐に訪れた田舎での生活は、さっそく前途多

難な気配だった。

憎き光屋陽斗の故郷は、大学時代から彼があまり実家語りをしたがらなかっただけあって、田舎と一言で表現するにはあまりにも奥深い山村だった。

電柱もまばらな集落の片隅に建つ大豪邸の広間で、日野鬼は借り物の浴衣《ゆかた》と羽織に身を包んで正座していた。濡れ鼠《ねずみ》姿の月斗に抱きあげられていたせいで衣服が濡れていたのだ。

月斗は、あの鳥居の階段も、失神した日野鬼を抱いて運んでくれたらしい。

日野鬼の荷物はまだ車の中なので、仕方なく、薦められるままに着物を借りた。

案内された格天井の広間は立派な作りで、畳や壁ははげて古ぼけているが、この家が集落でもそれなりの格であることは容易に想像がつく。部屋の片隅に設置された時代を感じさせる時計の針はいつの間にか夜十時を指しており、慣れぬ田舎道の夜陰に気圧され、一時間も失神していたことが今さらながら恥ずかしくなってきた。

その、人を失神させた張本人たる月斗も着替えを済ませており、大人《おとな》しく広間の末席に腰を下ろしている。

……やはり、少し距離を置いてみると、陽斗そっくりの気に食わない顔だ。

一発殴っちゃ駄目かな。と胸をくすぐる誘惑を押しとどめてくれるのは、部屋に集う人々の冷たい視線だ。

格天井の下、日野鬼を挟んで左右に男女がずらりと並んでいる。

上座から下座へ並んだ面々はすべて光屋家一族。よそ者の侵入、そしてその侵入者の素《す》っ頓狂《とんきょう》な嫁宣言を放置できず、緊急招集されたらしい。

そして、そのさらに向こう、広間の最奥部で一族らを睥睨《へいげい》するかのように鎮座する老婆がおり、その老婆に向かって月斗は幸せそうに声をあげた。

「ばあ様、ハルちゃんに確認とれたか？」

「ああ、さっき電話したら仕事中に電話するなと文句を言われたよ。もう十時過ぎてるのに、何が仕事なもんだか」

ハルちゃんというのは陽斗のことらしい。ちょっと笑えるが、陽斗をぎゃふんと言わせられるほどの発見でもない。

陽斗、月斗兄弟の家柄はこの光屋一族の本家にあたり、彼らの父は早くに亡くなり、祖父母が親代わりだったらしい。その祖父が、長らく当主として君臨していたが去年亡くなり、今ではこの目の前の老婆が、女当主として光屋家を束ねている。

目元が陽斗に似ている。いかにも意地悪そうで負けん気が強そうだ。

そんな失礼なことを考える日野鬼を、老婆もまた胡散《うさん》臭そうに見やりながら口を開く。

「日野鬼さんと言ったね、今陽斗に電話をしたら、確かにあんたをうちの嫁にとすすめたそうじゃないか。それでわざわざこんな田舎まで来るなんて、ご苦労なこった」

「はい。ふつつか者に、嫁の来てのないモテない弟に嫁入りしたらどうだとすすめられたので来てみました。よろしくお願いいたします」

陽斗への恨みつらみを隠しもせずに、ツンと澄ましてそう返すと、広間に集まった親族らがむっと眉をひそめた。

老婆の次に本家を継ぐ資格のある陽斗は、若当主と呼ばれてずいぶん大事にされているようだ。その若当主があしざまに言われるなんて我慢できないといったところか。

「ばあ様、日野鬼さんてすごいんだぜ！　ハルちゃんと同じ大学で同じ会社で、いつもハルちゃんと張りあってたんだよ。ハルちゃんを悔しがらせることができる人なんて日野鬼さんくらいのものなんだから！」

よく知ってるなあ、あいつ弟に俺の愚痴でも漏らしてたのか。と日野鬼が呆《あき》れていると、耐え切れなくなったように上座のほうから親族の一人が声をあげた。

「馬鹿、陽斗さんをやり込めるような失礼なやつ、ますますうちの嫁にふさわしくないだろうが月斗！」

「そうだぞ、お前は陽斗さんの立場をわかってないのか。これだから忌み月は……」

やり込めるどころか、ぎゃふんと言わせにきたとバレては血祭りにあげられそうな雰囲気だ。

しかし、血の気《け》の多そうな一族の男らの不満も、広間に響いた一喝でぴたりと止む。

「あんたたちは黙ってな！　これは若当主が自分で蒔《ま》いた種なんだ。陽斗が嫁をすすめて、月斗が嫁を受け入れるなら、私らにゃあ反対する余地はないね」

自ら嫁に来たと宣言した身でありながら、日野鬼は静まり返った広間の真ん中であっけにとられていた。

老婆の言葉はもっともだが、その前に嫁が男であることはどうでもいいのだろうか。

変な連中。と、親族一同で集まる機会など生まれてこのかたなかった日野鬼は、場を支配する妙に威圧的な空気に、気圧されたように胸中で呟いた。

「で、でもよう英子《えいこ》さん、こいつ男ですよ？」

「そんなことはどうでもいいじゃないかい。月斗の嫁なんだから」

「その月斗の嫁ってのが問題なんじゃないですか。月斗、お前も浮かれてないで、わきまえろよ」

なんの問題かは知らないが、嫁の性別より大事な問題らしく、方々から「そうだそうだ」という声があがった。何を騒いでいるんだこいつらは、と日野鬼はなんだか気分が悪くて月斗を見てしまう。

出会って以来、へらへらと明るい表情を浮かべていた月斗の面貌が苦悶《くもん》に歪《ゆが》んだ。

「叔父さんたちすまない。でも俺、日野鬼さんを嫁に欲しいんだ。言いつけは守るし、水ごりも休まず続けるから、これだけは俺のわがまま聞いてもらえないか？」

哀れな物言いに、日野鬼はむっとして畳を叩いた。

乾いた音が部屋に響き、月斗を睨《にら》んでいた視線が一斉に日野鬼に向けられる。

「ちょっと、寄ってたかって人の旦那《だんな》を苛《いじ》めないでくれませんかね。気分が悪い」

「な、なんだと、よそ者に何がわかるんだ、口を挟むな！」

「だいたい、なんでもう女房ヅラしてんだお前さんは」

「なんでって、嫁に来たからですよ。我ながら今、いい嫁だなと思いました」

呆れる者怒る者さまざまだが、光屋家に波風を立てることには成功しているようだ。

そのことに満足して、日野鬼は正面に向き直り、老婆と鋭い眼光を交わしあう。

「ばあさん、とにかく私は光屋……陽斗の紹介でこうして来たんですから、陽斗が嫁入り話を撤回するまで帰りません。明日からお世話になります」

あいつ今、ばあさんつったぞ……親族らがそうささめく中、女当主は「ふん」と鼻を鳴らした。

「なるほど、いいだろう。明日といわず、今日からあんたはうちの嫁だよ」

きっと、また広間に男たちの不満がうずまくだろう。そう思っていたのに、あたりは静かなままだった。

当主の決定にはそれほどの力があるのだろうか。思わず男たちを見回しかけた日野鬼に、当主が続ける。

「だがね日野鬼さん、この村にはこの村のやり方がある。あんたにはみっちり嫁修業をしてもらって、この村の嫁としてふさわしい人間になってもらわなきゃならない。さ、あんたの車の鍵を寄越しな」

むっと、日野鬼は眉をしかめた。

なぜ得体のしれない連中に、大事な足の鍵を渡さねばならないのか。

「嫌なら帰るんだね。こんな僻地《へきち》にも泥棒はいるんだ。よそ者子連れの女がずいぶん前に人んちの金庫の中身を全部持っていきやがって……」

「ちっ、わかりましたよ。預けたらいいんでしょう。そのかわり、必要になったらすぐに返してくださいよ」

「ふん、とにかく、お客様扱いはしないよ。嫁というなら、あんたは月斗と同じ部屋で寝起きすることからはじめるんだ。ほかのみんなも、よくよくこの新米嫁に村のしきたりを叩き込んでやっておくれ」

話は以上だ、とばかりに老婆が立ちあがると、広間にいた親族のうち、女性が全員後に続く。男連中がどっかりと腰を下ろしたままであることに疑問を抱《いだ》く日野鬼が見守る中、老婆と共に部屋を出ていこうとした女の一人が心配そうに言った。

「おばあ様、都会から来たばかりの方なんだし、いくらなんでもいきなり月斗さんの部屋に押し込めるのはかわいそうなんじゃゃ？」

「何言ってんだい、ああいう生意気な嫁は、甘やかしたらつけあがるんだよ」

むっとしたが、言い返すにはすでにその背中は遠い。

最後に部屋を出た女性が広間の襖《ふすま》を閉めると、残された男たちがほっと息を吐いた。

「やれやれ、英子さんは肝が据わっとるな……」

「まったくだ。さすが、あのクソ生意気な陽斗を育てただけのことはある、可愛げのないばあさんだな」

親族の呟きに日野鬼も同調するが、部屋に満ちる溜息《ためいき》が深まっただけだった。

唯一、月斗だけが、陽斗みたいな顔に柔和な笑みを浮かべてにじりよってくる。

「よかった、ばあ様が認めてくれて。日野鬼さん、すごいな、ばあ様相手に一歩も引かないなんて、かっこよくて俺ちょっとときめいたぞ」

「ふん、陽斗そっくりのばばあに気合負けだなんて我慢できないからな。それよりなんだお前は、こんなおっさん共に好き勝手言わせて」

「ははは、みんな光屋家と、村のことを心配してるだけさ。俺の問題であって、日野鬼さんは関係ないから、くつろいでてくれ」

あいかわらず笑顔のままの月斗だったが、ふいにその表情に陰を感じて日野鬼は目を瞬《しばた》いた。控えめに笑うと急に大人びて見える。

その笑みに気をとられているうちに、残る親族らが続々と立ちあがりはじめた。

「月斗、日野鬼さん、それじゃあ覚悟はいいかい？」

ずっと上座に座っていたいかめしい男にそう問われ、何がかと尋ねるより先に、日野鬼は背後から別の親族に肩を摑《つか》まれた。

驚いて振り返ろうとしたそばから、今度はまた別の男に腕をとられる。

「お、おい、何するんだ！」

見知らぬ男たちの力は驚くほど強かった。腹が立つより、自分でも驚くほどの焦燥感に襲われ、日野鬼は男たちの手を振り払うよりも先に、腰が引けてしまう。

仰向けに、尻もちをついたような恰好になると、頭上からいくつもの視線が降ってくる。その見下ろされているようなポーズに屈辱感を覚え、日野鬼は立ち上がろうとしたが、慣れない着物のすそに足をとられただけに終わった。くずおれる日野鬼の両腕はそれぞれ誰かの手に摑まれ、腰にも誰かの腕がもぐりこむ。罵倒《ばとう》がいくつも胸に湧《わ》くのに、そのどれを叫べばいいのかわからず、日野鬼は唇を震わせて傍らの月斗を見た。

「疲れてるところ、ごめんな日野鬼さん。すぐにすむから」

「つ、月斗、何が……っ？」

他人の指先が日野鬼の足に触れた。ささくれ立った指先が着物の裾《すそ》の隙間にもぐりこみ、太ももの柔らかな肌に食い込む。その不快感に表情をゆがめる日野鬼を前にしても、月斗は初めて会ったときと変わらぬ無邪気な輝きを瞳に浮かべていた。

腰にまきつく腕の力が強まり、日野鬼は息を呑《の》んだ。誰かの肘《ひじ》が胃のあたりを圧迫していて苦しい。肩を押さえのしかかる男は、相撲取りか何かかと錯覚するほど重たかった。

心はとっくに暴れている。けれども体のほうはほとんど動かせず、屈辱からくる震えされ彼らの強靭《きょうじん》な手の中に吸い込まれていくようだ。

そのまま無造作に足を開かされると着物がはだけ、いくつもの他人の視線が降り注ぐ中、日野鬼は下着に包まれただけの股間《こかん》をさらけだす格好になってしまう。

「い、いい加減にしろー！　離せ馬鹿！」

「大丈夫だよ日野鬼さん。処女しらべするだけだから、落ちついて」

「しょ、っ？　馬鹿かアホ！　なんだそのモテない男が性欲鬱屈させてるような調べもんは！」

「仕方ないよ、日野鬼さん、よそから来たお嫁さんなんだから。ねえ、叔父《おじ》さん？」

処女しらべ。という気持ちの悪い単語に、日野鬼の焦燥感は一気に深まっていく。

月斗に同意を求められた男が「そうだよ」と答えながら日野鬼の下着に手をかけ、いやいややってるんだといわんばかりの溜息を吐《つ》く。

「あのなあ日野鬼さん、こっちは仕方なく男のパンツなんか脱がすはめになってるんだ。ちょっとは協力してくれないと」

「協力もくそもあるか。だ、だいたい男の何をどう調べるっていうんだ！　い、言っておくが今どきこんな嫁の迎え方、ただの変態一族だからな、この変態！」

「はあ、困ったもんだな、都会もんは無茶苦茶言いやがる」

「まったくだ。こんだけ嫌がるんだから処女じゃないんじゃないのか？」

身勝手な言葉が吐息とともに降ってくる。

酒やタバコの臭いが混じった呼気がいくつも肌を撫でた。

「う、ぅぅ……だ、だいたい何をどうしたら、処女扱いしてくれるんだ。自己申告じゃ駄目なのか？」

男相手に処女も何も、というまともな反論が、わずか一晩で日野鬼の嫁宣言を受け入れた家族に通じるとは思えない。仕方なくひねり出した問いは、しかし絶望的な反論に封じられる。

「そんなもん、触ったらわかるもんだ」

「ほら月斗、お前の嫁さんなんだ、お前が頑張らないと」

そんな声に顔をあげると、いつの間にか油でも入っているらしい瓶《びん》を手にした月斗が、割り開かれた日野鬼の足元に押し出されたところだった。

その手が瓶を傾けると、とろりとした液体が日野鬼の腹へ降ってくる。

なめらかなその感触に、日野鬼は身をすくませた。

「やめろ馬鹿！」

叫ぶ日野鬼を気にとめる風もなく、誰かの手が、油に濡れた日野鬼の腹をまさぐり、肌をなぞりながら臀部《でんぶ》に降りてきた。そして、そのまま濡れた手できつく尻肉を揉《も》みしだかれる。

「ほら月斗、こうやって肌検分するんだ。どんなにかっこつけても、根が淫乱《いんらん》なやつは調べればすぐにわかるんだからな」

「こ、こう？」

男の手の痕《あと》を追うように、今度は月斗が日野鬼の腹に指を触れさせてきた。

ついさっき、日野鬼の拳を受け止めた大きな手だ。指先は固く、壊れ物を扱うようにそっと肌をなぞられると、場違いにも日野鬼の腰が震える。

油のぬめりに助けられ、溶けあうように触れる肌の感触は、こんな状況でも心地いい。

「や、やめろっ、触るなっ」

「おいおい、月斗の嫁に来たんだろう？　何嫌がってんだ」

叔父の教えに従う月斗の手指は、じわじわと日野鬼の太もものつけ根にたどりつき、ゆっくりと尻側にまわる。ぎゅっと揉まれた感触の残る臀部に月斗の手がたどり着くと、もう一度あの刺激を求めるように、肌がうずいた。

へそにたまった油がゆらゆら揺れている。

そのささいな感触さえ、じわじわと日野鬼の中から久しぶりの官能を呼び起こそうとしていることが恐ろしい。

「うわ……日野鬼さん、お尻小さい……」

「へ、変なこと言うな！　んっ」

もどかしい手つきで日野鬼の臀部を揉んだ月斗は、気づけば恥ずかしそうに頬を赤らめ、視線を泳がせていた。

けれども羞恥よりも好奇心が勝っているのだろう、そのうちもう片手も日野鬼の腰をまさぐりだし、快感を追うように肌をなぞる指先が、ときどき敏感な場所をかすめる。

こんな連中の前で、反応してなるものか。

日野鬼は唇を嚙《か》んで顔をそむけた。

だが、耳朶《じだ》に触れる男たちの吐息と、月斗の震える指先の感触に煽《あお》られ、心臓は奇妙な期待に震える。

こんな状況に、まさか感じているのか？　自分の体の変化に恐怖を覚え、日野鬼はやめろと懇願するため口を開いた。だが、また暴言を吐くとでも思われたのか、タイミングよく誰かの手が伸びてきて、日野鬼の口を塞《ふさ》いでしまう。

「んんっ」

「叔父さん、やめてくれよ。日野鬼さん、ただでさえ怖がってるみたいなのに」

「何言ってんだ月斗、こいつはとんだじゃじゃ馬嫁じゃないか。この嫌がりようじゃあ、相当遊んでるってことだぞ」

太ももにぺたりとはりついた月斗の手が、戸惑うように震えたのがわかった。

ちらりと横目で見ると、不安に揺れる瞳がこちらを見つめている。

「んんんん！」

助けろ。とうめいてみるが、伝わった様子はない。

その代わり、まるで手が動かなくなった月斗に業を煮やしたらしく、親族の一人が月斗の手を取ると日野鬼の性器に押しあててきた。

驚きに、びくりと跳ねた長い指先が、感じるまいと理性で押しとどめていた雄に絡みつき、本能的に日野鬼は戦慄《わなな》いてしまう。

「んっ、ん」

「うわっ……」

「ほら月斗、自分のと一緒だ、しごいてやりゃあいいんだよ」

「そうだぞ。同じ男なら子供も産めないから、お前には似合いの嫁じゃないか月斗。しっかり可愛がってやりな」

そう言われても……。と、月斗が口の中でもごもご呟くのが見えたが、その言葉は声にはならずに消えていった。その代わり、親族に急《せ》きたてられるように、月斗の指は日野鬼のものを撫ではじめた。

ささくれた固い指が、油のぬめりを広げるようにじわりじわりと日野鬼の興奮をなぞる。

肌が震え、大勢の視線を浴びながら日野鬼はこれ以上やりすごせない快感に身悶《みもだ》えた。

「ん、ぅっ」

「日野鬼さん……き、気持ちいいのか？　尻が震えてる……」

「月斗、見てみな。お前の嫁さん、尻の穴まで震わせてるぞ。もっと愛撫《あいぶ》してやんな」

左右から、別々の手が日野鬼の尻肉を摑んだかと思うと、震える肌を引っぱるように広げられる。鈍感な肉の中で刺激が響き、鈍く腰骨に伝わると、体は恐怖から逃れるように、いらない記憶を思い出しかけていた。

そういえば、永江と最後にしたのはいつだったか……。

思い出してはいけないとわかっているのに、考えはじめるととまらない。

「おい、勃ってきたぞ」

「ほら月斗、触ってやんな。今までさんざん遊んできた穴だ、お前が調べて、今までの悪行を吐かせてやるんだよ」

「ん、ぅっ……んん！」

ほんの先月、陽斗があの告発をする三日ほど前に永江と二人でホテルに行った。年上の男はいつもじっくりと日野鬼をとろかし……そんな日野鬼の思い出をなぞるように、月斗の指が後孔のふちをなぞる。

そこが快感への入り口だと覚えてしまっている体は、場違いな記憶と相まって震えるようにひくついた。

その光景に、頭上で月斗の喉が上下するのが見える。

濡れた指先が、柔らかな皮膚の感触を味わうように、会陰部をつつき、窄《すぼ》まりをなぞる。

もどかしいばかりの感触は、日野鬼から嫌悪感よりも甘い記憶ばかり呼び覚まし、たまらず腰が震えた。

これ以上好き放題されては、本当にこんな男たちの目の前で痴態をさらしかねない。

それが怖くて悔しくて、日野鬼は再び手足に力をこめた、懸命に暴れると、油断していたのだろう男たちの腕の中で体勢がずれる。

だが、それもすぐに封じられてしまった。

「日野鬼さんっ、いきなり暴れたら危ないぞ……」

月斗の手が、宥めるように日野鬼の腰を摑んだのだ。覆いかぶさるようにして近づいてきた月斗の体から、熱気を感じる。その縮まった距離も、束縛するような手の力強さも、日野鬼の恐怖を煽るばかりだ。

その上、開脚させられた太ももの付け根に、何かがあたったような気がして日野鬼は視線を巡らせた。自分の体が邪魔で実体は見えないが、この独特の弾力と月斗のいる位置から、その正体は容易に想像がつく。

生暖かい感触。けれども、やけに存在感を感じるそれは、月斗の性器に違いない。

そもそも、処女しらべとやらは、どこまでする気なのか。このまま、全部？

恐ろしい想像に、日野鬼の腰はどうしてかうずいた。

「んー！　んー！」

助けてくれ、頼む。という心の叫びが涙になって溢《あふ》れ、瞳に薄い膜を張る。

「日野鬼さん……」

「まったく、ふしだらな嫁さんだな。これが本当に女の嫁だったりしてみろ、どこの余所もんの子種をこの村に持ち込まれるか、わかったもんじゃなかったぞ」

「なあに、女だったらそもそも月斗の嫁にゃあやれねえよ」

頭上で不可解な会話がなされていたが、気にとめる余裕もないまま日野鬼は身を震わせた。

相変わらず月斗の手首は親族に握られたままで、その親族の手が、月斗の手をどこまでもいざなうのだ。

震える肌の感触に誘われるように、ときおり力の籠《こも》る月斗の指先が何度も後孔の窄まりに食い込み、今にも体の内側まで犯されてしまいそうだ。

身じろぐうちに、着物の襟《えり》がはだける。

露《あら》わになった上半身の白い肌は、緊張のためか、それとも欲望のためか、しっとりと汗ばみ輝いていた。

「それにしてもまあ、綺麗な肌した嫁さんだな。黙ってさえいりゃ、月斗にやるにはもったいない気もするが……」

「いいじゃないか、月斗もいい歳《とし》だ、このくらいのご褒美がなきゃ毎日やってられねえだろ。なあ月斗」

「ご褒美って、俺、そんなつもりで日野鬼さんをお嫁さんにしたいわけじゃないよ」

「まあまあ。ほら、嫁さんもお前の指に感じてこのざまだ。お前の好きにしていいんだぞ」

下世話な話題の中、男たちの視線が自分の胸にそそがれるのを感じて日野鬼はぞくりと背筋をしならせた。

こんなにも怖くて嫌だと思っているのに、日野鬼の胸元では、これ以上の刺激を求めるように、小さな突起が赤く色づき震えているのだ。

そして、その色に、月斗も魅入られたように前のめりになってくる。

戸惑ってばかりいたはずの月斗の頬はいつの間にか紅潮し、だんだん下肢をまさぐる指使いが激しくなっている。

油にまみれた下半身がくちゅくちゅと音を立てていた。

「んんっ、んーっ」

自分のうめき声が泣き声のように聞こえる。

ほらつまんでやりな。吸ってもいいぞ。と、誰かが日野鬼の胸の突起を指差し月斗を煽った。

部屋には男たちの熱気が籠り、苦しくて意識がどこかへ飛んでいってしまいそう。

月斗の唇が、ゆっくりと胸元に近づいてくる。

下肢に置かれた指先は、日野鬼の本性を暴くように、後孔の窄まりにぴたりと吸いつき、ぐっと力をこめられた。

「んぅぅ……」

想像しただけで、すでに感じてしまう。

これから、こんな見知らぬ村で、見知らぬ男たちに囲まれ自分はきっと……。

自分の欲望が、これ以上の所業に期待していることが悔しくてたまらず、日野鬼は一つうめくと涙目で月斗を睨みつけた。

その眼光に誘われるように、月斗の瞳もこちらを見る。

とたんに、日野鬼の体から快感の波がゆっくりと引きはじめた。

こんな異様な状況の中で、月斗の瞳には嗜虐《しぎゃく》の色も貪欲《どんよく》な彩りもなかったのだ。ただ、心配そうに揺れる瞳が輝いている。

柔和な輝きに、気づけば日野鬼は睨み顔を情けなく歪ませて泣きそうになっていた。

助けて。と声に出せるならば、迷わず救いを求めていただろう。

「おい、月斗、手が止まってるぞ」

そう言って、誰かが月斗の手を引いて日野鬼の胸へと誘《いざな》った。

たまらず、日野鬼はぎゅっと目を瞑《つむ》る。

涙の粒が目尻を濡らし、ただ屈辱と恐怖に耐えようとしたそのとき、急に腰にまきついていた男の腕がほどけ、日野鬼の体はぐらりとかしいだ。

「もういい、大叔父さんやめてくれ！」

部屋の空気を打ち破るように、月斗の大きな声が響き渡った。

腰だけでなく、肩や口を押さえていた手の力も緩み、日野鬼は慌てて地べたを這《は》いずるようにして腕の群れから抜け出した。そして、改めて顔をあげると、驚いたことにさっと月斗が手を伸ばして日野鬼を抱き寄せてくれる。

咄嗟に振り払いかけたその腕は、さっきまでの親族らの手と違い、労《いた》わるような優しさがある。だが、続く月斗の声は、その腕の優しい力強さに反して緊張に震えていた。

「やめてくれみんな！　大事なしきたりって知ってるけど、日野鬼さんこんなに怖がってるのに、これ以上させられないよ」

「月斗！　お前、何をわけのわからんこと言っとるんだ」

「だって、みんな様子が変じゃないか……日野鬼さんにひどいことするなよ」

「ほれみろ、こうやって男を腑《ふ》抜《ぬ》けにさせるのは淫婦の証拠だ」

「月斗、お前は光屋家をどこまで困らせたら気がすむんだ」

月斗がどんなに叫んでも多勢に無勢だ。

じりじりと肌に残る男たちの指の感触と、強く押さえつけられ身動き一つ取れなかった己の無力感がいつまでも思考回路を犯している。そのせいで日野鬼は、月斗の腕が震えていることにしばらく気づかなかった。

驚いて見上げると、陽斗そっくりの顔は、苦悶《くもん》に歪みつつも必死で親族らの非難めいた視線を受け止めようとしている。

「日野鬼さん、日野鬼さん大丈夫か？」

「……」

最初こそ、恐怖が色濃く残っていた日野鬼の頭の中が、月斗の腕の震えを感じ続けるうちに次第にいつもの調子を取り戻しはじめていた。

月斗は、確かにこの状況に興奮していた。それなのに、自分の欲望を差し置いて、そしてこんな親族連中に逆らってまで助けてくれたのだ。このチャンスを逃しては申しわけない。

そう自分に言い聞かせるや否や、日野鬼は畳に膝をついて立ちあがり、月斗の頬を引っ叩いた。

「いっ、てぇ！」

「助けるのが遅い、馬鹿野郎！　それでも俺の夫か！」

「は、はい⁉　わ、悪かった！」

「もういい、何が処女しらべだ。はっきり言ってやろう、俺は経験済みだ！　お前ら貧乏臭い田舎もんの指なんかに調べてもらうまでもない！」

堂々たる宣言に、親族一同が口をぱくぱくと開閉する。その間抜け顔に背を向け、日野鬼は一番手近な襖にむかって、乱れた着物の裾も気にせず大股で歩いていく。

「お前たちのせいで疲れたから寝る！　帰るぞ月斗！」

「は、はい？　あ、待ってくれ日野鬼さん！」

乱暴に襖をあけ廊下に出ると、月斗が追ってくるのも待たずに襖を閉める。

行き先がどこだかなんて知らない。だが、一分一秒でも早く広間を離れなければ、再びあの渦中に引きずり込まれてしまいそうで怖かった。

しかし、誰も追ってこないことに安堵《あんど》しながら顔をあげた日野鬼の目に飛び込んできたのは、墨で染め抜いたように暗い屋敷の廊下だった。

「……」

右を向いても左を向いても闇。

ときおり、思い出したようにどこかから光が漏れているが、それは明るいというよりも、この暗闇を際立たせるための意地の悪い気まぐれのようだ。

しばらくその暗闇を見つめ、日野鬼はゆっくりと深呼吸する。

そして、くるりと踵《きびす》を返すと再び光の漏れる広間の襖を開いた。

親族も月斗も、日野鬼が出ていったときとまったく同じ体勢で固まっていた。嫁の経験済み宣言と堂々たる逃走は、彼らにとってそれほど衝撃的な体験だったらしい。

「月斗、お前の部屋はどこだ……」

涙目なのは、さっき親族連中に恐ろしい目にあわされたからだ。

それ以外の理由など決してない。

そう、自分に言い聞かせながら、日野鬼は月斗にぴたりと寄り添い、ようやく夜陰に沈んだ屋敷へと足を踏み出せたのだった。


ああ、こんな田舎やっぱり来るんじゃなかった。

日野鬼はぐったりと肩を落として月斗の部屋を眺めまわした。

広間からずいぶん歩かされた先にあったのは、どこか粗末な離れの小屋だった。

粗末といっても、日野鬼の住むマンションより広いくらいなのだが、部屋にはテレビとちゃぶ台がある程度で、生活していく上でなんの娯楽も見いだせないような寂れた空気が漂っている。

「日野鬼さん、本当に悪かった。どこか、痛いところはないか？」

「心が痛い」

「ご、ごめん……」

心底申しわけなさそうにしながら、月斗は慌ただしく布団の準備をはじめる。

見るからに洗い立ての新しいシーツを取り出し、わざわざ布団につけかえてくれている横顔を見ながら、日野鬼は複雑な心地だった。

陽斗の冗談を真に受けたフリをして、関係のない家族を巻き込んでまで彼に復讐しようとしたからバチがあたったのだろうか。

「日野鬼さん、やっぱり都会だと、処女しらべなんて古いしきたりはないのか？」

「は？」

何をあたり前のことを。そう思い怪訝《けげん》な顔をすると、月斗はちまちまと布団とシーツの合わせをヒモで結びながらまた同じ質問を繰り返した。

「俺、処女しらべに参加するのは初めてなんだ。まさかあんなに日野鬼さんが怖がるなんて思わなくてさ……。やっぱり、都会ならああいう儀式は古臭くてやってないのか？」

「やらないに決まってるだろ。何が処女しらべだ、バカバカしい。よそであんなことやったら全員逮捕だからな、覚悟しろよ」

いつか、月斗が陽斗のように都会に出てきて、この村の素っ頓狂なしきたりを持ち出したりしたらどんなことになるか。考えるだけでも恐ろしくて、強く忠告すると、月斗は人の気も知らずに目を細めて笑った。

「何笑ってるんだ。逮捕なんかされるわけがないと思ってるのか？」

「さすがに逮捕ってのはピンとこないけど、日野鬼さんの態度見てるとやっぱり俺、浮かれすぎてたと思ってさ」

「浮かれてた？」

「ん。俺、ハルちゃんを通して日野鬼さんのこと知ってたから、ずっと会ってみたかったんだ。それが、今日会えた上にお嫁さんになってくれるなんて言うから嬉しくて……。みんながすぐに処女しらべしようって言い出したときも、これで俺のお嫁さんになるって思って、あんまり深刻に考えてなかったんだ」

くるくると器用にタオルを丸め込み枕の形にしながら、月斗は寂しそうに笑った。

「もし俺が、都会じゃ処女しらべなんて逮捕されてしまうくらいのことだって知ってたら、あんなことさせなかったのに。ほんとに悪かった」

できあがった枕を膝におくと、月斗はその枕に手をついてそっと頭をさげた。

「でも日野鬼さん、みんな普段はすごくいい人なんだ。だから、この村のこと嫌いにならないでくれよ」

変なやつだ。どうも常識に欠けるようだが……さっき、日野鬼を力強く助けてくれたのもこの男だ。根は優しい男なのかもしれない。

少なくとも、陽斗よりはきっとずっと。

「あー、俺も殴ったりして悪かったし……。ま、まあ、今後もこの調子で俺を村の変態しきたりから助けてくれるなら、許してやらないこともない」

罵倒ならいくらでもできたが、それは月斗に言うべきことではないような気がして日野鬼はもどかしい思いを抱いたまま不器用にそう答える。

だが、そのあまりうまくない返事は、月斗を笑顔に戻すことには成功した。

「わかった！　これからもいっぱい助けてやるから、大船に乗ったつもりでいてくれな！」

さっきから布団のセットが増える気配はない。やはり、夫婦だから同じ布団で寝ろとでも言うのだろうか。

覚悟のうち、のつもりだが、さっきのこともあるし少し躊躇《ちゅうちょ》してしまう。

思い出すのは自分の肌の上をすべる月斗の指先。尻にあたっていた月斗の興奮……。

つい、落ち着かない気分のままあちらこちらへと視線を泳がせていると、奥の部屋に白い着物が掛けられていることに気づいた。思えば、出会ったときの月斗は妙な格好だった。ずぶ濡れの白い着物姿。その正体がただのへらへら笑う世間知らずの田舎者だとわかってもなお、思い出すあの姿には怖気《おぞけ》が走る。

「なあ月斗、さっき山道で何してたんだ？　ほら、ずぶ濡れだっただろう」

「……」

不自然な沈黙。

急に部屋の温度が下がった気がして、日野鬼は顔をあげた。

いつの間にか、月斗は立ちあがり広い部屋の雨戸を閉めているところだった。古びた南京《なんきん》錠《じょう》でしっかりと戸を閉める姿勢のまま、黙り込んでこちらを見つめてくる。

「つ、月斗?」

「大丈夫、部屋の鍵はばあちゃん以外、外からは開けられないから日野鬼さんはゆっくり寝てて」

はぐらかされた?

そう自覚する頃には部屋はまるで密室となっている。最後の窓の鍵の閉まる音が、やけに重たく部屋に響いた。

二人きりの空間になったとたん、目の前の男が急に存在感を増した気がする。

大嫌いな陽斗に似ているものだから油断していたが、思えば簡単に自分をお姫様抱っこできるような体力の持ち主だ。

近づく体が、まるで山に生きる獣のように思えてきて、日野鬼はその逞《たくま》しい存在感に落ち着かなくなってきた。

「それじゃあ明日も早いし寝ようか。俺の寝相は大丈夫なはず、それにいびきも……たぶん大丈夫かな? なんだか緊張してきた」

予想にたがわず同衾《どうきん》だ。枕も一つしかなかったらしく、タオルで作った枕は月斗の側に置かれている。

まともな枕を日野鬼に使わせてくれる心遣いが嬉しいのに、日野鬼は素直にその優しさに浸ることができなかった。

重たく閉ざされた扉に窓。その中で、今日会ったばかりの男と二人きり。

急に、処女しらべのときと同じ不安が湧き起こるが、それでも、怯《おび》えているなんて思われたくなくて日野鬼は布団ににじり寄った。

思い出すべきは、日野鬼と同じ趣味のブランドスーツに身を包む憎たらしい陽斗の顔だ。まだ、あの男をぎゃふんと言わせるためにスタートラインについたばかりじゃないか。

狭い布団の中で、月斗の体温が伝わってくる。間近に喉元のなめらかな肌と、日に焼けた顎《あご》のライン。

しなやかな体と密着していると、この男がさっきまで自分の恥ずかしい場所を暴こうとしていたのかと思い出し、日野鬼の体温があがる。

こんなにくっついていては、この体温がばれてしまいそうでハラハラした。

「あの、日野鬼さん。やっぱり明日になったら、帰ったほうが……」

声に誘われるようにして顔をあげると、月斗の顔はすぐ目の前にある。

無邪気に見えていた瞳は黒々として自分を映しており、世界に二人だけしかいないような錯覚に陥りながら日野鬼は尋ねた。

「明日になったら、なんだ？」

「……いや、なんでもない。それより日野鬼さん、せっかくだから今度、ハルちゃんがどうしてるか聞かせてくれよ。もう三年も帰ってきてないんだ」

「いいだろう。あいつの悪口ならいくらでも言えるからな、楽しみにしてろ」

「ははは、悪口か。ハルちゃんの悪口なんか聞いたことないから新鮮だ」

あっけらかんとして月斗は笑うが、日野鬼は陽斗のことを思い出しながらふと疑問が胸に湧いた。

「なんかあいつ、若当主とか言って、ここじゃえらく大事にされてるみたいじゃないか。三年も帰ってこないやつほっといて、お前がもっとでかい顔したらどうなんだ?」

「そんな無茶な。ハルちゃんは長男なんだから別格だよ」

「何が別格だ。お前なんか一番下座に座らされてたじゃないか、情けない」

話すうちに、だんだん月斗の笑い声が乾いたものに変化していくことに、日野鬼は気づいていた。

あまり、つっつかないほうがいいことだっただろうか。本家だ分家だなんて言いだすだけでも日野鬼から見れば大層な話だが、ましてや長男や家督の話になると、何かよそ者にはわからない因縁があるのかもしれない。

「ま、まあいい。とにかく、お前は俺の夫ということなんだからな、しっかりしろよ!」

「へへへ、夫って言われるとドキドキするな」

「ふん、勝手にドキドキしてろ」

噛みつくように言って、日野鬼は狭い中ごそごそと蠢《うごめ》いて月斗に背を向けた。

「日野鬼さん、おやすみなさい」

ごくありきたりの言葉とともに、部屋の電気が消えた。電気がなければ自分が目を開いているか閉じているかわからなくなるほどの闇が広がるだけになった。

暗闇になった途端、薄い壁を通して外から木々のざわめきが聞こえてくる。その隙間を縫うように、また不審な声が聞こえてきた。

おおお、お。お。

とぎれとぎれに聞こえる遠い声。小さな音なのに、その正体が突然近づいてきて、閉ざされた窓を蹴破り小屋の中に押し寄せる錯覚が、暗闇の中に浮かんでは消える。

もう一度、おやすみという声が聴きたくなった。

しかし、ねだるわけにもいかずに、日野鬼は必死になって目を瞑り、暗闇のさらに奥深くへと逃げ出したのだった。


日野鬼の父は大手企業の研究職、母は海外勤務のキャリアウーマン。仕事人として尊敬できる父母だったが、家族愛に満ちていたかと問われればその判断は難しいところだ。

父母は揃《そろ》って、仕事第一主義。キャリアと結果を重んじる上昇志向の持ち主だ。

そんな二人の教育方針は「子供の好奇心を育てる」こと。いい成績をとれば褒められ、勉強も運動も常に意欲的であることをよしとしていた。

だから、日野鬼は子供の頃から、拗《す》ねたり暴れるよりも、何事も良い結果を残したほうが父母が関心を示してくれることを理解していた。

それが日野鬼の性分にもあっていたのだろう、日野鬼は日々知識を吸収し、力を身につけ、常に同級生らから頭一つ飛び出た存在でありつづけた。

褒められ称賛され生きてきた日野鬼にとって、仕事に没頭し結果を残す父母はもはや尊敬の対象で、一緒にいられないことを寂しいと思った記憶さえおぼろげなほどだ。

本当は寂しかったのかもしれない。けれども、両親に負けない仕事人になりたいという夢のほうが寂しさよりも大きかった。

では、寂しいという自覚が生まれたのはいつのことだったろうか。

小学生のとき、宿泊行事で同級生が好きな子の言いあいをしていたときだったか、それとも、中学卒業の日に、後輩の女の子に第二ボタンをあげる級友を見たときだったか。

意図したことはないが、生まれてこの方ときめいた相手は同性だけ。生まれついてそういう性分だったのだろうと自分に言い聞かせつつも、合コンにチャレンジしたこともある。

だが、結局年を取るにつれ、日野鬼は自分の性的指向の自覚を深めるばかりだった。

負けん気の強さが日野鬼をエリートの道へと導き、プライドの高さが日野鬼にさまざまな出会いを呼んでくれた。

しかし、上昇志向の強さゆえに、日野鬼は弱い人間に興味はない。だからこそ似たもの同士でつるんでしまうのだが、強く生きる仲間は同時に強力なライバルにもなりうる。

そんな相手に弱味を見せることができるだろうか。

大人になって、そこはかとない好意を抱いていた男の結婚式に初めて呼ばれたとき、日野鬼は覚悟を決めた。

一生、自分の深く秘めた孤独を打ち明けることはないだろうと。

没頭できる好きな分野がある両親。お互い鍛えあう油断ならない友人。そういったものに囲まれて、休むことも知らずに人生を駆け抜けてきた日野鬼は、誰かとささやかな相談をじっくりするという経験がない。そしてそれはこれからも一生変わらないだろうと思ったのだ。

にもかかわらず、日野鬼は永江に出会ってしまった。

柔らかな物腰の、いざというときに押しを見せることのできる本当に尊敬できる上司だった。

最初は仕事を褒められて得意になった。次は、酒の席の帰りに心配してもらえて心が揺れた。そして何度目かの二人きりで飲んだ機会に、ふと日野鬼は、普段なら言わないであろう憧憬《しょうけい》を永江に漏らしてしまったのだ。

『永江さん、俺が誰かに懐くなんてそうそうないんですよ。俺は合コン行ったり、同期と馬鹿騒ぎするよりも、永江さんに飲みに連れてってもらえるのが一番幸せな時間なんです』

本音をこぼしすぎただろうか。ふと青くなった日野鬼に、永江は苦笑を浮かべた。

『日野鬼はあんまり女の噂を聞かないけど、いい人誰もいないの？』

そう言う永江の手が、そっと日野鬼の膝に置かれる。

今は仕事が恋人。と、そつなく答える日野鬼の心臓は早鐘のように弾んでいた。

『手、振り払わないと勘違いするぞ？』

そう言われても手を振り払わなかった。すると、ゆっくりと上司の顔が近づいてきた。

自分の愛した世界で、自分と同じ職種で、自分の好きな仕事ぶりを見せてくれる上司とこんなことがあるなんて。今までの孤独も、誰にも相談できない自分へのもどかしさも、すべてこの愛のためにあった下積みなのだと思えた。

今、世界で一番自分は幸せに違いないと、本気で思っていたのに……。

『永江さんはお前が思ってるような人じゃなかったんだよ、日野鬼』

記憶の底で陽斗が笑い、その面貌が歪む。

『あんたなんて最低！』

美人は俺よりバカでもモテて得だな、と内心嘲っていた女が、永江の傍らでウェディングドレス姿で日野鬼を罵《ののし》る。

『永江くんから連絡は来たかね』

見上げると数多《あまた》の影が、会社の社員証をクビからぶら下げて詰め寄ってきた。

知らなかったのだ、本当に。

永江に婚約者がいたことも、不正を働いていたことも。

誓って言う、知らなかった。そして、知りたくなかった。

一生に一度の恋。特別素晴らしいことなんてしてくれなくていい、ただこの関係が永遠に続けば、自分は世界で一番幸せでありつづけることができたのだ。

それなのに、どうしてお前はあの人の本性を暴いてしまったんだ光屋……。

ぼんやりとした意識の底で、日野鬼は目を開いた。

だが、目の前は真っ暗だ。鼻をくすぐる畳の香りと、聞き覚えのない山の音。そういえば陽斗の実家に来ているのだった。

今のは夢だったのか。永江ばかり出てくる夢。

目を瞑れば、またあの男の姿が浮かびそうで嘆息したそのとき、ふと日野鬼は自分が柔らかなぬくもりに包まれていることに気づいてみじろいだ。

月斗が自分を抱きしめている。いつの間に、と不安になるのに、知らない土地の暗闇の中で逞しい腕に包み込まれていると、そのぬくもりがやけに心地いい。

妙な期待が肉欲を撫で、頰を火照らせた日野鬼は、しかし静かな小屋の中に、月斗の声が小さく漂っていることに気づいて硬直した。

「……から。……ですか？」

電話だろうか。しかし、この村に来て以来しょっちゅう確認している日野鬼の携帯電話は、いつだって圏外表示だ。

「おきぬさん、おきぬさん」

「……」

「本当にいいんですか？　俺には分不相応なことだと思うんだけど。本当にいいんですか、おきぬさん？」

月斗の声が部屋に満ちている。

それがあまりにも不気味で、日野鬼の心音は痛いほどに弾んだ。

気づくと、大きな手が日野鬼の腰のあたりを撫でている。覚えず、処女しらべの熱気を思い出し、日野鬼は生唾《なまつば》を飲み込んだ。

また、何かされてしまうのではないか。

今度は、誰も入ってこれないこの密室で。

指先が、臀部をなぞった。ぞわりと背筋に、怖気とも快感ともつかないものが走り、日野鬼は必死で目を瞑りなおした。

寝よう、寝てしまおう。これも夢だ。

懸命に自分に言い聞かせる田舎の夜は、二度と明けないのではと思うほどに深かった。

「いつまで寝てんだい！」

きん、と耳をつんざくような声に、日野鬼は自分が眠っていたことも忘れてはね起きた。

どこだここは。さっきまで何かしていた気がするが……いや夢か。むしろ、目の前に広がる畳や古板の壁のほうが、夢よりも現実味のない光景だが。

そんな混乱する頭をかかえて、日野鬼はゆるゆると声のしたほうへと顔を向けた。

見知らぬ部屋の障子が開け放たれ、朝露の甘い香りとともにぼんやりと明るく滲《にじ》む庭の風景が目に飛び込んできた。朝かと思ったが、どう見てもまだ日は昇りきっていない。

そんな薄暗いんだか明るいんだか、なんとも中途半端な淡い光景の真ん中で、ゆうべと変わらぬ顰《しか》め面《つら》の老婆が一人、じっとこちらを見下ろしていた。

「新米の嫁が一番遅くまで寝てるなんて、恥ずかしいやつだね。都会もんは、ガス埃《ほこり》が積もってツラの皮が厚いのかい？　さっさと支度をおし！」

「……支度？　二度寝の支度なら完璧ですよ」

馬鹿お言い。という文句とともに、英子がエプロンを投げつけてきた。泥に汚れたそれは、まだ傍らで眠っていた月斗の顔に命中し、うさぎのアップリケが愛くるしいエプロンの下から、くぐもったうめき声が聞こえてきた。

「うっ、な、何なに、なんだっての、ばあ様」

「なんだ、じゃないよ月斗。寝ぼけた顔をして。いいから早く嫁を畑に出しなさい」

何がなんだかわからぬうちに、言いたいことだけ言うと英子は慌しく離れから出ていってしまう。

「なんだ、ばあさんは高血圧か……年寄りも楽じゃないな」

「そうか、ばあ様がいつも怒ってるのは血圧のせいか。さすがだな日野鬼さん、村に来てまだ一日も経ってないのに、そんなこと見抜くなんて」

寝ぼけ眼《まなこ》で呑気なことを言ってみせる月斗は、寝癖のせいでゆうべより髪がふくらみ、目をこすりながら布団の上をのたくる姿は、陽斗とは似ても似つかないほど間抜けだ。

ゆうべの陰鬱な雰囲気も夢だったのだろうか。

「ばあさんの血圧はともかく、このエプロンはなんなんだ、月斗？」

「畑仕事用のエプロン。その模様、佐一郎《さいちろう》さんのお嫁さんのやつだな。あ、佐一郎さんっていうのは、じい様の弟の娘さんの息子さんが養子になったあと分家の健吾《けんご》さんと……」

「わかったわかった、とにかく巡り巡って親戚の嫁さんってことだな。それで、嫁修業第一弾は畑仕事ってわけか。田舎らしくなってきたな。でも、勝手に他所《よそ》の嫁さんのエプロン借りてもいいのか？」

馬鹿馬鹿しいとは思うものの、自ら「嫁に来た」と宣言しているのだから、日野鬼としては嫁修業をさせられることに異論はない。

なんなら、立派な嫁ぶりを見せつけて、田舎者の鼻を明かしてやろうじゃないか、とまで考えているくらいだが、さすがに勝手に人のものに手をつけるのは気が引ける。

日野鬼の素朴な疑問に返ってきたのは、月斗の困り顔だった。

「ああ、佐一郎さん離婚したから。なんでも、離婚したら治る病気をお嫁さんが煩ってたんだってさ。せっかく離婚したんだ、元気になってるといいんだけど」

「それはめでたい離婚だな。その元嫁さんとは、一度酒でも飲みたいもんだ」

この村についてまだ二十四時間も経っていない日野鬼でさえ、ここでの経験にいくらでも愚痴が出てくるのだから、実際嫁入りしていた見知らぬ女性に思わず同情してしまう。

手荷物からニットシャツとチノパンツを選び出し、日野鬼はその上からエプロンをすると庭に出た。借り物の長靴は泥がこびりつき、いかにもダサい。

傍らを見ると、月斗は着古したジャージのパンツに、こちらも泥つき長靴。しかし、よく日に焼けているせいか、それともシンプルなTシャツにできた筋肉の陰影のせいか、ダサいのに妙に絵になっていた。

自分ではこうはいくまいと思うと暗澹《あんたん》たる気分になる。

しかし、そんな不満も、月斗に案内され畑に出たときには消えさっていた。

「つ、月斗……なんだこれ」

「何って、鶏小屋。紹介するな、うちの鶏の、わんこ、にゃーすけ、ぴよ之進《のしん》、けろっぱ、それからブー太とぺん吉だ！」

さすが田舎と言うべきか、庭も畑もだだ広い。畑は屋敷の敷地外にもあるらしいが、日野鬼がつれてこられたのは敷地内の畑の傍らに立つ大きな鳥小屋だった。

金網に囲まれたスペースでは、太ったふかふかのお尻を振りながら歩いていた鶏たちが、見覚えのない顔だと思ったのか、一斉に日野鬼を警戒しだしている。

こけこっこーとうるさいことこの上ないが、どれがわんこでにゃーすけなんだかさっぱりわからない。

「鶏小屋の掃除道具はここにまとめてるから、好きにつかってくれ」

「そ、掃除？」

「そう。掃除」

こともなげに答えると、月斗は鶏小屋掃除の何がそんなに嬉しいのか、にこにこしながら小屋の扉を開け放った。

小屋はなんとも獣臭い。床は糞《ふん》や泥に汚れ、入るだけで匂いや汚れが体にしみつくような気がして日野鬼は眉をしかめる。

しかし、腹をくくって一歩小屋の中に足を踏み入れると、近くにいた三羽の鶏がじりじりと近寄ってきた。コッコッコッ。と、何か言っているが、あいにく鶏語はわからない。しかし、なんとなくその眼光から、文句を言われているような気になって日野鬼はその鶏を睨みつけた。

コケッ！　鶏が不満げに応じる。やはり、新参者の侵入が気に入らないようだ。

生きた鶏をこんな間近で見るのは初めてだ。茶色い羽毛に覆われた鶏はふくふくと丸く太り、鶏のイメージが崩壊しそうなほどにでかい。地面を踏みしめる鳥足には、凶器のような爪が輝いていた。

「お、おい月斗、あいつらなんか生意気だぞ」

「生意気？　……日野鬼さんて、ハルちゃんみたいなこと言うんだな」

「なんだと、あいつも同じこと言ったのか。気に食わん」

よりによって陽斗みたいと言われるなんて屈辱だ。それも、陽斗みたいな顔をした男に。

がぜん負けず嫌いに火のついた日野鬼が、陽斗も真っ青の掃除っぷりを見せてやろうじゃないかと箒《ほうき》を引っつかんだそのときだった。

コケー！

気合のはいった鳴き声とともに、近くにいた鶏が羽ばたく。そして、その巨体が狙《ねら》い定めたように日野鬼に向かってきた。

「うわぁ！」

華麗なとび蹴りだ。鋭い爪のある鶏足が自分に向かってきたのを見て、咄嗟に日野鬼も箒を振る。

「こら、駄目だぞわんこ、俺の嫁さん苛めちゃあ」

しかし、日野鬼の箒が鶏に届くより先に、月斗が難なくまるい鳥の体をキャッチした。

それも片手で。華麗な摑み技に日野鬼の目が点になる。

「日野鬼さんごめんな。こいつらスキンシップが激しいんだよ」

「俺にはスキンシップというより、新手のＤＶに見えたぞ……」

にこにこしながら、月斗が手にしたわんこを無造作に地面に放り投げる姿は実に頼もしい。

しかし間合いを計っているのはわんこだけではない、ブー太とぺん吉も今にもジャンプ一つで日野鬼の急所を捉《とら》えそうな雰囲気だ。

「月斗。鶏小屋掃除ってどうするんだ、こいつらをチキンソテーにでもしたらいいのか⁉」

「日野鬼さん、それじゃ鶏掃除だよ。よし、じゃあ俺がお手本見せてやる！　まずは、おおざっぱにゴミとか羽根とか掃いて……」

古びた箒を手にした月斗が、いきいきとあたりを掃き清めはじめる。

勝手に人の部屋掃除してんじゃねえよ。と、思春期の青年のような態度で鶏らは抗議しているが、たくみな箒さばきを前に近づけないようだ。

ばさばさと警戒しつつも、だんだん小屋の隅に追いやられる鶏を見ていると、月斗の作業がすべて計算ずくのようにさえ見えてくる。だが、月斗の横顔はなんでもない仕事をこなす余裕に満ちていた。

「それから、地面にこびりついてる糞とかを、シャベルでかき集めるんだ」

「糞……」

もう少し月斗の仕事ぶりに見入っていたかったのに、突然耳に飛び込んできた現実的な単語にげんなりしながら、日野鬼はシャベルを手にとる。

鶏がまた挑発してきた。とたんに、月斗が「こら！」と言ってその尻を箒で払っているが、さしもの月斗も何羽もの鶏を一斉に抑えることはできない。

月斗の隙を狙ったように、一羽の鶏が意味もなく羽ばたくと、当たりに羽毛をまき散らしながら日野鬼に突進してくる。

「うわあ、来るな！　お前らのお漏らしを掃除してる相手になんだその態度は！」

どうやら、光屋家は陽斗に似て、鶏にいたるまで生意気のようだ。

「こら！　もー、俺の嫁さん苛めんなって」

この戦局によほど慣れているのか、月斗だけは相変わらず呑気な様子で、むんずと鶏を掴むと背後に放ってしまう。鶏は鶏で、不満げに着地するとまたすぐ臨戦態勢に入るものだから堂々巡りだが。

「こんな連中との戦いを嫁にやらせるなんて、鬼畜だな光屋家は……」

「えっ？　まさか、日野鬼さん光屋家のこと嫌いになったとかじゃないよな？　まさか……嫁になるの、やっぱ止めようとか思ってるのか⁉」

日野鬼の悪態に、青くなった月斗が、黒いふさふさの髪にたっぷり羽毛を絡みつかせながら涙目になった姿に気圧され、日野鬼は咄嗟に思ってもないことを口走る。

「い、いや、別に嫌いになってはいないぞ？　よ、嫁修業一日目だしな、まだリタイアするには早いだろう」

「よ、よかった……早速日野鬼さんに嫌われたら、俺どうしようかと思ったよ」

残念ながら、陽斗に関するものはだいたい嫌いなつもりなのだが、こうも素直な言葉をぶつけられるとやりにくい。

つい、わけもなく月斗の髪に手を伸ばし、絡みついた羽毛をとってやろうとしたときだった。ふいに月斗の表情が険しくなり、鶏小屋に声が響く。

「危ない、日野鬼さん！」

「うわっ！」

一瞬の出来事だった。

月斗の腕が力強く日野鬼を押しのけたかと思うと、その目の前を丸い影が舞う。立派なとさかを誇るぴよ之進が、力強い踏み切りとともに日野鬼の顔面に向かってジャンプしてきたのだ。

月斗のおかげで難は逃れたが、目標を見失ったぴよ之進の巨体は、止める間もなく月斗の顔面へと命中する。

「むぶっ！」

茶色い羽毛があたりに散る。勢いづいたぴよ之進の体とともに月斗の体勢は崩れ、日野鬼は慌ててその体を受け止めた。しかし、思った以上に月斗の体は大柄で、日野鬼は一緒になって汚れた地面に尻餅《しりもち》をつきそうになる。

しかし、体勢を崩していたはずの月斗の手がすぐに伸びてきた。

よろめいた日野鬼の体は、月斗に難なく抱きすくめられ、なんとか踏みとどまる。

「月斗！」

「うぅ～ぴよ之進臭いっ……。日野鬼さん、日野鬼さん無事かっ？」

月斗を庇うつもりが、逆に庇われ、日野鬼の体は月斗の腕の中にすっぽり包まれてしまっていた。

その上、日野鬼を庇って顔面に鶏を受け止めた月斗のほうが、日野鬼を心配してくれている。

「大丈夫だ、ぴんぴんしてる。それよりお前大丈夫か、どっか痛めてないか？」

「日野鬼さん、俺の心配してくれるのか？　嬉しいなあ。ありがとう、大丈夫だ！」

「あ、ありがとうってお前……」

心配した程度でお礼を言われていては、一日何度礼を言いあうはめになるかわからない。

しかし、助けてもらっておきながら何も言わないのも負けた気がして、日野鬼は気に入らない顔を持つ男に、もごもごと歯切れの悪い礼を返した。

「いや、こっちこそ……。ありがとう」

「へへへ、せっかくこんな田舎まで来てくれたんだから、嫌な思いさせたくないしな。日野鬼さんに怪我がなくてよかった！」

「そ、そうか……」

ゆうべだいぶ嫌な思いをしたけどな。という嫌味を飲み込み、日野鬼はそっと月斗の胸から離れた。触れた胸板の肉厚な感触に、朝の陽射《ひざ》しの中だというのにどきりとしてしまう。

こうして触れてみれば、月斗は意外なほどがっしりとした体つきをしている。じっと観察すると、彼の視線が自分を見下ろす位置にあることに気がついた。

陽斗の顔で俺を見下ろすなんて生意気だ。と思ったものの、考えてみれば陽斗とは長いつきあいだが、あの男に見下ろされた記憶はない。

本当によく似た双子だと思っていたが、月斗のほうが背が高いのではないだろうか。

不思議そうに月斗に見つめられ、日野鬼は慌てて目を逸《そ》らした。

同じ顔だからこそ、顔馴染《なじ》みのようにして強気に出ていられたが、急に月斗が知らない男に思えてきた。いや、もとより知らない男なのだが。

そんな知らない者同士なのに、鶏を頭に被《かぶ》ってまで助けてくれるなんて、ゆうべから文句ばかり言っていた身としては申しわけなくなってくる。

「ど、どこも痛くないのなら、掃除を続けるぞ。こいつらに負けてたら、ばばあになんて言われるかわからん」

「わかった。よし、じゃあ俺、こいつらに籠《かご》かぶせてくるから、日野鬼さんは安全なところから掃いていって。わからないことがあったら、なんでも聞いてくれ」

「わかった」

掃除しても仕方がないだろう、と第一印象では思っていた古びた小屋も、新しい糞尿を拭《ぬぐ》い、あたりに散らばった羽毛を掃き清めると、ずいぶんすっきり見える。そのことに満足したのか、ちりとりにゴミをまとめる頃には、日野鬼の足元までやってきたぴよ之進が満足げに鳴いたほどだ。

何様だこいつ。

と睨みつけると再び喧嘩になりかけたが、そこへちょうど、畑のほうで作業していた村人が通りかかった。

網越しに、鶏と睨みあう日野鬼を不思議そうに覗き見ているのは、男が二人。ゆうべ日野鬼を力ずくで抑え込もうとした光屋家の人間だ。日の昇った明るい空の下で、日に焼けたその屈強な姿を見ると、嫌でも処女しらべの不安を思い出し日野鬼は眉間《みけん》に皺《しわ》を寄せた。

しかし、そのことを気にしていたのは日野鬼だけなのか、それともあれもまた夢だったのか、そう錯覚するほど男二人は陽気な笑顔を浮かべている。

「おはようさん。なんだなんだ、鶏小屋掃除にえらい時間食ってんな。そんなことで大丈夫かい」

「お、おはようございます」

すがるように箒を握り締めて、固い表情で挨拶《あいさつ》だけすると、背後から月斗がやってきた。

そっと肩を抱いて庇われ、その手の大きさに妙な安堵を覚えてしまう。

口数少ない日野鬼に不思議そうな顔をしてみせた親戚に、月斗のほうが笑顔で答えた。

「おはよう、大叔父さん。聞いてよ、日野鬼さんすごいんだ。ぴよ之進と互角にやりあうんだぜ」

「そりゃあ……すごいっていうか、前世は闘鶏だったんじゃないか？」

「月斗大丈夫かい、こんな怖い嫁さん相手にして」

「なんだと、朝っぱらから失礼な」

言いたい放題の二人に、思わず日野鬼は月斗に寄り添いながら噛みついた。

ゆうべのお前らほど怖くない。と言ってやりたいが、こうもあっけらかんとした態度をとられると、一人だけあの処女しらべとやらをむし返すのも恥ずかしい。

まあまあ、と日野鬼をなだめにかかる男たちが手にしたザルには、土のついたアスパラガスやほうれんそうが乗っていた。思わず腹が鳴りそうになる。

「じゃあ月斗、大方掃除も終わったみたいだし、卵とったら嫁さんを台所に案内してやれよ。今朝から、英子さんがはりきってたよ、今回の嫁は味噌汁《みそしる》の作り方から教えてやらなきゃならなそうだって」

「失礼な。味噌汁くらい作れるぞ。作ったことはないが」

「……月斗、大変な嫁さんが来ちまったな」

「ほんとすごいよな、日野鬼さんは」

少し同情の混じった男たちの呟きに、月斗はというとどこか嬉しそうだった。

そんなに味噌汁が好きなのだろうか。と日野鬼がぼんやりとその笑顔を見上げているうちに、男たちは野菜を手に屋敷へと戻っていった。

「今の人は大叔父の新造《しんぞう》さん、もう一人が分家の陽司《ようじ》さん。台所に陽司さんのお嫁さんのエリカさんとかがいるよ。うちは本家の人がみんな同じ世帯にいるから、大所帯なんだ」

「ふぅん……みんな、苗字《みょうじ》は光屋なのか？」

「もちろん」

それ以外に何があるんだ？　と言いたげに見つめ返され、日野鬼は困惑した。

どうにも不便だ。あんな、夜と朝とで別人のように人の変わる連中を、親しげに名前で呼ぶなんて、日野鬼には少しハードルが高い。

「村の東のほうは五藤《ごとう》さんの一族が住んでて、南のほうには馬場《ばば》さん一族が住んでるんだってさ。あとは、昔からいる藤村《ふじむら》さんとか、斎木《さいき》さんとか……」

「だってさって、交流はないのか？」

「あ、いや……小さな村だし、みんな仲良しだよ。俺は、会う機会少ないんだ」

何気ない質問のつもりだったのに、月斗の表情が急に曇った。さっきまで何をしても嬉しそうにしていただけにその落差に違和感を覚える。

「それよりも日野鬼さん、腹減ったろ！　俺もうぺこぺこ。早く台所に卵持っていこう！」

月斗の様子は気になるが、今の日野鬼の目的は陽斗の弱みを探ることだ。

そう自分に言い聞かせ、日野鬼は違和感から目をそむけると月斗のもとに歩み寄った。

わんこだったかにゃー助だったかが座っている稲藁《いなわら》のかたまりを月斗はかきわけている。

その隙間に、白い物体を見つけて日野鬼は思わずしゃがみこんだ。

「うわ、本当に卵だっ」

不満げに、コッコと鳴きながらどこかへいってしまう鶏のいたあたりに卵が一つ。スーパーで買う卵と違って、殻の固そうな卵には羽毛や汚れがこびりついていた。

しかし、見慣れた月斗にはその汚さが気にならないのか「ほら、取って取って」なんて言ってくる。

触りたくない。けれども、卵もろくに触れない軟弱者だと思われるのも癪《しゃく》にさわる。

逡巡《しゅんじゅん》ののち、日野鬼はそっと親指と人差し指だけで卵を摘《つま》んだ。そして、指先に触れた思わぬ温度にわっと声をあげる。

「すごい、温かいぞこの卵！」

「そりゃそうだろ。さっきまでみんなが温めてたんだから」

「……」

「大丈夫。ひよこになったりしないぞ」

月斗のフォローにほっと息を吐くと、日野鬼はおそるおそる卵を手にのせた。

汚い。だが温かい。冷蔵庫に入っている、綺麗で冷たい卵とはまるで別物のようだ。

「こんなに温かいのに、なんでゆで卵にならないんだろう」

なんとも不思議でそう呟くと、傍らの月斗の体が揺れた。

「ふ、っくくく……」

「あ、おい。なんで笑ってるんだ！　ば、馬鹿にしてるのか！」

「だ、だって日野鬼さん面白いっ……はははははっ」

「温めたらゆで卵ができるんだから、このくらい温度があれば湯だってておかしくないだろ！」

「あっはははは」

ムキになっても月斗の笑い声は大きくなるばかりで、目じりの涙を拭う月斗を見ていると不思議な心地になってきた。

陽斗と月斗では、その笑い方がまるで違う。

目元に皺を寄せるほど快活に笑うその面貌はいかにも純朴そうで、大きな口が男らしい。

その心底楽しそうな姿に嫌味めいたところが一つもなくて、今ならその面貌にいたるまで陽斗に似ていないと思えた。

やっぱり知らない男だと思うと、せめてここにいる間くらいは、この新しい出会いを大事にしてみようかという気にならないでもない。

卵を手で包み込み、日野鬼はまだ笑いの収まらない月斗に問いかけた。

「お、おい、月斗……せっかくの卵だし、何か食べたい卵料理はあるか？」

「えっ？」

「どうせ料理も嫁修業のうちなんだろう？　だったら、俺はお前の嫁に来たんだから、お前の食べたいものを作ってやる」

笑いすぎたせいで涙に濡れた睫《まつげ》を瞬かせ、月斗は驚いたように口を半開きにしている。

真っ黒な瞳に見つめられ、日野鬼はじわじわと頬が熱くなるのを自覚した。これじゃあ本当に新婚夫婦じゃないか、何を言っているんだ自分は。

しかし、その沈黙を打ち破るように、小屋の外から冷たい声が飛んでくる。

「何してんだい、あんたたち。堂々とサボりかい、えらい度胸だね」

「あ、ばあ様」

二人して弾《はじ》かれたように顔をあげると、野菜が詰まった籠を背負った英子が呆れた顔で立っていた。はたから見れば、鶏に囲まれ二人で押し黙っている姿は妙な光景だったろう。

「日野鬼さん、あんた嫁なんだから早く台所に行きなさい。ちゃっちゃと働かないと、朝ごはんが昼ごはんになるよ」

「はいはい。ちゃっちゃと働かせていただきます。卵、台所に持っていったらいいのか?」

「台所以外で何に使うんだよ。台所に入るときはそのエプロン、おはずしよ。ああ、あとそれから……」

「はいはいはいはいはい。すべてはばば様のおおせのままに」

「……人生で会った嫁の中でも一番可愛げがないやつだね」

英子に急き立てられ鶏小屋を出ると、月斗がいつの間にか五個の卵を積んだザルを手渡してくれた。そのずしりとした重みを受け取ると、相変わらず汚いなと思う心はあるのだが、同時に少し、こんな田舎での朝食が楽しみにもなる。

しかし、そんなうきうきした心地も、いざ英子の背を追おうとしたところでかき消えた。ちょうど台所に繋《つな》がる坂道に、石杭が立っているのだ。

この村に来て以来、ときどき目にするのだが、芋虫をかたどった石の杭だ、気持ちが悪い。石杭のてっぺんに彫られた複眼の凹凸が、じっと自分を見ている気がする。

そんな不安を抱く日野鬼の背中に、月斗が申しわけなさそうな声をかけた。

「ごめん日野鬼さん、俺、こっから先は入れないんだ。でも、台所で嫌な目にあったらいつでも逃げてこいよ。離れに匿《かくま》ってやるから」

「俺の辞書に逃げるという文字はない。それより、なんで台所に……」

行けないんだ、と尋ねかけて、日野鬼は止めた。

ゆうべ、月斗が下座にいた理由も、濡れ鼠だった理由もはぐらかされたのだ。今回もきっとはぐらかされるに決まってる。

そしてはぐらかすとき、月斗はその無邪気な顔に似合わぬ陰を浮かべていた。

まだ出会って間もない相手だが、笑顔の似合う月斗を問いただして、その表情を曇らせるのも気が引ける。

言葉を途切れさせたまま口ごもってしまった日野鬼に、おずおずと月斗が言った。

「と、ところでさ、日野鬼さん、さっきの卵料理の話なんだけど」

「食べたいものを思いついたのか？」

なんだなんだ、と詰め寄ると、日野鬼がはにかんだ微笑を浮かべて、小さな声でささやいた。

「ど、ドーナツ作れるか？」

白い着物を身に纏い、薄暗い和風建築の離れで世捨て人のような暮らしをしている月斗には似合わぬ言葉に、一瞬ドーナツがなんのことだかわからなかった。

「ドーナツ、好きなのか？」

目元を赤くしたまま、月斗が恥ずかしそうに目を細める。

優しくて何かと気を遣ってくれるが、そのくせ何を考えているのかいまひとつ読めなかった月斗の初めてのおねだりが嬉しくて、日野鬼はがぜんやる気になってきた。

「いいだろう、ドーナツくらいまかせておけ。わっかになればいいんだな、わっかに」

置いてくよ。と遠くから英子が怒鳴っているのも気にせず安請けあいすると、月斗の表情がぱっと笑顔になった。

こんな笑顔が見られるなら田舎も悪くない。思わずそんなふうに思ってしまうほど、月斗の笑顔は無邪気に輝いていた。


「本当に味噌汁作ったことなかったんだな……月斗の嫁さん」

「っていうか、月斗が鶏小屋で取っていたのは、本当に卵なのか？」

「なんで切って皿に盛るだけでいいはずの漬物がこんな姿に……」

月斗をあっと言わせてやろう。と張り切って台所に立った日野鬼は、しかしその三十分後、光屋家の母屋《おもや》で暗い顔をさらしていた。

居間に揃った十人ほどの親族らはみな、一仕事終えたあとの待ちわびた朝食を前に、渋い表情だ。

立派な一枚板の巨大座卓には、土色の和やかな食器が並び、日野鬼の手料理が湯気を立てている。

真っ白な赤味噌の味噌汁。ぼこぼこと溶岩のように泡立っている卵焼き。溶けたほうれんそうと破裂したアスパラガス。鯵《あじ》の開きは、いい燃料になりそうなほど炭化している。

料理って難しいんだな。と、きゅうりの漬物を切る過程で器用にもみじん切りにしてしまった日野鬼は、生まれて初めて自分の自信過剰を反省するはめとなったのだった。

なぜ、月斗に「ドーナツくらいまかせておけ」なんて言えたのか。数十分前の自分が宇宙人か何かに思えてくる。

「日野鬼さん、もう一度確認するけど、あんたうちの嫁になりにきたんだよね？」

冷たい英子の声に、日野鬼は溜息をつきながら応じる。

「そのはずです。決してこんな毒物で皆殺しにするために来たわけではないはずなんです」

毒の自覚あったのか。と親族らがささめく中、日野鬼はもそもそと自分の作った卵焼きを食べた。

まずい。せっかく鶏と格闘してまで取った卵なのにもったいないことをしてしまった。

食卓でも相変わらず月斗は末席に座らされており、それに倣うようにして、日野鬼も一番扉口に近い席にいた。本来なら、そこからお茶を注《つ》げだの味噌汁お代わりだのいろいろ言いつけられるだろうと身構えていたが、見るも無残な朝定食を前に、みんな「しょうゆとってくれ」と言うことさえためらっているようだ。

そんな中、ちらりと向かいの席に視線をやると、月斗だけがいい食べっぷりを見せてくれている。

黄色みのまったくない不思議な色の卵をほおばり、味噌の香りのしない味噌汁をすする姿はご機嫌で、彼の味覚は大丈夫だろうかと、作った日野鬼が心配するほどだ。

「お、おい月斗。不味《まず》かったら残してもいいんだぞ。お前の分だけなら、俺が全部平らげてやるから」

「え、なんで？　どれも日野鬼さんが作ってくれたんだって思うと、すごく旨《うま》いよ！　見た目は変だけど、変わった味で面白いや。この海苔《のり》の佃煮なんて、すごく優しい味だなあ」

「それはほうれんそうのお浸しだ……」

形のよい鼻に、みじん切りの漬物をくっつけたまま月斗は笑顔を見せた。

いいやつだ、と感動してしまう。陽斗の弱みを探すよりも、月斗の爪の垢《あか》でも集めて持ち帰ったほうが役に立つかもしれない。

そんな月斗につられたように、文句を言っていた親族たちも皿の中身を平らげはじめる。

「はあ、人間得手不得手はあるだろうけどよ、さすがにおにぎりくらいまともに作れないもんかね。なんだいこの、穴のあいたおにぎりは」

文句を言った男の箸《はし》の先では、白米のかたまりがつややかな肌を見せていた。それも、見覚えのある穴のあいた丸い形。

最初こそ意気込んで台所に参上した日野鬼だったが、結局何をしてもうまくいかず、最後におにぎりの準備をする頃にはすっかり意気消沈してしまっていた。これでは、月斗を喜ばせるどころか怯えさせるに違いない、という料理の数々に、せめておにぎりだけでもなんとかならないかと、ドーナツ型にしてみたのだ。自己満足だとはわかっていたが、一つうまく輪の形になるとやめられなくなって、結局全員分ドーナツ型にしてしまった。

どんな文句を言われても、おっしゃるとおりです、としか返事のできない日野鬼が口を開きかけたとき、先に月斗の嬉しげな声が居間に響いた。

「俺はこのおにぎり気に入った。形が違うだけなのにこんなに旨くなるもんなんだなあ……日野鬼さん、俺の分だけでも、またこれ作ってくれよ」

「月斗……」

「月斗、お前がそんなこと言うなんてめずらしいな。おっちゃんのおにぎりもやるよ、ほら」

「え、いいの大叔父さん？　俺ほんとに食べつくすかもよ」

月斗は、笑顔にも言葉にも飾り気がない。ありのままの好意をぶつけられ、日野鬼は照れるよりも胸の奥が火照ったようなぬくもりを覚える。

大叔父のくれたおにぎりに月斗は笑顔を深めると、おにぎりを二つ並べてご満悦だ。

その様子が人に伝染するのか、最初こそ渋い顔をしていた親族たちも、好き放題文句を言いながらも穏やかな空気をかもし出している。たまには不味い飯を食うと、自分の嫁さんのありがたみがわかるなんて言い出した男と、日野鬼に台所でいろいろ教えてくれた女が何か言いあっている。

どっと上座で笑いが起こり、若い男が「俺も嫁さんほしいなあ」などという頃には、さんざんな味と見た目の日野鬼の初料理は、誰の皿からもほとんどなくなっていた。

月斗が、最後まで大事にとっておいたドーナツおにぎりを、ちまちまと食べてくれている。

その姿を眺めていると、隣から光屋家の嫁の一人が肘をつついてきた。

「よかったわね日野鬼さん。一時はどうなるかと思ったけど、月斗さん、優しい旦那さんになりそうで」

「まったくです。これじゃあ、俺の料理で腹を壊しても喜んでそうですよ……」

苦笑を浮かべ、日野鬼はあたりを見回した。

こんな騒がしい食卓とは無縁だったし、憧れたこともない。けれども今、目の前で嬉しそうに自分の料理を食べてくれている月斗を見ていると、この賑《にぎ》やかさが温かいものに思えてくる。

嫁に来た、とはあてつけのつもりだったのに、本当に新米嫁のような顔をしてこの家族の中に加われていることが、日野鬼は少し楽しくなっていることに気づいた。

そうなってくると、月斗の笑顔を増やすためにももっと嫁らしく振舞ってみたくなる。

日野鬼は居ずまいを正すと、上座で茶をすすっていた英子に向き直った。

「ばあさん、頼みがある。月斗にもっとうまいもん食わせてやりたいから、明日からみっちり、光屋家の味を教えてください」

押しかけ女房として現れた当初から、気ばかり強かった日野鬼の殊勝な言葉に、英子以外の誰もが驚いた顔をする。

しかし、英子は渋い顔だ。

「あんたに教えるくらいなら、鳥小屋の鶏のほうがまだ覚えがいいだろうに、とんでもないこと言い出すんじゃないよ」

「今度は卵と間違えてお猪口《ちょこ》割ったりしないから！」

「やめとくれ、思い出しただけで頭が痛い……」

「頼みますばあさん」

「頼むときくらい形だけでもいいからおばあ様っていえないもんかね……まあいい、その代わり明日は一時間早く台所に来な。寝坊したら家中の屋根掃除させるから覚悟おし」

「望むところです。ばあさんこそ俺の上達ぶりに腰抜かさないでくださいよ」

にやりと笑うと、親族の顔色が悪くなった気がするが、気にしないことにした。

そして、空いた皿を集めると、洗い物のために一人で台所に向かう。準備にはさんざん手間取って、先輩嫁たちに迷惑をかけてしまったのだ、ここは汚名返上がてら、一人で頑張ったほうがいいだろう。皿の量は多いが、手間取るような汚れはない。これなら食器洗浄機に頼って生きてきた日野鬼でもなんとかなりそうだ。

と、早速皿を一枚割りながら日野鬼は自信満々にスポンジを手にとった。

その背後で、ふと空気が動いて人の気配を感じる。

「いいですよ、ここ全部俺がしますから。お皿一枚割れましたけど、実に趣味の悪いチープな皿だったので気にしないでください」

ずうずうしいことを言いながら振り返ると、食卓に残っていたのだろう残りの食器を手に月斗が背後に立っていた。やはり、少し目線が上だ。けれども、いつの間にか陽斗と同じ顔の癖に、なんて腹立ちはなくなっていた。

「おい月斗、お前台所に来てよかったのか？」

ぽかんとして問うと、月斗はなんのことだかわからない様子で首をかしげながら、流しに皿を置いてくれる。

「男の来る場所じゃない！　とかは言われるな。日野鬼さんから見たら古臭いだろ」

「いいや、醱酵《はっこう》してそうなほど古い考え方の連中なんて都会にも山ほどいる。まあ、常に進歩的で合理的な俺には無縁な連中だがな」

「ははは、日野鬼さんって本当に面白いな。怖い物なんて何もなさそうだ」

褒め言葉に鼻高々になって、日野鬼は皿をもう一枚割った。潔く真っ二つだ。

居間のほうから「今度町まで買出しにいこう。紙皿」と言いあう親族の声が聞こえる。

「それにしても日野鬼さん、明日から本当にばあ様に料理教えてもらうつもりか？　ばあ様、厳しいしすっごく怖いんだぞ？」

「ふん、望むところだ。俺はあんなばばあより、わけのわからん振出人の裏書手形を片手に資金繰り大丈夫ですとか言いだす経営者のほうが百倍怖い。ああ、そういえばあの会社も、どうせ陽斗が担当引き継いだんだろうな……ざまあみろ」

「ニュースで言ってたな。最近リスクの少ない電子手形が流行《はや》ってるって。ばあ様より百倍も怖いのか、すごいな……」

「……わかるのか」

「いや、あんまり。でも、部屋にいたらテレビ見るしかやることがないから、見てるうちに覚えたり覚えなかったり……」

右に首をかしげ、左に首をかしげ、を繰り返す月斗はなんだか可愛い。

いや、可愛くない。可愛いはずがない。陽斗と同じ顔だ。

しかし、可愛いというよりは格好いいのではないか？　いや待て、だから陽斗と同じ顔だ。格好いいはずもない。

と、日野鬼は茶碗《ちゃわん》にヒビをいれながら自分に言い聞かせる。

「よし、俺も頑張ろう。日野鬼さん、明日からは鶏小屋掃除、こなくていいからな」

「えっ？」

「一時間も早く台所に来なきゃいけないなんて、寝る暇なくなるだろ。料理応援してるから、鶏小屋掃除も料理修業も、いくらでもかかってこいってもんだ」

「べ、別に大変なんかじゃない。俺はこれまでバリバリ寝る間も惜しんで働いてたんだ。鶏小屋は俺に任せとけ！」

「頼もしいなあ。なら、こういうのはどうだ？　俺が、ものっすごく鶏小屋掃除したい！　だから俺一人にやらせてくれよ」

「どうって、そんな……」

幸い、日野鬼の手から滑り落ちたお椀《わん》は漆器で、今度は割れることはなかった。

けれども、日野鬼の心臓は割れてしまいそうに高鳴っている。

悪戯《いたずら》っぽく笑った月斗の微笑《ほほえ》みが色っぽくて、直視できずに日野鬼は視線を泳がせた。

「明日、お互い頑張ろうな！」

それを最後に、月斗はいくつかのグラスに水を汲《く》み居間に戻っていく。

どうしてこんなにドキドキするのだろう。

ちょっと、優しくしてもらっただけじゃないか。

だが、いつもあくせく生きてきた日野鬼は、こんなにも邪気のない優しさを注がれた経験など一度もなかったことに気づいた。

月斗の優しさには裏がない。それどころか見返りだって求めていないだろう。ただ、甘くて柔らかい気遣いで、一生懸命日野鬼を包み込もうとしてくれている。

日野鬼は落とした漆器を手にとり、ふとその器が月斗のものだと気づく。すごく旨い。そう言って自分の料理を真っ先に平らげてくれた男の姿を思い出すと、日野鬼の心臓はいっそう高鳴るのだった。

広大な屋敷の畳をすべて掃き清め、板張りの床は雑巾《ぞうきん》がけ。大量の布団を干してからようやく昼食にありつけたあと、日野鬼は夕食の準備に駆り出されたほかの嫁と違い、屋敷の外庭にある土蔵に追いやられた。

整理整頓くらいなら、若い都会もんでも人並みにできるだろう。そんな余計な一言とともに任された仕事だったが、となると今までどこのどいつが整理整頓してたんだ、と犯人探しをしたくなるほど蔵の中は荒れていた。

押し込められた簞笥《たんす》や書棚にはクモが巣を張り、積みあげられたダンボールやビールケースが埃をまとっている。蛾や、見たこともない虫がころんと冷たく転がっている様から、そわそわと目を逸らしながら日野鬼は溜息を吐くと、箒を握りなおした。

古いものを収納した蔵なら、さっそく陽斗の昔の写真や、恥ずかしい思い出を発掘できるかもしれない。と期待していたのだが、目的を達成する前からもう逃げ出したい心地だ。

とりあえず、積みあげられたダンボールから手をつけると、壁との隙間からエイリアンみたいな節足動物が羽を広げて舞い飛ぶ。

「ひぃっ……」

羽音も立てずに天上へと消えていった虫を目で追いながら、日野鬼は肩を竦めたまましばらく動くことができなかった。

虫は嫌いだ。生きていようと死んでいようと触りたくない。いや、直視さえしたくない。

そんな弱音を村の人々にさらすつもりはもちろんないから今まで我慢に我慢を重ねていたが、いざ一人で虫と対峙《たいじ》すると鳥肌が立ってしまう。

「うう、そういえば家にゴキブリが出たとき、どうしても触れなくて永江さんに電話したなあ」

思い出すのは懐かしい上司の困ったような笑顔。

都会にいればゴキブリやハエ、小さな蛾に悩まされる程度だったが、この村には見たこともない虫がたくさんいる。きっと山に入ればカブトムシや大きなカマキリだっているだろう。

そういえば、永江は案外虫好きだった……。

「あーもう、忘れた忘れたあんなやつ。今の俺は月斗の嫁だ。若当主様がせっかく紹介してくれた嫁修業中の身だ、あんなやつ思い出してる暇はない。ふん！」

愛《いと》しい男の幻影を、クモの巣と一緒に箒で振り払いながら、日野鬼は躍起になって掃除に没頭した。

ひとたび永江の姿を思い出すと、同時に会社の光景まで脳裏に浮かぶ。顧客はどうしているだろう。後輩に回してた仕事、大丈夫かな。そんな考えても仕方のないことを一緒に片付けてしまうかのように、着々と蔵の中を整えていく。

埃と一緒に、転がっていた虫やクモの巣を片付けてしまうとあとはそう苦手な作業でもない。無造作に押し込められていた棚を並べなおし、蔵の中を使いやすいよう通路を作っていく。

いつの間にか汗だくになってしまい、日野鬼はたまらず蔵の扉や窓をすべて開け放った。

とたんに、密度の濃い空気が蔵の中に流れ込んでくる。

甘い木々の香りと、乾いた土の香りに満ちた空気は驚くほど瑞々《みずみず》しい。

興味がなかったはずの「綺麗な空気」を胸いっぱい吸うと、日野鬼は蔵の外に広がる眩《まぶ》しいばかりの緑の光景を眺めた。

暗鬱としたゆうべの山と違い、青空の下ざわめく梢《こずえ》の音は、優しく心地いい。

夜の山は薄気味悪く意地が悪い。まるで陽斗のようだと思っていたが、こうして昼間の田舎の風景を見ていると、その優しい明るさが月斗に似ているような気がする。

そして、今朝鶏をはっしと摑んでいたあの大きな手を思い出し、日野鬼は自然と笑みを浮かべていた。

朝食後、ほかの仕事をさせられているときも、月斗は何かと駆けつけてくれては「慣れない田舎の仕事は大変だろう」と心配してくれる。いつもの癖で、強がって月斗の手伝いをつっぱねている日野鬼だったが、それでも慣れない作業ばかりの中気遣ってもらえることは嬉しいことだった。

月斗は山野の似合う邪気のない男だが、頼もしいし、気遣いも細やかなところがある。陽斗にならって都会に出れば、嫁の来てに困るどころかさぞやモテることだろう。

「さて、ちゃっちゃと掃除をすませないと、また月斗のやつ、心配して駆けつけてくるな」

気づけば永江のことなど忘れてしまっている自覚のないまま、日野鬼は苦笑とともにそんなことを一人ごちると仕事を再開した。

しかし、最大の難関である虫の相手を終わらせて気を抜いていた日野鬼の前に、今度はがらくたの山が立ちはだかる。

骨董《こっとう》的な価値のありそうな棚には、未開封の割り箸や鉛筆の山。ダンボールの中にはなぜかトイレットペーパーやラップの芯が溢れ、粗末なカラーボックスには歴史を感じさせる桐箱入りの装飾品。

三年使っていないものは、公的書類以外は捨ててしまえ、という性分の日野鬼には、この土蔵はゴミ捨て場に見える。

「消耗品をまとめ買いするやつほど、まとめ買いしたこと絶対覚えてないんだよな。まったく」

昔から光屋家の一員で、彼らのことはよくわかっています。とでも言いたげな愚痴を漏らしながら、雑多な雰囲気だった蔵の大部分を片付けると、ようやく蔵の奥が見えてきた。

しかし、小さな蔵にさんさんと差し込む昼の陽射しを受けてもなお、家具の積みあげられた奥のエリアは暗い空気に包まれている。

よほど誰も手をつけないまま放置されているのか、カラーボックスが壁代わりになっていたその向こう側に足を踏み入れると、淀《よど》んだ空気が日野鬼の肌にまとわりつく。

最奥部に並ぶ家具はどれも古めかしく、漆塗りの化粧台や黒い箪笥が息を潜めるようにして日野鬼を待っていた。誘われるようにしてそっと引き出しの一つに手をかけると、まるで一人でに動いたかのようにすっと開いた。

「なんだ、えらく……立派な着物だな」

引き出しの中には、着物を包んだたとう紙が収められていた。しかしどれも古く、着物は虫に食われている。中には、泥がこびりついたものもあり、そんな衣類を汚れたまま後生大事に包んでしまっている理由が日野鬼にはわからなかった。

赤褐色の泥汚れはともすれば血痕《けっこん》のようにも見えて、落ち着かなくなって日野鬼は引き出しを閉めた。

気づけば、土蔵の中には不自然なほどの静けさが漂っていた。

まるで、世界から隔離されてしまったような冷たさの中、心地よかったはずの汗がじっとりと重たく背中を這う。

つづらがある。編みこんだ竹が幾重にも裂けて角が割れているが、漆を塗りこんでいるのか、蓋《ふた》を手にするとなかなか頑丈だ。

今度は黒ずんだ木製の棒がたっぷり詰まっている。これでは、つづらも割れるわけだ。

ただの棒。そう思い一本手にしようとしたとき、日野鬼はその棒のシルエットに気づき引きつるような悲鳴をあげてあとずさった。

つづらにたっぷり詰まった棒はどれもこれも陰茎の形をしていた。まるでそのまま蠢きだしそうなほど大量に、いびつな男の欲望の形はなまなましい。どれも細い作りだが、ふくらんだ先端がやけにリアルだ。

「な、なんだよこれ」

たまらず口をついて出た自分の声がやけに響いて聞こえる。

一本、二本あるくらいならば、古い大人の玩具《おもちゃ》かと笑い話にもなったが、こうもたくさん詰めこまれているとどこか病的だ。

見なかったことにしよう。そう思い蓋を持ち直したものの、日野鬼はなかなかその張り形から目を離せなかった。こんなときにかぎって、ゆうべの「処女しらべ」が頭に蘇《よみがえ》る。

親族らはあれをしきたりだと言っていたが、もしかしてこの山とつまれたものもしきたりの一部なのだろうか。自分も、そのうちこれで何かされてしまったり……。

じっとりと汗ばむ体が、ゆうべ月斗に撫でられた感触を思い出しそうで、日野鬼は乱暴につづらの蓋を閉めた。

心音がうるさいほど高鳴っている。その理由が、ただの恐怖や嫌悪感だけならいいのだが。

つづらを奥に押しやると、日野鬼はなんとか肌をざわめかせる悪い想像から逃れようと別の簞笥に手をかけた。

蔵の中でも一番重厚な雰囲気をかもしだしているその簞笥のくぼみに手をかけると、音も立てずに取っ手が沈み込んだ。中が腐っているのだろう。

まるで、簞笥の中の何かから拒絶されたような気になり、高ぶりかけていた日野鬼の体が再び凍えたように固まった。

それでもなんとか観音開きの扉を開くと、中は棚になっており、掛け軸の箱や古い書物がたっぷり積みあげられている。

汚れた着物や、木製の「あれ」よりよほどまともな収納物にほっとして、日野鬼はその中から一冊の書物を手にとった。

家系図だろうか。ぱらぱらとめくる紙面には人名が綴られている。

元治《げんじ》X年、斎木トミ、嘉月《かげつ》。?年、三月、森《もり》ナツ、規月《みづき》。……X年、吉田《よしだ》桜子《さくらこ》、お月……。

「なんだこれ?」

耳馴染みのない古い年月はともかくとして、主な人名は光屋家のものではないようだ。女の名前の次に、必ずあるのは「月」を冠する誰かの名前。

微笑ましい家族の記録か何かか、名前ごとに、小さな手形が押されている。

もみじのよう、とはまさにこのことだろう。茶色っぽい墨色の手形は、生まれたてだったのか、どの肌も皺くちゃに線が入っている。

よくもまあ、どの赤ん坊も大人しく手形を押させてくれたものだ。きっとこのノートだけでなく、いたるところを触って墨で汚したに違いないと思うと笑ってしまう。

眺めるうちに、日野鬼はふと、月斗も「月」の字を冠していることを思い出し、ノートをめくり進めた。だが、中ほどまでくるとあとは白いページが続くだけとなり、最後に連ねられた名前は、戦前よりさらに昔の年号で終わっている。

「なんだ、つまらん」

唇を尖《とが》らせノートを閉じると、綴《と》じ本の表紙には小さな文字で「忌み月」と書かれていた。

その後もほかの書物をあさってみたが、どれもこれも相当古いものらしく、月斗の名も陽斗の名も見かけることはない。

それどころか不気味な挿絵のある本が何冊もあり、七冊目あたりで、あらゆるページに女の裸体絵を見つけ、日野鬼は本を棚に投げつけてしまった。

墨一色で描かれたイラストは浮世絵のような雰囲気で、結いあげ髪の色っぽい裸の女は、あろうことか虫を相手に性行為の真っ最中だ。蝶《ちょう》だか蛾だか知らないが、筆一本で描かれデフォルメされた巨大な虫は会心の出来で、リアリティがあって気持ち悪い。

「ちんこの山といい虫相手の春画といい、どうなってるんだ光屋家は！　陽斗め、普段合コンにも行かずに澄まし顔してたが、さてはむっつりスケベの変態だな。そうに違いない！」

もうこのエリアは触らないほうがいいかもしれない。

整理しようにも、日野鬼にしてみれば「全部燃やそう」という判断しか下せない。

まあ、さっきの手形の載ったノートくらいは残しておいてもいいかもしれないが。

再びそのノートを手にとったとき、日野鬼は首筋を撫でる風に誘われ背後を振り返った。

鬱蒼とした遺物に囲まれていたせいか、改めて土蔵の外を見やると山の明るさが愛おしい。

しかし、開け放った入り口に男が立っていることに気づいて日野鬼は息を飲んだ。

逆光のせいで表情はわかりにくいが、広い肩と長い腕のシルエットはすっかり体が覚えてしまっている。月斗だ。

だが、月斗は土蔵に入ってはこずに、すぐに踵を返してしまう。

「お、おい、月斗……」

ノートを置いて、慌てて土蔵の入り口に向かう。そして、遠ざかっていくばかりの月斗の背中に声をかけようとしたそのとき、日野鬼の心臓は凍りついた。

山を照らす明るい陽射しを受けて、月斗の右手に鋭く輝く銀色が見える。

遠目からでも刃物とわかるそれは、包丁……いや、もっと大きい、鉈《なた》だろうか。

薪割《まきわ》りだなんだと田舎ならよく使う道具に違いないと自分に言い聞かせながらも、日野鬼はすっかり月斗を呼び止める気を失ってしまった。

「な、なんだよいったい……」

呟く声を風がさらっていく。

ふと見ると、土蔵の入り口にはまたあの芋虫の彫られた石杭があった。

その石杭の根元の雑草が濡れている。赤黒く、今したたったばかりのような点が三つ。

恐る恐る顔をあげると、鉈らしきものを手にしていた月斗の姿は、もうどこにもなかった。


夜。くたくたになるまで働いてようやく月斗の離れに戻ることができた日野鬼は、部屋に誰もいないのをいいことに、ぐったりと畳に寝そべりうたた寝をしていた。

テレビをつけてもまともに映る局は少ないし、疲れた頭に、懐かしい街並みの登場するニュース番組は郷愁を誘うばかりで、まだ復讐の一歩を踏み出したばかりの日野鬼には目の毒だ。しかし、テレビを消してしまうと他にやることもない。

古びた畳も屋敷の暗さも相変わらず不気味だが、それよりも疲労のせいで体が重たく、ゆうべほど外から聞こえてくる山のざわめきや、人の声のようなものも気にならなかった。

いいや、そもそもそういった不気味なものに気を張り詰めすぎて、緊張の糸が数本切れてしまったのかもしれない。

もはや月斗がどこへ行っているのかも気にならず、永江の夢を見る余裕さえない心地よいうたた寝は、しかし唐突に離れに響いたくしゃみの音に邪魔された。

のそのそと起きあがると、ちょうど月斗が土間から部屋にあがってくるところだ。

「もう戻ってたのか日野鬼さん。今日はっくしゅん、一日、ふぁっ……お疲れさまっくしょん！　うっく、止まらない」

間抜けなくしゃみをいくつも繰り出す月斗の鼻から水洟《みずばな》がたれるのを見て、日野鬼はティッシュ箱を差し出してやりながら溜息をついた。

昼間、鉈を手にした月斗にえもいわれぬ恐怖を覚えさせられた気がするが、あれは白昼夢だったのだろうか。

「お帰り。またその格好ででかけてたのか月斗。ゆうべといい今夜といい何してるんだ？」

手にしたティッシュでひとしきり鼻をかんでから、月斗は返事に困ったように唇をもごもごとうごめかせた。

ゆうべと同じく、今夜も月斗は白い着物姿。そして、ずぶ濡れだ。

「なんて言ったらいいのかな、健康祈願？」

「健康祈願？　まさか、お百度参りでもやってるんじゃないだろうな。いかにも田舎もんはそういう体力勝負が好きそうだ」

「お百度参りはやらないな。まあ、村が平和でありますようにってお祈りはしてるけど。それにしても、都会の人ってそんなに体力使わないもんなのか？　ハルちゃんも、村を出てからは山菜取りにでかけるだけでも疲れたなんて言うようになってさ」

「ふん、ハルちゃんは単に根性がないだけだ」

陽斗、と親しげに呼ぶのもうっとうしいので、一緒になって日野鬼も「ハルちゃん」と言ってみると、なかなかしっくりくる。

今度会ったら、ぜひハルちゃんと呼んでやろう。

この世の地獄に落とされたような顔をするに違いない。

「ま、ハルちゃんのことよりも今はお前のことだな。そんな冷たい体を放っておいたら風邪を引くだろ。ちょっと母屋に行って、風呂を沸かさせてもらおう」

風呂に入る順番から、湯水の使い方まで徹底的に教え込まれたが、日野鬼には憎き陽斗の実家の光熱費事情など気を遣ってやる気はさっぱりない。

全員が風呂を使い終えた一番最後が日野鬼の番だ。という言いつけは守ったが、残り湯など綺麗に捨てて、風呂を洗うと湯をはりなおし、たっぷり長風呂を楽しんだ。

広い屋敷にふさわしい広い風呂。何人も湯を使ったあとの浴室はほどよく暖かくて、実に快適だった。

月斗にもたっぷり湯をはってやろうと思い日野鬼は部屋の扉に手をかける。

だが、その手は力強く月斗に摑まれてしまった。

「何考えてんだ！」

手首に食い込む指の感触と、月斗らしくない大きな声に、日野鬼はたまらず身を竦ませた。

しかし、そんな日野鬼を前にしても月斗は眦《まなじり》を吊《つ》りあげたままだ。

「まだ成婚の儀式もしてないお嫁さんが、夜中に外をうろつくなよ！」

「外って、屋敷の敷地内じゃないか」

「そんなの関係ないだろ。都会のマンションと違って、ここいらはだだっ広い敷地が広がってるだけで、誰が迷い込んでるかわかったものじゃないんだから」

言い募るうちに、月斗は自分の剣幕に気づいたのか、気まずそうに日野鬼の手を離してくれた。しかし、その手はすぐに離れの扉の鍵を閉めにかかる。

「な、なんだなんだ、迷い込んできたら困るような悪いやつが、この村にはいるのか？」

「……とにかく、日野鬼さんは村にまだ慣れてないんだから、夜は大人しくしててくれ。真っ暗ってだけでも危ないんだからさ。な？」

月斗のくせにまともなことを言うなんて生意気だ。

しかしこれ以上反論の材料も見つからず、日野鬼は恨みがましく月斗を睨みあげる。

その視線から逃れるように、月斗は隣の部屋に隠れると白装束を脱ぎはじめた。

扉の陰からちらりと見える、陽斗とは違う逞しい肩。濡れた髪から水滴がしたたり、背中を濡らしている。きっと冷え切っているだろうその体が、やはり心配だ。

不満顔のまま布団の準備をしていると、ゆうべと同じ作務衣《さむえ》のような格好になった月斗が戻ってくる。適当に拭《ふ》いたのだろう髪は、見るからにまだ湿っていた。

「あ、布団……ありがとう日野鬼さん。さっきは怒鳴って悪かっ……くしゅんっ」

「もういい、風呂が駄目なら、早く布団で温まれ」

言うやいなや、日野鬼は月斗の肩を摑み布団の中に引きずり込んだ。

冷たい体は、たっぷり布団に詰まった綿だけでは到底ぬくもりそうにない。

だから、思い切りその冷たい体を抱きしめてやる。

「う、わっ、ひ、日野鬼さん！」

「うるさい、じっとしてろ！　お前だってゆうべ、俺のことこうしてただろ」

「起きてたのかっ？」

ぐっと月斗の腰を抱いて、首元に顔をうずめる。月斗は凍えているのか、急に硬直してしまうが、なおのこと温めてやらねばと日野鬼の闘争心が燃えあがる。

部屋の電気が消え、ゆうべも見た暗闇が二人を包んだ。

けれどもゆうべと違って、日野鬼の耳には外の不気味な音はもう聞こえてこなかった。

その代わりのように、静かな拍動が肌に触れる。

「日野鬼さん、ありがとう……」

「嫁だからな、仕方ない」

「ははは……俺のお嫁さんは、格好いいな」

眠りの淵《ふち》にいざなわれながら、ふと日野鬼はあたり前のように誰かとぬくもりを分かちあえることに例えようのない安心感を覚えた。

それが、家族のぬくもりなのか夫婦のぬくもりなのかはわからないが、胸がくすぐったい。

都会に戻ったとき自分は、愛用のベッドで一人で眠れるだろうかと思うほどに、心地よい他人の温度だ。

夢の世界へ落ちていくさなか、また外から不気味な声が聞こえてきたが、やさしく月斗に頭を撫でられるうちに、日野鬼の思考回路は闇の中へと溶けていくのだった。

「大丈夫、おきぬさんが守ってくれるよ、日野鬼さん」

お使いごとを頼まれた。

春野菜の漬物が、いい塩梅《あんばい》に古漬けになっていたので、片付けがてら近所におすそわけしてこいと言われたのだ。余るほどの量をそもそも作らなきゃいいんじゃないかという日野鬼の反論は「互助精神がない」といって却下されてしまったため、重たい漬物を抱えた日野鬼の機嫌は悪い。

そして、さらにその不機嫌に拍車をかけるのは、近隣住民からの「お返し」だ。

ビニール袋にひとまとめにした漬物の重さはなかなかのもので、さっさと配り終えてしまいたいのに、行く先々で、今度は野菜をもらったり、作りすぎた惣菜《そうざい》をもらったりして、似たような重さのものが増えていく。

この村に来てはや一週間。

日野鬼はそんなことがあたり前のように起こる田舎の生活にほとほと疲れていた。

別にこの村で誰かに気に入られる必要はない。と割り切っている日野鬼だったが、それでもかみあわない話題や、冷たくあしらってもしつこく食いついてくる村民の好奇心には辟易《へきえき》してしまう。

何より驚くのはその情報伝播力《でんぱりょく》だ。

この広い何もない土地に、いったいどんなネットワークが光回線で繋がっているのかと問いたくなるほど、日野鬼の情報を全村民が知っている。

先日は、光屋家となんの関係もない別の村人に「あんた風呂場で体洗ってから髪洗ってるんだって？　逆のほうがいいんだよ」と言われてしまい、すぐに家に帰って風呂場にカメラがしかけられていないか調べたほどだ。

もっとも、そんな真実と共に、尾ひれのついたニセ情報も出回っているが。

しかし、彼らは日野鬼の情報をたんまりと持っているのに、一方の日野鬼は一週間かけても、目的である陽斗の弱みを欠片《かけら》も見つけられていない。

幼い頃から頭がよくて、光屋家本家の長男で、そしてこの集落の歴史の中で一番いい大学に行ったとかなんとかいって、陽斗は村中で立派な男だと言われるばかり。ここ三年、正月だって帰ってきてない男をあがめてどうするんだ、と日野鬼の陽斗への不満は、だんだん八つ当たりの域へと成長している。

「くっそ、復讐材料探すよりも、あいつの首に縄つけて、この村に引きずってきてやったほうが、よっぽど復讐になりそうだな。正月も帰らないとか、絶対あいつも田舎嫌いだぞ」

ぶつぶつ言いながら最後の漬物の届け先に辿りついた日野鬼は、他家の玄関口を見てむっと眉をひそめた。

一週間経っても慣れないものはたんとある。

虫も慣れない、暗闇も慣れない。そして、他人様《ひとさま》の家の扉を勝手に開けるのもその一つだ。

田舎は鍵をかけない、なんて聞いたことがあったが、このあたりもそうらしい。

インターホンはあるが、どうせ鳴らしたところでみんな馴染みのない音を「来客だ」と思ってはくれず、機械音は山の中へと消えていくだけだ。仕方なく、日野鬼が他人の家の扉に手をかけたとき、急に背後から声がかかった。

「あれ、光屋さんとこの新顔の嫁さんじゃないか」

振り返ると、この家の主がタオルを首に巻いた格好で突っ立っていた。

日焼け顔に浮かんだ男の笑みは、古い友人かのように親しげだ。

「うちに何か用かい？」

「うちのばあさんから、漬物を預かってきたんだ。古漬けなんだが……」

「そりゃありがてえ。俺ももう一人が長いから、漬物なんてやらなくなってたな」

最初こそ、日野鬼の英子に対する「ばあさん」呼びは顰蹙《ひんしゅく》を買っていたが、そろそろみんなも慣れてきたらしい。それどころか、毎朝台所で繰り広げられる日野鬼と英子の嫁《よめ》姑《しゅうとめ》戦争は、娯楽の少ない田舎でいい見世物になってさえいた。

男もその話を漏れ聞いているのか、漬物を受け取りながら「どうだい、光屋家の英子さんの下じゃ、何かと大変だろう」と尋ねてくる。

「別にばばあの部下になったわけじゃないから、どうってことないな。ばばあのおかげでまともに卵が割れるような気になってきたし、せいぜい料理を覚えるまでは利用させてもらうさ」

「ははは、本当に、あんた変な人だねえ。でも、変人くらいじゃないと、月斗の嫁にはなれないのかもしれないな」

最後に余計な一言。そして、男は「お返しを探してくる」といって玄関を開けた。

「お返しなんていらない。これから帰りの道は上り坂ばかりなのに、荷物が増えてうんざりしてるんだ」

「そうもいかねえよ。その荷物、みんなのお返しだろう？　うちだけお返ししてないんじゃ、格好がつかないじゃないか。たとえ、月斗の嫁さんが相手でもな」

「ほかに格好つけるところはないのか、ここの連中は」

溜息をついて五分ほど待つと、日野鬼の荷物はまた重くなった。笑顔で送り出され、また光屋家までの長い道のりをとぼとぼと歩く。

さっきの男のように、月斗の話題が出るのは初めてではない。

だが、誰も彼もが「よく月斗なんかの嫁になる気になったな」と言ってくる。

一日目二日目あたりは、なぜそんなことを言うのかと詰め寄っていたものだが、どうしてそんなこともわからないんだと言いたげな返事しか返ってこなかった。

今では、こうして「月斗の相手は変人くらいがちょうどいい」なんてことを言われても受け流す癖がついた。

だが、胸の中にはずっと疑問が降り積もっている。

初めて会った夜からそうだった。

なぜ陽斗はあんなにもてはやされているのに、同じ兄弟の月斗が末席に座らされているのだろう。風呂の順番だって、日野鬼を除けば最後。月斗は本人の元気一杯な雰囲気に反して、暇さえあれば離れで息をひそめるように閉じこもっている。

それなのに、皆口を揃えて月斗に侮蔑《ぶべつ》めいた言葉を吐くのだ。

その言葉がもっとはっきりとした悪口だったらどんなによかったろう。いくらでも、日野鬼が反論してやれるのだから。

けれども日野鬼が感じる月斗の周辺の嫌な空気は、どれもこれも曖昧模糊《あいまいもこ》としてその正体を現さない。

しかし、この一週間日野鬼と共にいた月斗はなんの不満もない男だった。

優しい輪郭と、意外と頼もしい中身。

にっこり笑って名前を呼ばれると、憎い男の顔なんて忘れてしまえるほど、月斗はいつも真《ま》っ直《す》ぐで、そして気遣いの細やかなところがあった。

英子に「反抗的だ、嫁の癖に」と言われれば、「こんな遠くまで一人で来て心細いだろうに、日野鬼さんは強気ですごいな！」とわけのわからぬフォローが入り、親族らに「若当主の紹介だからって調子に乗っている」とささやかれれば「ハルちゃんのライバルがわざわざうちに来てくれただけでもありがたい」なんて言ってくれる。

そんな月斗が何か言うたびに「月斗のくせに」という顔をされることのほうが、日野鬼は自分がいちゃもんをつけられるよりも気に入らないことになっていた。

ゆうべも月斗は、ずぶ濡れの白装束姿で、夜遅く離れに戻ってきた。

きっと今夜もそうするのだろう。

そして自分にできることは、せいぜいくっついて寝て、彼を温めてやることくらい……。

月斗が自分を庇ってくれるように、自分も月斗を庇ってやりたい気持ちが日野鬼の中に芽生えている。それなのに、そもそも月斗がどうして軽んじられているかわからないからそれも叶わず、日野鬼の中では疑問と不満が重なるばかりだ。

悶々とそんなことを考えながら光屋家に戻ってくると、土間に向かった日野鬼を待っていたのはめずらしい喧騒《けんそう》だった。

靴も脱がずに、身を乗り出して土間からすぐの部屋を覗き見ると、よその家の男が二人、厳しい顔をして英子に詰め寄っているところだ。

対する英子も機嫌の悪そうな顔をして来客に言い返している。

「あんたたち、ほかに用がないなら帰っとくれ。こっちは最低限、守ることは守ってんだから」

「前はもっと大人しくしててくれたじゃないか。英子さんとこの裏山は、うちの畑から近いんだから、真昼から月斗なんかにうろつかれると迷惑なんだよ！」

「人んちの孫を熊《くま》か猪《いのしし》みたいに言うんじゃないよ。うちのもんが、うちの桑畑で何してようが勝手だろ」

「あの、嫁とかいうよそ者が来てからは月斗のやつ、しょっちゅう外に出てくるようになって、縁起が悪くてかなわん。こっちの身にもなってくれよ英子さん」

眉間の皺を増やした英子が反論するより先に、日野鬼は荷物を畳に置き捨てた。

その音に、驚いたように来客二人が振り返るが、その表情はすぐに嫌悪めいたものへ変わる。

「ばあさん今帰った。俺は、嫁としてこいつらに茶でもいれたほうがいいのか」

「この連中は客じゃないよ。もう帰るそうだ」

ここで大人しく帰ってくれれば日野鬼も鬱憤をなんとか胸に抱えて黙っていてやれたのに、

こちらの気も知らずに来客は噛みついてきた。

「おい、大事な話をしてるんだ、よそ者の嫁は黙ってろ！」

日野鬼や月斗とそう歳は変わらないだろう、若い男は確か五藤家の人間だったか。初めて挨拶をした頃からあたりのきついやつだった、と思い出しながら日野鬼は腕を組んで答える。

「何が大事な話なんだか。よってたかって月斗の悪口言ってるだけじゃないか」

「都会もんはこれだから何もわかってなくて困るんだ」

よそ者だから、都会ものだから、といっては話を切りあげようとする。

この一週間、そんなことの繰り返しだ。

自分でも気づかぬうちに、不満が溜まっていたのか、日野鬼は我知らず声を荒げていた。

「田舎もんが何様だ。月斗一人に縁起が悪いだのなんだのいって振り回される、ただの腰抜けじゃないか」

「なんだと！」

「言っておくが、この一週間俺はあいつの口から人の悪口なんて聞いたことがない。それどころか一生懸命村のいいところ教えてくれるんだぞ。そんな男の何が迷惑なんだ、言ってみろよ」

ずっと不満を垂れ流していた男が、日野鬼の小馬鹿にしたような態度に顔を赤くして立ちあがる。

しかし、もう一人の年かさの客が慌ててとりなそうとした。

「まあまあ落ちつきなよ。よそもん相手に本気になったって仕方ないんだから」

あからさまな溜息。何も知らない子供を相手にしているような態度。

日野鬼には、激昂《げっこう》している男よりもこちらのほうが不愉快だった。仲裁するフリをして、最初から日野鬼を対等とみなしていないのがまるわかりだ。

そして、月斗も多くの人に、これと同じような態度をとられている……。

「日野鬼さん、あんたも月斗の嫁になったんだったらもうちょっとわきまえてもらえないもんかね」

「……」

「そもそも、月斗なんかの嫁さんが、こうやって正面玄関から入ってくることじたい、どうかしてるんだよ。都会もんにはわからないかもしれないけど、そういうささいな積み重ねが、この村で生きていくには……」

「月斗なんか？　今あんた、月斗なんかって言ったのか？」

「え、ああ……」

腹の奥がふつふつと煮えたぎる。

なんと言えばわかってもらえるのか。しかし、結局彼らが話を聞く気がないことなど、間に入ってきた男のたしなめ顔を見ていれば嫌でもわかる。

たとえどれほど瑕疵《かし》のない正論を日野鬼が持っていようとも、彼らの常識という壁の前では無力だろう。

その、積もり積もった不満が爆発したように、日野鬼はわめいた。

「ばーかばーか！　あんたらなんか、人の悪口言った回数だけ足すべらせてトイレに落ちてろ！　もう知らん！」

我ながら泣きたくなるほど子供じみた怒声を張りあげ踵を返す。

あまりの幼稚な暴言に、二人の客がぱくぱくと口を開閉しているが、気にもとめずに日野鬼は光屋家を飛び出した。

「ばっか！　大馬鹿村！」

なおも口の中でぶちぶちとそう罵りながら、日野鬼はしばらくして唇を噛んだ。

本当に馬鹿だ。自分自身が。

自分は、月斗があんなことを言われていても、まともに庇ってやれる言葉も持っていないし、力もない。

この小さなコミュニティで日陰者扱いを受けていながら、突然やってきた嫁のために笑顔で「いつでも助けてやる」なんて言える心優しい男を、日野鬼自身は助けてやる術《すべ》がないなんて。

しきたりだ、と言って処女しらべで盛りあがっていた中から助けだしてくれた、月斗の腕の力強さと、震えていた感触が体の奥から蘇る。

出会ってから今まで、月斗が日野鬼のことを軽んじたことなんて一度もない。

馬鹿、と口に出した回数だけ、日野鬼の中で月斗の境遇への不満が高まっていくのだった。


屋敷の裏手には小高い丘があり、桑の木が茂っている。さっきの来客が言っていた山はこの山のことだろう。

もしかしたら、まだ山に月斗がいるかもしれない。日野鬼はなるべく探索などしないようにしていたのだが、今日ばかりは少し足を延ばしてみた。

なだらかな丘陵だ。陽光に揺れる緑の葉と、抜けるような青空。昔は馬鹿にしていた澄んだ空気も、最近はそう悪いものではない気がしている。

人間だってそうだ。今日のように漬物を持っていけばみんな親切に相手をしてくれた。

しかし、そんな村の景色も人々も、月斗というフィルターを通すとたんにわずらわしい小社会の澱《おり》のように思えてくる。

「縁起が悪い、か……」

気になっていたことを呟き、考え込むようにうつむくと、日野鬼はすぐ近くに見覚えのある石杭があることに気づいた。

本当に、この村にはいたるところにこの石杭がある。

白い、加工の簡単そうな石材に彫られた芋虫の顔は、最近慣れてきたせいか呑気に空を見上げているだけに見える。しかし、ふとその石杭が気になり、日野鬼はおそるおそるふくらんだ目玉の彫り込まれた石に触れた。

古い杭だ。嫁に来て一週間、特にこの杭について注意を受けたことなど一度もないが、思えば村を歩けばいたるところにこの石杭はあった。

そういえば、月斗はどうしてか、この石杭があると様子がおかしい。

台所には顔を出すくせに、鶏小屋から台所へ続く坂道には決して足を踏み入れないし、蔵や納戸に用事があっても、近づこうともしない。

屋敷の中でも、たまにまっすぐ廊下が伸びているのに、わざわざ迂回《うかい》することもある。

その記憶のすべてにちらつくのは、この石杭の存在だ。

「……この石杭のほうがよっぽど縁起が悪いだろ」

石に刻まれた毛虫の目玉を睨みつけるが、石杭はうんともすんともいわない。

なんだか腹がたって、日野鬼は石杭を蹴りつけた。

ちょっとした八つ当たりの一環だ、軽くつま先をあてるだけ。のつもりだったのに、石杭は簡単に傾《かし》いで、鈍い音を立てて山肌に倒れてしまった。

「えっ、えっ？　な、なんだよ。こういうもんは根っこが深くまで埋まってると思うじゃないか！　ただ置いてるだけかよっ」

壊したわけではないが、妙に焦って日野鬼は誰にともなく言い訳をする。

寝そべって土に汚れる石杭は幸いどこも割れてはいないようだ。ただ、毛虫の目玉がなんだか恨めしげに見えた。

「……う、重い」

なんとか持ちあげようとしたが非常に重たい。

この村に来てから自信喪失したことといえば体力面だろうか。同期が忙殺されて腰痛や肩こりに悩まされる中、自分はなかなか鍛えているほうだとひそかに自慢だったのだが。

一方、簡単に日野鬼をお姫様抱っこできた月斗は、無邪気なふりをして自分よりもはるかに逞しい。

「くっそ、ハルちゃんめ、会社の大掃除でダン箱三つ運んだだけで腰やられてたくせに、どうやってこんな山村で生きてこれたんだあの野郎……」

石杭に向かって屈《かが》みこみながら愚痴を漏らし、仇敵《きゅうてき》の顔を脳裏に描くが、なんだか最近陽斗の顔がおぼろげにしか思い出せない。悩んだ末、最後には必ず月斗の笑顔になってしまうのだ。

それにしても、陽斗は今頃何をしているのだろうか。

仲間の不正を暴き、上から褒められ鼻高々に出世レースの先頭にでも躍り出ているのだろうか。つらつらと懐かしい職場の光景を思い出していると、ついでに耳朶に蘇る言葉があった。

『うちには嫁の来てのない弟が居るから』

あの忌まわしい嫌味を口走ったとき、陽斗は確かにそう言っていた。

あのときは、よほど女がいないのか月斗がモテないのか、と思っていたが本当にそれだけだろうか。

「……なあ、お前いったい、なんなんだ？　あんまり俺の旦那を苛めてもらっちゃ困るんだけど」

疑念ばかりふくらみ、しかしどんな情報も答えへのヒントになってくれないことがもどかしくて、日野鬼は倒れたままの石杭を指でつついた。その途端、鋭い声が木々の向こうから飛んでくる。

「何してんだ、日野鬼さん！」

顔をあげると、山道の段差から突然月斗が姿を現し、飛び降りるようにしてこちらに向かってきた。

なぜか「光屋陽斗」と刺繍《ししゅう》のされているどこかの高校のジャージに、くすんだ水色のポロシャツ姿の月斗は、いつか見たときのように鉈を手にしていた。だが、それよりもさらに目を引く彩りを見つけ、日野鬼はぎょっとして立ちあがった。

「月斗！　お前どうしたんだ、どこか怪我したのかっ？」

水色の古いシャツには、真っ赤な染みがいくつもできて、むき出しの二の腕にもこすれたような真紅がべったりとこびりついていた。

まさか、鉈で怪我でもしたんじゃ。

しかし月斗は、日野鬼よりも青い顔をして鉈を放り出すと、倒れた石杭に取りすがった。

「なんてことしてくれたんだ！　どうしよう、おきぬさんが怒るかも……！」

「おい、月斗、そんなもん構ってる場合じゃ……」

「そんなもんってなんだ、日野鬼さんには関係ないかもしれないけど、俺たちには大事なお守りなんだぞ！」

よそもんが。さっきも言われた言葉を思い出し、日野鬼は息を呑んだ。

そうだ、よそ者だ。だから、こんな石杭どうでもいいじゃないか。

「俺はよそ者だから、こんな石杭よりお前のほうが大事だ！　だからお前の怪我の手当てが先だ、馬鹿！」

言い放つと、日野鬼は月斗の肩を摑んで引き寄せた。触れた月斗の体は相変わらず柔らかな筋肉に包まれ、まるでしなやかな獣のようだった。

一方月斗は、日野鬼の剣幕に気圧されたように目を瞠《みは》っている。

そして見詰めあううちに、月斗の視線がうろたえたように揺れた。

「怪我って、俺が……？」

「興奮しててわからないのか？　血まみれじゃないか、とりあえずその、手に持ったイチゴの袋を離せ。傷口を調べ……イチゴ？」

石杭と一緒になって、二人して土の上に座りこみながら、しばらく気まずい沈黙が流れた。だんだん頭が冷えてくる。月斗の真っ赤に汚れていた手にはしっかりとポリ袋が握られており、その中からみずみずしい赤い果実が覗いていた。

月斗の体を汚しているのと、よく似通った美しい真紅だ。

「怪我……」

「してない……ぞ？　な、なあ、もしかして日野鬼さん、心配してくれたのか？」

「あ、あたり前だろ！　そんな血みどろみたいな格好で、鈍もってうろうろしてるから、近所の連中にもひどいこと言われるんだぞ！」

怪我でないことは一安心だが、勘違いしたことが恥ずかしい。しかし、真っ赤になった日野鬼を前にしても月斗はなだめるでもなく、浮かない顔だ。

「な、なんだ、怪我がないなら、やっぱり石杭のほうが大事なのか」

「そりゃそうだよっ……って言いたいとこだけど、だとしたら、やっぱり日野鬼さん怒るのか？　俺のこと、嫌いになる？」

「嫌いかどうかはともかく、怒るに決まってるだろ。俺は石杭なんかよりお前のほうが大事だからな」

人間が石杭なんぞに劣ってなるものか、と言い切ると、日野鬼は中腰になって石杭に手をかけた。

「そんなに気になるなら手伝え。俺一人じゃ持ちあげられなくて困ってたんだ」

「……」

「まったく、そんなに村で大事にしてる杭なら、地中に埋めとけっての」

まだ羞恥が残る中、ぶちぶち言いながら石杭に手をかけると、月斗の手も恐る恐る近づいてきた。だが、その視線がじっと自分を見つめていることに気づいて日野鬼は顔をあげる。

「おい、ちゃんと足元見てないと、石杭で自分の足を踏むぞ？」

「あ、ああっ、そうだよな。危ない、よな……」

月斗は相変わらず浮かない顔で、そのくせ少し顔が赤い。月斗も何か恥ずかしいことがあったのだろうか。

相変わらず強靭な両腕があっさりと石杭を持ちあげる様子から目が離せないまま、日野鬼は石杭を誘導する。

「それにしてもなんなんだ月斗、この石杭」

二人で、地面にくっきり痕の残っていたくぼみに石杭を立てなおすと、日野鬼は土埃を払いながら直截《ちょくせつ》に尋ねた。

いつものように答えをはぐらかされたり、理解に苦しむ反応が返ってくるだけだと思っていたが、意外にも浮かない顔のままの月斗はまともな返事をくれる。

「だから、お守りだよ。大昔は、このてっぺんのくぼみに蠟燭《ろうそく》を立てて、夜になると火をつけてたんだってさ。村中に灯る火を追えば、迷わずに自分の家に帰れたし、灯りのない先は入っちゃいけないっていう目安にもなったらしい」

「ふうん。今はある程度街灯があるし、用はないってわけか」

その街灯も、ほしいところにはなく、いらないところに立っていたりするが、どちらにせよ山村の闇の深さは異様だ。街灯が照らし出せるのはほんの足元だけ。鈍く周囲を浮かびあがらせることとさえできていないが、蠟燭よりはましだろう。

「今でも少しは役にたってる。蠟燭灯してたら、動物避《よ》けになるし、山に入っても自分が東西南北どっち向いてるかわかるんだ」

「なるほど。……それで？」

お前のことは教えてくれないのか。と目で問うと、月斗は浮かない顔を一層曇らせた。その大きな手が、何かの機嫌をとるように、優しく石杭の頭を撫でている。

「そういう日野鬼さんは、本当はどうしてこの村に来たんだ？」

質問に質問で返され、日野鬼は黙り込んだ。

陽斗に復讐するためだ。材料を探すもよし、あいつの家庭にもぐりこんで、間接的にあいつに嫌な思いをさせるもよし。考えてみれば具体的な案があるわけではないが、ここまで日野鬼を突き動かしてきたのが、自暴自棄によるものであることは否めない。

誰にばれてもいい、と初日は思っていたのに、こうして改めて問われると、日野鬼はなぜか素直に答えたくなくなっていた。

本当に俺の嫁さんになりに来てくれたのか？

そう言って喜んだ月斗の笑顔が、やけに強く脳裏に浮かぶ。

「俺にも言えないことがあるから、お前の秘密も暴くなってわけか、月斗？」

「ごめん。でも俺……日野鬼さんに嫌われるのが怖いんだ。だから、知られたくないことがいっぱいある」

嫌われるのが怖い、というのはどういう意味だろう。そんな場違いな疑問が日野鬼の中に去来した。

それは、好きでいてもらいたいという意味にはならないだろうか。

日野鬼の胸は月斗の言葉に、石杭と同じように優しく撫でられたような心地だ。

「なあ月斗、俺は田舎のしきたりだのしがらみだのはよくわからない。よそ者だから、もしかしたらお前の秘密を聞いてもなんとも思わないかもしれないぞ？」

「日野鬼さん……」

「だから、もし俺に話す勇気が出たときは教えてほしい」

もし教えてもらえたら、今度こそ自分は月斗のために、さっきの男たちに言い返してやれるかもしれない。石杭が倒れたくらいで、月斗がうろたえずにすむようにフォローできるかもしれない。

いつのまにか、何もないところだと思っていたこの村で、やりたいことが増えている。そのどれもこれもが月斗に関することだとは気づかぬまま、日野鬼は話を切りあげるようにして他の話題を探した。

「ところでその赤い実はなんだ。イチゴかと思ったけどつぶつぶしてるし、ラズベリー？」

まだ石杭が気になるのか、呆然《ぼうぜん》として日野鬼を見下ろしていた月斗が、その質問に弾かれたように笑顔を取り戻すと、袋を目の前に差し出してくれた。

「これは桑の実だ。まだ実のなる季節は先なんだけど、いつもやたら早く花が咲く木があるから探しに行ってたんだよ。ちょっとしか取れなかったし、まだ若い実だから少し酸っぱいけど、おいしいから日野鬼さんに食べてほしくてさ」

「桑の実？」

「マルベリーって言うんだって。馬場さんとこが、一時期マルベリー酒を造って農協に買い取ってもらってたけど、知名度はいまいちなのかな……」

農家も大変だな、と言って日野鬼は袋の中の実に手を出した。

赤黒くてぷっくりとした小さな丸い粒が、ぎゅっと寄せ集まって小さな実を形成している。ラズベリーや木苺《きいちご》によく似ているが、あの紫がかった濃厚な色よりも、日本人の目に馴染みのよい柔らかな色をしている気がした。

「そういえば、ハルちゃんの地図に書いてあったな。今年のマルベリーは甘いって」

正確には「今年のマルベリーは甘くて旨い。それ食って少しは性格丸くして、とっとと帰れバーカ」だった。

しかし、今の月斗の話からすると、季節がずれているようにも思えるが……。

「へえ……ハルちゃん、ぜんぜん帰ってこないのにそんなことばかり知ってんだ」

めずらしく、月斗が拗ねたような声を出した。

なんだかんだいって、兄が帰ってこないのは彼にとって面白くないことらしい。寂しいのだろうと思うと可愛く見えてくる。

どうやら、桑の実を取るときにいくつか落として、その果汁で月斗の腕や服は汚れていたようだ。早合点とはいえ、確かによく見ると血の痕というにはその汚れは鮮やかすぎた。

その上、さらに赤面したくなるようなことを月斗は口走る。

「こっちの山の桑畑は、しばらく枝を太らせるために手をつけてなかったから、世話しに入るのは久しぶりなんだ。けっこうみんな成長してるから、暖かくなったらもっと熟れた桑の実がどっさり取れるかも」

「桑畑の世話？　……月斗、お前いつもそんなことしてたのか？」

「な、なあ日野鬼さん……田舎もんもそれなりに仕事あるんだけど、無職かなんかと思ってないか？」

「わ、わかってる。いや、わかってるんだが……」

ぶつぶつと口の中で言い訳しながら、日野鬼はちらりと足元に転がったままの鉈を見る。

幽霊の、正体見たりなんとやら。

かつて、鉈を片手に立ちすくむこの男を見てぞっとしたものだが、あれはごく普通の仕事中の姿だったのか。何か赤いものが飛び散っているように見えたのは、あれも桑の実か何かが潰《つぶ》れたあとだったのかもしれない。

「日野鬼さん？　大丈夫か、顔が赤くなってきたぞ。まさか熱でも……」

「食べよう！　食べていいんだよなこれ！　食べるからもう鉈の話はやめよう！」

「鉈の話？」

きょとん、とした月斗の袋の中に日野鬼は手を伸ばした。

羞恥を隠そうと慌てていたせいで、指先で摘んだものが妙な感触だったことにも気づかず、日野鬼は袋から手を抜き出す。

視界に、赤ではなく白っぽいものが現れ、日野鬼はふいに生唾を飲み込んだ。

虫だ。桑の実についていたのだろう、長い芋虫が、驚いたようににゅっと日野鬼の指先に絡みつく。

「ふぎゃー！」

「ひ、日野鬼さんっ?」

駄目だ。もう駄目だ。

一週間我慢に我慢を重ね、這う虫を避け、飛ぶ虫をさりげなく払い、なんとかやってこれたが、まともに接触してしまえば心穏やかではいられない。

手放したいのに指は硬直して動かず、手首を振っても跳んだ先が自分の顔だったら、と悪い想像をすると何もできずに日野鬼は、まるで体当たりのようにして月斗に抱きついた。わっ、と月斗が声をあげたかと思うと、二人の体は柔らかな地面に崩れ落ちてしまった。

「取れ! 取ってくれー!」

震える指を、できうる限り自分から離すようにして、もう片方の手で月斗にぎゅっとしがみつくと、月斗が力強く抱き留めてくれた。

何ごとかとうろたえるその手は、心配げに日野鬼を支えている。

だが、すぐに芋虫の存在に気づいたらしい。怯えるように指にしがみつく白い芋虫を、月斗の大きな手がさらっていってくれたが、それでもまだ日野鬼は自分の指先から目を離せなかった。

「ううう……触ってしまった。一生の不覚っ」

「いつも強気で格好いい日野鬼さんにも、怖いものがあったんだな」

なおも指先を見つめたまま日野鬼は数度うなずいた。

もうばれてもどうなってもいい。嫌いなものは嫌いだ。

「う、感触残ってる。ど、どこにやったんだ？　すぐそばにいたりしないか？」

「大丈夫だ。もうそこの桑の葉に乗せたから。今、おいしそうに葉っぱ食べてるよ」

「……飛んでこないだろうな」

「あっはは、無理だよ。芋虫なんだから」

「そこの芋虫石杭が、俺に蹴倒された仕返しにそいつを仕込んだに違いない。もしかしたら、いきなり羽化して襲ってくるかもしれないだろ！」

笑われるのを承知で口走り、日野鬼は恐る恐る顔をあげた。

月斗の言うとおり、あたりにさっきの虫の姿は見当たらない。その代わり、じっとこちらを見つめる月斗の瞳に、どこか寂しそうな色を見つけてしまい日野鬼は慌てた。

「月斗？　すまん、もしかして、ものすごく虫愛好家だったか？」

「そ、そんなんじゃないよ！　ええっと、あ、そうだ日野鬼さん、俺がいないときに虫に遭遇しても、こんなふうに誰彼かまわず抱きついちゃ駄目だからな」

妙だ。

月斗は、寂しそうな瞳を揺らしているわりに、頬が赤い。もしかして、他の誰かに抱きついたら嫉妬《しっと》でもしてくれるのだろうか。

日野鬼は自分が何か淡い感情の深みにはまりこんでいくのを感じ、急に恥ずかしくなって

月斗から身を離した。

「こいつが不意打ちしてくるから悪いんだ。いちいちここまで驚いたりしない」

「だったらいいんだけどさ……」

まだ不満げな月斗から目を逸らし、日野鬼は、あの石杭の芋虫を睨みつけた。

「と、とにかく、さっきのはきっとこいつの祟《たた》りか何かだ。今の俺の醜態を見てこいつも満足しただろうから、これ以上悪いことは起こらないだろう。安心しろ」

「……日野鬼さん、ありがとな」

礼の言葉に、日野鬼は口ごもってしまった。

当然のことを言っただけなのに、月斗の瞳は揺れている。月斗がどうしてこんなにも抑圧されているのかはわからないが、あたり前の言葉に心揺さぶられているのだとしたら……。

「ああ、安心しろ」

笑顔の裏で、月斗の心にはたくさんの傷があるような気がして、日野鬼は気づけば、力強く同じ言葉を繰り返していたのだった。


今、地元はどうなっているだろう。

この村にきて半月を数えた夜、日野鬼は潤んだように輝いている夜空の月を眺めながら、もはや何年も昔のことに思える都会の光景を思い浮かべた。

最近暖かくなってきた。きっと都会に戻れば、飲み歩いて深夜に家に帰るはめになってもコートなどいらないに違いない。けれども、このあたりは山のせいか、日中の暖かさが嘘のように、夜になると冬の残り香のような冷たい空気が満ちる。

特にその夜は、春の気まぐれか、強い山風が吹いてきてやけに寒かった。

月斗は大丈夫だろうか。

一人、部屋に残されて考えることは、今夜もずぶ濡れになりに行った男のことばかり。

退職したことや陽斗との軋轢《あつれき》よりも、月斗がまた寒空の下びしょ濡れになって一人で夜道を帰ってくることのほうがいつの間にか気がかりになっていた。

だから今夜、日野鬼はこっそり彼の後をつけることにした。

きっとまた月斗は怒るだろうが、村の作りにも慣れたし、意外と光屋家から、あの出入りに使った気味悪い山道までは近い。何より、今日は月があまりにも綺麗で、初めて村に来たときよりも安心感がある。

いくつか言い訳を自分の中で用意して月斗の背中を遠くから追う日野鬼の手には愛用のコート。

旅行鞄《かばん》に詰めこんでいたスプリングコートは、ずぶ濡れになった月斗を少しは寒風から守ってくれるだろう。

かくいう日野鬼の格好は、初日から借りたままになっている寝間着の浴衣と、勝手に借りた月斗の茶羽織だけ。寝間着にロングガウン姿で、外から夕食を食べにくる親族もいるのだからいいだろう。

街にいれば決してしなかっただろうだらしない格好が、そろそろ癖になりそうで怖い。村は闇の中に溶けこみ、各戸から漏れる生活の光がなければ自分がどこにいるかもわからなくなりそうだが、それから比べると、鳥居と一緒に頻繁に街灯のある山道は、最初見たときより明るく思える。

日野鬼はただ月斗の背中だけを追って、鳥居を見ないように意識しながら歩を進めた。やはり、怖いものは怖い。しかし、目の前で月斗の姿が忽然《こつぜん》と消えたとたん、日野鬼は怖さを覚えるよりも心配になって、慌てて石段を駆け下りた。

月斗を見失ったあたりで足を止めると、このまま村を出てしまう山道とは別の方向に向かって脇道が伸びているのを見つける。

細い道だ。来るときは気づかなかったが、月斗はこの道から現れたから、日野鬼にしてみれば唐突に現れたような気がしたのだろう。

鉈を手にする男も、赤い血の痕も、そして突然背後に現れた存在も、何もかもその正体を知れば大したことはない。

脇道を進むと、ほんの数歩先で水音が聞こえてくる。

木々の隙間からそっと覗くと、脇道の先にお堂があり、少し明るかった。

なるほど、健康祈願とやらに行くにはちょうどいい雰囲気だ。だが、月斗の姿はそこではなく、その手前のこぢんまりと開けた土地にあった。

桑の木に囲まれたそこは小さな池になっていて、月明かりにきらめく水面に、月斗の白い着物が浮いていた。

腰のあたりまで池に浸《つ》かり、手をあわせて何か呟いているが、祈りの言葉だろうか。山の似合う逞しい体は、しかしこの鬱蒼とした気配の中に溶けて消えてしまいそうで怖い。

見守るうちに、月斗は祈りの言葉を終えたのか、御猪口のようなものに池の水を汲み、今度は建物のほうへ向かった。

ぱしゃり。何かに水をかける音がして、また月斗が戻ってくる。再び池に潜っていく月斗の姿を見るうちに、日野鬼は耐えきれなくなって後ずさった。

あのままあの場にいたら、きっと自分は月斗の邪魔をしていたに違いない。

胸のうちを文句が溢れかえる。何やってるんだ馬鹿。なんでお前がそんなことしなきゃならないんだ。なんの儀式か知らないが、もうちょっと体に優しい儀式でも考案しろ。

だが同時に、この小さな社会に息づく煩わしいルールの重さを感じずにはいられなかった。

危険だ、と人に言うほどの夜陰を、あんな格好で毎晩濡れ鼠にさせても誰も気にしないほど、この村のすべての人にとって、今行われている儀式は必要なことなのだろう。

たとえ、それが無意味であっても、彼らにとっては意味がある。

どれほど月斗を助けてやりたくても、あの行為を中断させれば、彼は困るに違いない。

「何やってんだ、俺は……」

山道に戻り、石段に腰掛けると日野鬼はぼんやりと階下を見つめた。

滲むようなおぼろげな光が、ずっと下まで続き、そして底は沼地のように深い闇色が待ち受けているばかりで、里道と木々の見分けさえつかない。

けれども、自分の車のある場所くらいまでは行けそうだ。

帰ろうかな。

それは、眼下の闇がささやく甘い誘惑だった。

夜通し車を走らせれば、明日の朝には懐かしの我が家に帰ることができる。

着飾った人々。ブロックごとにあるコンビニに、天高くそびえるビルの数々。人も、建屋も所狭しとひしめき、土の地面などほとんど見えない。喫茶店の店員との会話に、エレベーターで一緒になった隣人との挨拶。そういえば、次の勤務先を決めなければならないから、しばらく面接三昧《ざんまい》だろう。会社を辞めた理由、なんて言おうか。

頭上で街灯が明滅した。

たまらず、日野鬼はコートをかかえたまま膝に顔を伏せてしまう。

思い出す都会の光景は、自分でも驚くほど優しい色をしていた。

もし日野鬼が自宅で病気になっても、誰も気づいてくれないだろう。だがこの村にいれば、きっと病気になる前から気づいてくれるだろうし、あれこれと眉唾ものの民間療法まで持ち出してきて心配してくれるに違いない。

けれども、日野鬼は都会の冷たい自由が恋しかった。

世界を狭めるのも広げるのも自由。新しい人と出会うのも出会わないのも自由。一つのコミュニティにしがみつくのも、手放すのも自由。

そこには常に孤独な責任はつきまとうのかもしれないが、そのかわり、理不尽な目にあえば、そこから逃げ出す選択肢だってたっぷりあるのだ。

月斗は今、自由だろうか……。

少し顔をあげて、日野鬼は階下を見た。どうせなら、月斗を連れて帰れないだろうか。

月斗と都会に出ればきっと楽しいに違いない。日野鬼がこの村で右も左もわからなかったように、今度は月斗が困るのだ。月斗のように逞しい体も大きな手も日野鬼は持ってはいないが、目いっぱい月斗を助けてやって、人目を気にしない楽しい時間を過ごす想像は悪いものではなかった。

何も村を逃げ出そうなんて言い出さない。ただ、ほんの少し……例えば、デートだなんていう口実でもいいじゃないか、外の空気を吸いにいくだけだ。

そう思うも、忌々しいことに、日野鬼のすぐ目の前にあの石杭があった。

これ以上下に降りるな、と月斗に命じているかのように、五段ほど下に二本。暗闇の中でもその間抜けな芋虫姿は健在だ。

もう蹴飛ばしたりしないが、目玉をつつくくらいは許されるだろうか。そんな気分で、ところと数歩、階段を降りたときだった。

ふいに、木々のざわめきの向こうから、あの声が聞こえてきた。

おおおおおおおおお。

半月この村にいて、未だに慣れない音。あれはなんの音だと問えば、月斗や親族連中は「何が？」とばかりにきょとんとしていた。

その態度からして無害なものなのだろうと勝手に思い込んでいたが、こうして夜の鳥居の下に一人でいると、急に恐ろしくなってくる。

おおお、おお。

音は、次第にはっきりとしてきた。やはり声だ。男の声が複数絡まりあったような音。

近づいてきている？

そう感じた瞬間、日野鬼の体から血の気が引いた。

火の用心のような拍子木の音も聞こえるが、それはまるで人を攻めたてるような色味を帯びていた。

たまらずうつむき、叢《くさむら》の陰でじっとしていると、一層声はすぐそばまで近づいてくる。

足音がする。なら、人間だ。人間だ人間だ人間だ、どこかの親戚だ遠いエリアの住人だ。何度も自分に言い聞かせ、妖怪や幽霊の逸話を必死に記憶から振り払う。

それでも恐怖はふくらむばかりで、ついには涙目になりかけていた日野鬼の頭上で、ふいに他人の声が響いた。

「おい、誰かと思ったら、光屋のとこの、忌み月の嫁じゃないか」

日野鬼は驚いて顔をあげた。

おどろおどろしい鳥居と、どこまでも続く階段、山の陰影をバックに、十人ほどの人間のシルエットが眼前で揺れている。

「ひっ……」

「おっ、おいおい、なんでびびるんだよ。こんなとこでしゃがみこんでる人影見て、びびったのはこっちだっての」

「なんで人をびびらせるもんしかない田舎で、お前ら田舎もんがびびるんだよっ」

なんとか言い返しながら、瞬《まばた》きを繰り返すと、ようやくぼんやりと浮かぶ人々の正体を目が認識しはじめる。何度も挨拶したことのある村人だ。

男たちは、手に拍子木のようなもの。肩からは、雨でもないのに蓑《みの》のようなものを羽織っていて、ずんぐりとしたそのシルエットは、現実世界から引き離されてしまったような不安感を煽るのに十分だ。

「あ、あんたら、揃いも揃って変な格好して、こんなとこで何してるんだ？」

「相変わらず口が悪いなあ。俺ら五藤家のもんは、昔からこの村の自警団やってんだよ」

「自警団？」

「ああ。不審者がいないか見たり、獣追い払ったりな」

不審者もこんな山奥に来たくはないだろう。という皮肉を飲み込み、日野鬼は疑問を口にした。

「危ないじゃないか。熊とか……出くわしたって人間じゃ勝てないだろ」

言いかけたところで、男が「ほれ」と言って蓑の下から黒く長いものをちらつかせた。

初めて見る。猟銃だ。

人に向けるものではないとわかってはいるが、そんな凶器を携帯電話か何かのような気安さで見せつけられると、ぞわりと、不安を帯びた焦りが肌を撫でる。

「音立てて、低い声で威嚇して、熊やら猪やらを警戒させてんだよ。あそこには何かいるから近づいちゃいけないってな」

「ああ、それで変な声出してたのか……」

まだ気がかりはあるものの、ゆるゆるほどけていく誤解に、日野鬼は密《ひそ》かに安堵の息をこぼした。もうそろそろ、この村で怖いものは何もなくなったかもしれない。

だが、その安堵を狙い定めたように、ふいに男らの声が低くなった。

「そういうあんたは何してんだい。日野鬼さん」

「えっ？」

「男だから関係ないと思ってんのかもしれないが、一応、あんたは嫁に来てるって体なんだろう？　だったら、成婚の儀式があるまでは夜中に出歩くもんじゃないよ」

何かとても深刻なことかのような男の物言いに気圧されるが、その男からはまだこちらを心配する気配がある。しかし、その背後から新たに加わった声には、どこか残酷な冷たさがあった。

「そんなこと光屋の連中も教えてるだろうに、夜中に出歩くなんておかしいだろ。もしかして、こいつ村から逃げ出そうとしてたんじゃないか？」

声の主には見覚えがあった。

数日前、光屋家まで「月斗が外を出歩いていて迷惑」と直談判《じかだんぱん》に来た男だ。

あのとき、日野鬼に馬鹿にされたのがよほど腹に据えかねているのか、男の様子から敵意を感じる。

「はあ？　……日野鬼さん、あんた逃げようとしてたのかい」

「俺の辞書に、逃げるなんて文字はない。だいたい、こんなしょぼい浴衣姿で帰るわけないだろ」

愛する故郷を夢見ていたことなどおくびにも出さず堂々と答える。

しかし、男たちの眼光は夜闇に飲み込まれていくように暗くなり、目の前の人々が、ゆっくりと何か別の生き物に成り代わっていくような気がした。

じり、と誰かが階段を踏みしめ、日野鬼の背後に回る。

背筋に、冷や汗が流れた。

「月斗を待ってるんだ。あいつ、毎晩そこでなんかしてるだろ」

「ああ、忌み月の水ごりか。あいつを待ってやってるなんて、健気《けなげ》じゃないか」

「健気な嫁が、処女しらべから逃げ出すなんて妙な話だな」

懐かしい言葉に、日野鬼は眉を顰めた。

本当に彼らは、常に、同じものが見えているかのようになんでも知っている……。

しかし、何か言い返すより先に、日野鬼は誰かに袖を強く掴まれその場に引き倒された。

数段の段差を尻がすべり、不安定な場所で慌てて階段にしがみつくと、いつの間にか男たちに囲まれる格好になっていた。

おい、と抗議の声をあげるより先に、いくつもの視線が日野鬼を圧迫する。

「日野鬼さん、あんた本当に月斗のこと待ってやってるだけかい？　怪しいねえ」

「何、言って……」

「都会のやつは貞操観念が弱い。成婚の儀式してない嫁未満がふらふら夜出歩いてちゃ、誤解されるに決まってるだろ」

不穏な空気を感じて、日野鬼はあとずさった。

しかし場所が悪い。尻が一段、階段から落ちただけに終わる。

そんな日野鬼の仕草をあざ笑うように、例の直談判男がにじりよってくると、無遠慮に日野鬼の浴衣の裾をつかみあげる。

「なっ、何するんだ、ガキかお前は！」

「まだ光屋家の嫁の儀式すませたわけでもないのに、こんな夜中に出歩いてるお前が悪いんだろ。丁度、忌み月なんかに嫁が来たら悪いことが起こるんじゃないかってみんな噂してたところなんだ。こうなったら、俺たちがお前のこと嫁にしてやるよ」

「なんで俺がお前らなんかの嫁にならなきゃならないんだ。嫁の来てがなさすぎて目が悪くなったのか？　実は俺は男なんだぞ」

「見たらわかるわそんなもん！　とにかく、あんなやつに嫁ができたって迷惑だから、俺らが始末つけてやろうっていってんだよ」

仕方がない。犯罪だが、この階段からこいつを落としてやろう。

そんな気にさえさせられた日野鬼の悪態は、しかし続く男たちの異様な空気に封じ込められるはめになった。

「まあ、嫁の来てがないのは確かだしなあ。こんだけ綺麗な顔してりゃあ、男でもいいかって気にはなるかもなあ……」

「月斗には可哀相だが、あいつに嫁なんかいたら、まだ嫁がいない若い連中のメンツが潰れちまう。いつか嫁が来るまでの繋ぎに、今のうちに日野鬼さんにはうちの嫁になってもらうのもありだわな」

彼らの言葉はまるで異国の言葉のようだった。

嫁になるのに、なぜ当事者を放って、まったく関係のない家の連中が、さもあたり前のことのように語りあっているのか。

月斗に嫁はふさわしくない。

という語り口がそもそも気に入らない。こんな夜道で人を蹴倒し、よその嫁を「うちがもらおうか」なんて言い出す連中に嫁なんぞこなくて当然だ。ましてや、優しい月斗とは比べるべくもない。

「いい加減にしろ！　誰がお前らなんかの嫁になるか、馬鹿なんじゃないのか？」

「馬鹿はあんただろ。成婚の儀式してないよそもんの嫁候補が、夜中に外をうろついてるなんて男漁《あさ》ってる証拠じゃねえか」

「光屋家じゃ生ぬるい。うちの嫁にして、村の厳しさ教えてやるよ」

「そりゃあいい。子供は産めないが、うちに働き手が増えたら助かるしな」

よし、やはりこいつらは階段から落とそう。

どす黒い感情が腹の底にうずまいたその瞬間、ふいに階段の上のほうから悲鳴のような声が割って入ってきた。

「な、何してるんだ！」

「月斗！」

ずっと待ち望んでいた男が階段の上で、青い顔をしてこちらを見下ろしている。

その姿に、日野鬼は思わず段差に手をついて駆け寄りかけたが、目ざとく気づいた直談判男にはばまれる。

その男の足が、気づけばせっかく持ってきたスプリングコートを踏んでいた。

「おい、どけよ！　俺はあいつを待ってたんだか、らっ」

「日野鬼さん！」

怒り心頭で直談判男の足を小突くと、腹を立てたようにその足が日野鬼を蹴り飛ばした。う、と呻《うめ》いた日野鬼の元に、しかしいつもなら必ず助けに入ってくれる月斗は戸惑うばかりで、階段を降りてこようともしない。

「やめろよ孝正《たかまさ》！　日野鬼さんを返せよ！」

らしくもなく、口だけが威勢のいい月斗の表情は青ざめ、どこか焦っているようにも見える。

一方、孝正と呼ばれた直談判男は、月斗のそんな様子が楽しいのか、じりじりと日野鬼の肩を踏みにじると鼻でせせら笑った。

「おい忌み月！　その石杭が見えてるならこっちにくるなよ」

「孝正、お前そんな言い方することないだろう。月斗が可哀相じゃないか」

さすがに、孝正の言葉に眉を顰める五藤家の男もいたが、そのくせ日野鬼への無体を止めようとするものはいない。それどころか、少し年かさの男が膝をついてにじりよってきたかと思うと、日野鬼の浴衣のすそに手をかけた。

「う、っわ、何する……っ」

「何って、ナニだよ。いやあ、元の嫁入り先の相手の前で貞操奪うってのも燃えるなあ」

「や、やめろ変態！　おい月斗、な、なんなんだこいつらは！」

「おい日野鬼さん。月斗は忌み月だぜ？　そこの石杭からこっちにゃこれないのに、助けなんか求めちゃ可哀相だろ」

わけのわからないことを言って、孝正と足元の男は、一気に日野鬼の着物をはだけにかかった。寒々しい夜風が肌を撫で、なめらかな肌に誰かが「お、けっこうそそるじゃないか」などと言い出す。

その光景に、いっそう月斗が色を失った。

「や、やめろ！　日野鬼さんはまだ村のことよくわかってないんだ、頼むから！」

「そんなわけねえだろ。こいつは処女しらべも逃げてきたんだろう？　どうせろくでもない尻軽に決まってる」

「そういう問題じゃない！　頼むから、その人にひどいことしないでくれっ」

必死の懇願は、ほんのわずか十段ほど上から響いてくる。

その滑稽《こっけい》さに、日野鬼の中から今までとは違う怒りがこみあげた。

なぜこんなときに、たかが石杭なんかのせいで月斗が我慢しなければならないのか。

理不尽な暴力に日野鬼がさらされているのに、どうして月斗が侮蔑の言葉を浴びせられなければならないのか。

我慢できずに日野鬼は、裾をあばこうとしていた男や孝正に低い声をあげる。

「ちょっと待て。どいてくれ。すぐ戻るから」

「へ？」

さっきまで重たい威圧感をもっていた男たちが、今度は日野鬼一人の固い表情に気圧された。その隙に、日野鬼は大義そうに立ちあがると、孝正の靴痕まみれになったコートを手に黙って階段を登る。

そして、月斗の目の前までやってくると、日野鬼はコートをその濡れた白装束姿に投げつけた。

「お前が、毎日冷えきった体で帰ってくるのが心配で、コート届けにきた！」

「え、えっ？」

このまま死んでしまうのではないか。そんな気になるほど顔色の悪かった月斗が今や自由の身となった日野鬼とコートを見比べ、困惑している。

「おい月斗、お前、この石杭からこっちには来れないのか」

「あ、ああ……俺は、石杭の内側にしか、いちゃいけないんだ。だから……」

「だから？　だから、俺は今からここでこいつらに、アダルトビデオみたいなことされてもいいんだな！」

「だ、駄目に決まってるだろ！　その、アダルトビデオ、見たことないけど……駄目だ」

背後で、ひそひそと「あいつアダルトビデオも見たことないのか。さすがに可哀相だ」という声が聞こえたが、とりあえずその男だけでも階段から落としたい。

けれども、今一番日野鬼が腹を立てている相手は、もっと別の相手だった。

ふつふつと煮えたぎる怒りは、ここに来て以来、何かにつけ月斗が軽んじられていることに気づくたびに日野鬼の中に降り積もっていた不満の正体だった。

その矛先は月斗自身かもしれないし、今目の前にある石杭かもしれない。もっと言えば、この村のすべてに対してかもしれなかった。

「こいつらの話を総合すると、俺はこいつらにここでやられたら、こいつらの嫁になるわけか、月斗」

「あ……ああ……」

そのことがよほど腹に据えかねているのか、月斗がようやく気まずそうに顔をそむける。

陽斗とはまるで違う横顔だ。月斗の瞳はいつも無邪気に輝き、優しい笑顔には頼りがいさえ感じていたが、このときばかりは、陽斗の顔のほうがマシに思えた。

「お前が、自分の嫁がいなくなることよりも、村のしきたりのほうが大事だってことはよくわかった！」

「ち、ちがっ……」

「なら、今回は夜出歩いてた俺が悪かったみたいだし腹括《くく》ろうじゃないか！　ここでお前とはお別れだ、華々しく村のしきたりに従って、こいつらの嫁になってやるよ！」

ふん、と鼻息荒く言い捨てると、日野鬼は月斗に背を向けて再び階段を降りはじめる。

眼光鋭く自警団の男らを睨みつけ「戻ったぞ！」と宣言すると、男たちは弱り果てたように顔を見合わせるばかりだ。

「なんだ、しないのか。やる気満々だったじゃないかこの変態ども。お前らがやらないなら、俺がやる！」

「なんでだよ……」

すっかり勢いをそがれてしまったらしい男たちが、呆れた声をあげる中、ふいに孝正が険しい顔をして悲鳴をあげた。

「あ！　月斗、てめえこの野郎！」

自分は月斗を罵ってもいいが、この男が罵るのは気に入らない。

そんな身勝手な思いが生まれて、むっと日野鬼が眉をしかめたそのときだった。ふと袖に引っかかりを覚えて振り返ると、石杭のあるぎりぎりの場所から、月斗がはいつくばって腕を伸ばしたところだった。

指先が日野鬼の浴衣を摑み、力強く引っ張られる。

とたんに、我に返ったように五藤家の男たちの怒号が響いた。

「月斗！　お前、忌み月の癖に石杭の外に出るなんてどういう了見だ！」

「ごめん！　でも、出てない！　足はまだ内側にあるからセーフ！」

「そ、そんな道理が通るか！」

「悪い！　明日、いつもの倍水ごりするから、勘弁してくれ！」

ほとんど泣き声のような悲鳴をあげると、月斗は日野鬼の体を手繰《たぐ》り寄せ、突然山の中へと日野鬼をひっぱっていく。

何を今さら、と思った日野鬼の目に、コートを握ったままの月斗の手が見える。

とたんに、急に今までの出来事が怖くなり、日野鬼はすがるようにして月斗とともに山の中へと駆けだしていったのだった。

月斗《つきと》に手を引かれ、山中をずいぶん歩かされた気でいたのに、いつの間にか二人は、さっきまで月斗が水ごりをしていたお堂に戻っていた。

池のあたりには裸電球の電灯が四つもあり、月の光と混じりあって池周辺を青白く輝かせている。

池から建物に向かって続く濡《ぬ》れた痕跡《こんせき》は、月斗が水ごりのため何度も往復した痕《あと》だろう。

建物の傍らに石段があり、日野鬼は月斗にうながされるままにそこに腰を落ち着けた。

「すごい、あのまま山の中で迷うんじゃないかと思ったが、うまいこと帰ってこられるもんなんだな」

「今日は満月だからな。山の中がよく見える」

「いや、真っ暗だったぞ……」

返しながらも、日野鬼《ひのき》の声は小さくなっていった。

月斗の声がかすれるように小さく、低かったせいだ。

おそるおそる見上げると、冷たい瞳《ひとみ》と目があった。

いつもの無邪気な輝きはそこにはなく、ただやり場のない感情を秘めた男の顔が日野鬼を見つめるばかりだ。

月斗の面貌《めんぼう》から感じるわずかな怒りの色に、今さら日野鬼の中に自責の念が押し寄せた。

どうして、月斗の言うことを守って離れで大人しくしていなかったのだろう。

にこやかな生活の中、そここに理解しがたいしきたりや風習が息を潜めてこちらの隙を窺《うかが》っている。それを忘れて、浮かれてコートなんて届けに来るからこのざまだ。

「しばらくしたら、五藤《ごとう》さんちのみんなは帰るだろうから、そしたら俺らも帰ろう」

「あ、ああ……あの、月斗？」

「日野鬼さんの最近の朝飯、すっかりばあ様に似てきたな。俺の知らない味がしないのは残念だけど、すごく美味《おい》しいぞ」

「本当か？　ばあさん、口は悪いが料理は本当に旨《うま》いからなあ。あれにちょっとでも似てるなんて、俺もなかなかのもんかもしれない」

「でも、ごはんが普通のおにぎりで寂しいな……」

ドーナツ型のおにぎりの話か。そう思う日野鬼の目の前で、月斗がそっぽを向いた。

「明日、また作ってくれないか、あのドーナツおにぎり」

「まかせておけ。今夜助けてくれた礼に、大きなわっかにしてやろう」

「へへ、楽しみ。そのおにぎり食べたらさ、俺も手伝うから、一緒に荷物運ぼう」

「荷物？」

「……」

月斗の思案顔がくしゃりと一瞬歪《ゆが》み、彼は慌てた様子で目じりを押さえた。

なぜそんな泣きそうな顔をするのだ。わけがわからず日野鬼が見守る中、月斗はようやくこちらに視線を向けてきた。

涙に揺れる瞳はどこまでも黒く、そして会ったときと同じように、きらきらしている。

それは、いつもの無邪気なだけの輝きではなく、月斗の中に積もったいろんな感情そのもののように複雑な彩りをしていた。

「もう帰ってくれ、日野鬼さん」

「……」

「俺が悪かった。本当は俺だってわかってたんだ。急に村に男の人が来て、嫁だなんだって変な話だって。それも、俺なんかのところにさ。日野鬼さんは本当は嫁になりに来たんじゃないって、わかってた……」

能天気に喜んで、笑っていたその裏で、本心は何を思っていたのか。月斗の吐露が、夜の空気を揺らした。

「でも、嘘でも冗談でもなんでもいいから、ほんの少しだけ……日野鬼さんと一緒にいたくて、お嫁さんになってもらったんだ……」

裸電球が、月斗の白い頰《ほお》を照らしている。

寒さのせいか、緊張のせいか、その唇は小刻みに震えていた。

「初めて会った夜も、こんな時間だったな。俺がハルちゃんと双子だって知って日野鬼さんびっくりしてた。でも別に気持ち悪くなさそうで、ああ、やっぱりなって俺思ったんだ。……やっぱり外に出たら、双子なんて別におかしくもなんともないものなんだよな」

「……ここじゃあ、おかしいのか？」

問い返しながら、日野鬼は自分の中に、探しまわっていた答えがどこからともなくすとんと落ちてきたことに気づいた。

双子なのになぜ、兄弟で扱いが違うのだ。そう感じた疑問こそが、今まで抱《いだ》いていた月斗を巡る違和感の正体だったのだ。

「テレビを見てたら、双子のタレントとかいっぱいいるのに、なんでこの村は双子、駄目なんだろ。双子の弟は忌み月。兄と同じ姿で生まれて、その家を乗っ取ろうとする鬼のいたずらなんだって」

鬼のいたずら。という言葉を、日野鬼はいつものように鼻で笑うことができなかった。

「父さんは、それでもお前は俺の息子だっていって可愛がってくれたけど早くに死んじゃったし、母さんは……双子産みの女だって白い目で見られて、村から出ていっちゃった。ハルちゃんも帰ってこないし、寂しいな……」

「月斗……」

「みんなはさ、俺に『よかったな』って言うんだよ。昔だったら忌み月は殺されてたから……蔵で、見ただろ、昔の忌み月の記録」

双子で生まれた子供の下の子は、鬼だから殺さなければならない。

それでも名前をつける風習があるらしく、上の子に太陽の名を、下の子には、太陽の光を浴びて輝く月の名前が与えられる。

太陽の名前で、弟妹の鬼の力を封じ込めようとしたらしいが、そういうどうでもいいしきたりばかり綿密に現代に残っていることが実にバカバカしく、妄執じみていた。

そして、陽斗という兄を持つ双子の弟月斗も、村にとっては大昔と変わらぬ忌み月なのだ。

「時代が変わって、みんなが、双子の弟でも生きていけるようにできる限りのことしてくれててさ。毎晩の水ごりも、村の神様にお祈りする儀式の派生なんだって。水ごりをして、大人しく暮らしてたら殺されたりしないんだから、よかったなって……」

しかし、健気《けなげ》にその言葉を信じていられたのは、子供の頃だけのことだった。

元来優しい気性の月斗は、陽斗との扱いの差に腹を立てたことも、日々行動が制限される生活に鬱屈したこともない。たとえ不便な生活であっても、一生をこの村で過ごすのだから、何を羨《うらや》むこともなく慎ましく生きていけばいいのだ。そう思っていた。

だが、月斗の心は、陽斗が村を出ていってしまってから一変した。

毎月一度は帰っていた双子の兄が、気づくと季節ごとにしか帰ってこなくなる。いずれ、盆と正月しか帰らなくなり、しまいには、もうこの三年帰ってきていない。

なぜ、陽斗が外にいるのだ。いずれ、光屋家を継がなければならない長男なのに。

なぜ、双子をあたり前のように扱ってくれるはずの外の世界に、自分ではなく、陽斗がいるのだ……。

それまで自覚しなかった嫉妬《しっと》が明瞭《めいりょう》な形になるにつれ、月斗は、自分が忌み月であることが悲しくて仕方なくなっていた。

「この近くの別の集落じゃあ、双子は特別扱いされないんだ。それよりも、初産の女の赤ちゃんが忌み子なんだって。きっとあそこも、殺されてたんだろうな」

「昔の……話だよな？」

かつて土蔵で見た忌み月の記録は、ある時代を境に止まっている。だが、あの記録にあった手形の持ち主は……考えかけて、日野鬼は唇を噛《か》んだ。

「そう、どこにでもある昔の話。でもさ……みんな、そういう昔の話をしては、怖い時代があったもんだって言うんだ。変だよな、俺は今だって怖いのに」

「怖い？」

「……台風が来たり、火事が起きるといつも思う。ふとみんなの気が変わって、やっぱり双子の俺を生かしていたせいだっていって、殺されたらどうしよう」

「……」

「ただでさえ俺のせいで、本当に悪いことは起こってるのにさ……」

そんなわけがない。という言葉を、日野鬼は発する気にはなれなかった。

何があったかしらないが、正論など無価値だ。たとえ今ここに隕石《いんせき》が衝突しても、村人が「忌み月のせいだ」といえば、それがこの村での正解になってしまうのだから。

「じゃあ、やっぱり俺はまだまだ帰れないじゃないか、月斗」

日野鬼がこの村で感じた恐怖や不安の何倍のものを、月斗は胸の奥に秘めたまま暮らしていたのだろう。きっと、誰にも打ち明けずに。

そんな月斗を置いて帰るなんてますますできない。

その感情が、同情や義憤ではないことを日野鬼ははっきりと悟りかけていた。

このまま明日家路につけば、二度と日野鬼はこの村にやってこないだろう。月斗とのささやかな日々をときおり思い出し、甘く苦く懐かしみながら、夢とかわらぬ記憶の欠片《かけら》になって、いつか忘れてしまうのだ。

しかし日野鬼は今、自分と同じ年齢まで、この理不尽の中に居続けた月斗の暗い表情を見て、この出会いを夢になんてしたくないと感じていた。

「本当に、お前が一番恐れていることがいつか起きたとき、お前をここから連れ出してやれるのなんて俺くらいだぞ。さっき助けてくれたみたいに、今度は俺が、手を引いて街まで連れ出してやる」

月斗は、ゆっくりと瞬《しばた》いた。

そしてその瞳が涙の膜に覆われ、月斗はらしくもなく顔をゆがめて怒鳴った。

「そんな、起こるかどうかもわからない可能性のために、日野鬼さんをこの村にずっと縛りつけておけるわけないだろ！」

「っ……」

「その間、いったい何度あんたは危ない目にあうんだ、嫌な目にあうんだ。日野鬼さん、成婚の儀式だってどんなものか知らないだろ？　虫だっていっぱいいるし。冬はすごく寒いんだ。それに……日野鬼さんがどんな立派な人だろうと、一生『あいつは忌み月なんかの嫁だから』っていって格下扱いにされるんだぞ！」

　その剣幕を、日野鬼は愛《いと》おしく感じた。

　ずっとそんな鬱屈を抱えていたのかと思うと、今露《あら》わになっている彼の傷口を撫《な》でてやりたい衝動にかられ、日野鬼はそっと月斗の頬に触れる。

　冷たい体が、びくりと震えた。

「ひ、日野鬼さんっ」

「俺が、そんな扱い受ける生活をするのがお前は嫌なのか？　心配してくれているのか？　そんなにも、俺のことが大事なのか？」

「あたり前だろ！　あんたは強い人だけど、勝てない相手だっているんだよ……。何か、よくわからないけど、空気みたいなものが。みんなも、草木も、空も地面も。ここは、俺を一生、忌み子以外のものにする気はな……い、っ」

　震える唇が寒々しくて、日野鬼はそっと月斗の唇を指先で撫でた。

「この村に来て、しょっぱなから処女しらべだなんだと、俺はすごく怖かった。今までやってこれたのは、お前がいつだって助けてくれたからだぞ、月斗」

「だって、外から、俺なんかに会いにきてくれた日野鬼さんに嫌な思いしてほしくなくて……」

「でもお前のことを助け出してくれる人は今までいなかったんだな」

一瞬、二人の間を、遠ざかっていく自警団の獣避《よ》けの声が通り過ぎていった。

もう、月斗も日野鬼も見当たらないから、自分たちの仕事に戻ったのだろう。

まるで、自分たちが行きずりの犯罪者のごとき存在だった自覚もないまま。

はたして、優しい顔と恐ろしいしきたりに従順な顔、二つを併せ持つ彼らと、日野鬼のためにしか怒ることのできない月斗の、どちらが鬼だろうか。

「そんな、ことない。俺、ここで水ごりさせられるの怖くてさ、子供の頃いつも泣いてたら、村のみんなが可哀相に思ってくれて、こうして電灯つけてくれたし」

「月斗……」

「お祭りの日も、俺は祭りにいけないけど、いつもいろんなお土産、くれて……」

「月斗、それでも俺は、お前がこんな目にあってるのが嫌なんだ」

ゆっくりと近づき、日野鬼は月斗の濡れた髪をかきあげるとその額にそっとキスをした。

また、眼下で月斗の体が緊張に揺れる。

「ち、違う。違うんだ、俺、あんたに同情してほしいんじゃない。引き留めたくて、泣いてるわけじゃないっ。本当に帰ってほしいんだ、頼むよ日野鬼さん……」

「月斗、俺は、意思も心もお前と違ってとても自由なんだ」

唇で、月斗の冷たい肌をなぞりながら、たどり着いた彼の耳元で日野鬼はささやいた。

「村から帰るのも、もうしばらくいるのも……下手したら、さっきの連中の言うとおり、嫁入り先を鞍替《くらが》えするのだって、俺は俺の意思でやりたいようにやる」

「そんな、無茶な……。無理だ、少なくとも、この村にいる間はそんな自由通用するわけがない」

「だから、もしお前が、俺といるのが楽しかったり幸せだったりするのなら」

そうだと言ってほしい。

そんな願いを込めて、日野鬼は月斗の顔を覗《のぞ》きこみ、鼻先がくっつくほどの距離で懇願した。

「俺もお前といるのは楽しいから、もう少し一緒にいさせてくれよ」

眼前で、この村の夜空のような瞳が揺れ、そしてさらに近づいた。

冷たい腕が日野鬼の腰を抱きすくめる。唇がぶつかりあい、そのことに怯《おび》えたように、月斗はすぐに顔を離すと言った。

「日野鬼さんは……ずっと、一緒にいてくれたぞ？」

「ん？」

震える声に深い感慨があるような気がして、日野鬼はそっと月斗と目をあわせる。揺れる瞳が、何か迷うようにあちこち彷徨《さまよ》ってから、再び日野鬼の瞳を見つめ返してきた。

「ずっとって言ったら変だけど……俺、以前から夢で日野鬼さんのこと知ってたから」

「何……？」

「双子のせいかな？　ハルちゃんの気持ちがときどき夢で流れ込んでくるんだよ。不機嫌なときとか特に。日野鬼さん、大学の入学式で、ハルちゃんと同じスーツだったよな」

「あ、ああっ……」

何を馬鹿な、と言いたいところを、月斗が続ける話は、確かに身に覚えのあるものばかりだった。

大学時代のいざこざや、就職活動の面接で同じグループになって大ゲンカになったこと。陽斗《はると》が愚痴をこぼしているだけだと思っていたが、ふと日野鬼は引っかかっていたことを思い出してしまった。

「だったら、あいつもお前の夢が見れるのか？」

「ああ。て、いっても、俺の生活なんてハルちゃんと違って代わり映えしないから、向こうもつまんないだろうけど」

「そうか、もしかしたら、それでマルベリーが甘いとかなんとか、帰ってないくせに言ってたのか」

「そうかもしれない。去年の桑の実はすごく甘かったから。知ってるなら帰ってくればいいのに、おいしいとこだけ味わうなんてずるいよな」

まったくだ、とうなずいてから、日野鬼は首をかしげた。

「でも、あいつの夢を見るのに、俺がいっぱい出てくるのもなんだか気に入らないな」

「俺は嬉しかった。初めて見たときから、俺は格好いい人だなって思ってたんだ。すごく都会的で、テレビで見る人みたいだった」

じっと、こちらを見つめる月斗の瞳の輝きは、憧《あこが》れの人を前にしたそれで、身に覚えのない称賛に日野鬼はらしくもなくうろたえてしまった。

こちらは初めて会った男の気でいたのに、初めて「日野鬼さん」と声をかけられたときから、月斗は自分が何者かわかっていたということか。

「ハルちゃんは、村じゃ一番賢いって言われてて、いつも俺のこと庇《かば》ってくれるすごい人だった。でも、そんなハルちゃんも日野鬼さんを前にするとたじたじでさ。絶対勝ってやるって、夢の中でハルちゃんが燃えてるのがわかるんだ」

「たじたじだったのか」

「ああ、たじたじだった。でも、ハルちゃんが日野鬼さんを嫌いになるにつれて、余計夢に出てくることが増えてさ。俺は逆に……いつもハルちゃんに勝っちゃう日野鬼さんの強さや自由さに、どんどん憧れていったんだ」

「ま、待て月斗、それじゃあまるで、お前俺に会う前から……」

「だ、だから言っただろ。嫁に来たって知って、少しでも一緒にいたかったって。本当に、何もかもが、奇跡みたいな出来事で……俺、この半月、本当に幸せだった」

こんな村に閉じ込められて、理不尽なしきたりの中で生きながら、ほんのり抱いていた憧れの相手との生活を幸せだという。

自分の存在が、月斗にとってどれほどの甘露だったのだろうと思うと、日野鬼は自分の中の恋情がぐっとふくらんでいくのを感じずにはいられなかった。

父母はいつか先にいなくなる。自分は一生一人だろうと笑顔の下で覚悟もしていたが、ようやく巡り会えた永江《ながえ》は結局、浮ついた心の傷跡にしかならなかった。

だからこそ自棄《やけ》になっていたのに、こんな遠い場所に、密《ひそ》かに自分を慕い続け、優しくしてくれる人がいたなんて。

「日野鬼さんは、ずっと俺と一緒にいてくれたんだ。その上こうして会いに来てくれた。この思い出さえあれば、俺、これからも楽しく暮らせるからさ。だから日野鬼さん……」

帰って、と続きそうだった月斗の唇に、日野鬼は自分の唇をそっと重ねた。

恋心が、肉体をくすぐった。

さっきはあれほどおぞましかった他人の体温を思い出すだけで、あれが月斗なら、と肌が震える。

「日野鬼、さんっ」

にじりより、月斗の膝《ひざ》をまたぐと、彼の股間《こかん》をそっとなぞる。

その指先に触れたぬくもりに、日野鬼は驚くとともに笑みを浮かべた。

「月斗、そんなに俺を心配して、怒ってくれてるくせに、これはなんだ？」

「何って、言われても……っ」

白装束も悪くない。

すんなりと月斗の裾《すそ》に手を差し込むことができて、ついそんな現金な感動を抱く。

その着物の中で、月斗のものは柔らかく熱を帯びていた。

さらりと撫でただけで、まるで小動物が怯えるように、それは反応する。

「俺が、もう少し一緒にいたいっていうのは……もっとお前と寄り添いたいってことなんだ。同情だとかそういうことじゃない。もっと、深くて、甘い気持ちなんだぞ」

日野鬼は月斗の唇をついばみながら、彼の股間を指先でつつく。

うぶな体が、快感に襲われながらも必死でそれを押しとどめようとする姿は、本当に自分を大事にしてくれている証《あかし》のように思えて愛しくてならない。

「あ、駄目だ……日野鬼さんごめん、俺、さっき日野鬼さんが襲われてるの見て少し……興奮してたから、すぐに変になるっ」

「ひどいな。あんなに俺は、嫌がってたのに」

「だ、駄目だって。さ、触ったらすぐ思い出しちゃうだろっ」

「何を？　俺が、余所《よそ》の男にひどいことされそうだったことを？」

「それは嫌だったんだけど……月明かりの下で、震える日野鬼さんが綺麗《きれい》で……」

月斗の膝に座るようにして、日野鬼は彼と向かいあった。

日野鬼の危機に興奮した罪悪感で月斗の瞳は揺れているのに、吐息は熱く上ずっている。

まるで獣のような雄の香りがいつもの月斗とはアンバランスで、そのギャップがたまらなくなって日野鬼は彼の額にまたキスをした。

そろそろと、唇で肌を撫で、額からまぶたへ、鼻へと接吻《せっぷん》をずらしていく。

「嫌なら嫌って言えよ。そうしたら、やめてやらないこともない」

「うわぁ……」

「うわ？」

いつの間にか、月斗の瞳は潤んでいた。

熱にうかされたようにとろけた表情が、感動したように日野鬼を見つめている。

「すごい、悪い人みたいだ日野鬼さん。俺、どうにかなりそう……」

どうにかなってしまえばいいのに。

そう苦笑して、日野鬼は自分の性器を取り出した。

さっきの屈辱の名残か、それとも、月斗の反応に煽《あお》られてか、日野鬼のものもすでにそっと頭をもたげはじめていた。

その先端をちらりと見て、月斗が頬を赤らめる。

確かにこれでは悪い人だ。己を律するように硬直する月斗の欲望を、さらに煽ろうとしているのだから。それでも月斗にもっと近づきたくて、日野鬼は月斗のものと、自分のものを一緒に手のうちに包みこむと、ゆっくりと腰をくねらせた。

「すごい、月斗、あわせただけなのに、ぴくんって跳ねた」

「あ、あわ、あわせただけって……」

真っ赤になってうろたえる月斗の肩に手をおき、日野鬼はこすりつけるようにして自分のもので月斗のものを愛撫《あいぶ》する。

ぐにぐにと、凹凸を絡みつかせ、月斗が見ていることを意識して懸命に腰を蠢《うごめ》かす日野鬼自身も、内心恥ずかしくてたまらない。

悪い人みたい、なんて言われて、実は遊んでいた淫蕩《いんとう》な男だと、月斗にまで思われたらどうしよう。

いつの間にか、二つの性器を握る手が濡れはじめた。

どちらの先走りの体液だろうか。そんな純粋な疑問から、日野鬼は月斗の陰茎の先端に指先をなぞらせる。とたんに、月斗がくぐもった声を漏らした。

震える手の中のものが、その快感を顕著に伝えてくれている。

もっと声が聞きたくなって先端を攻めると、日野鬼の下で月斗の下半身が震えた。

「あぁっ、待って……日野鬼さんやばい、そんなことされたら、すぐに出るっ」

日野鬼を止めようとするかのように、月斗の手が背中にまわされた。

だがそのせいで、着崩れていた浴衣《ゆかた》がはだける。さっと冷気が日野鬼の肌を撫でたかと思うと、あっさりと上半身がさらけだされてしまった。

月明かりと、ささやかな電灯に青白く照らし出された肌の稜線《りょうせん》を、「駄目」と言っていたのも忘れた顔をして月斗が見入っている。

「月斗、こんなに濡れて、もうイきそうなのか？」

「日野鬼さん、こそ……」

吐息が絡みあい、そこから繋《つな》がっているような錯覚に陥る。

くぐもった声が夜風に吹かれ、震える体は追い詰められていく。

しごくようにして月斗のものを嬲《なぶ》ると、耐えかねたように月斗の手が震えながら近づいてきた。そして、お互いのものを握る日野鬼の手に重なる。

大きくて、温かい手。

いつもこの手が自分を守ってくれているのだと思うと、日野鬼はそのぬくもりにさえ感じてしまい、つい腰を揺すってしまった。

久しぶりの興奮と、異様な状況に盛りあがった体は浅ましいほど欲深く、あっと言う間に登り詰めてしまう。

月斗のほうが先に達するだろうと漠然と思っていただけに、なんだか恥ずかしい。

「あ、まずい、もう……っ」

甘えるような声を出して月斗の額に自分の額をすりよせると、驚いたように月斗の手が腰を支えてくれた。

久しぶりの開放感。

ふくらみきった日野鬼の陰茎から、我慢できないと言いたげに白濁の体液がこぼれだす。

「はっ、ぅっ……」

「あ、駄目っ……って言ったのに……」

耳朶《じだ》に触れた月斗のかすれた声に、日野鬼は彼も達したことに気づく。

まだ興奮のやまない体を叱咤《しった》しながら身を起こすと、確かに握りあわせたお互いのものは体液にまみれている。

二人分混ざりあって、たっぷりと手を汚すそれを見ていると、月斗の中にも確かに日野鬼に対する欲望があるのだという気がして嬉しくなった。

「残念、月斗がイクところ、見れなかったな……」

「……」

「月斗？」

まさか、達したとたん夢から覚めて、気持ち悪くなったのだろうか。

黙りこくる月斗に不安を覚えて、日野鬼はその顔を覗き込んだ。

だが、帰ってきたのは相変わらず熱に潤んだままの瞳だ。

「もう、いいから、離れろ日野鬼さん。どいて」

ぐい、と胸を押す月斗の手には、さして力は入っていない。

じっとその様子を見つめながら、日野鬼は慎重にお互いの性器を撫であげた。

「あ、ぅっ」

達したばかりの、芯《しん》のとれた肉茎をしごかれ、月斗が喘《あえ》ぐ。

それにかまわず、二人分の体液をたっぷりと手にとると、日野鬼はようやく腰をあげて膝立ちになった。そうすると月斗を見下ろす格好になる。

「月斗、気持ち悪かったのか？」

「そんなわけないだろっ。日野鬼さん、自分がどんだけいやらしいのかわかってないのか？

こんなの、目の毒だ……」

肉欲にかすれる月斗の声に満足すると、日野鬼はそっと自分の股間に指を運ぶ。

たっぷりと濡れた指先を、さっき男たちに乱暴されそうになった後孔に這《は》わせると、それを見ていた月斗が生唾《なまつば》を飲み込む音が聞こえた。

「馬鹿だなあ、月斗。お前に気持ちよくなってほしいから、頑張っていやらしくしてるんだぞ」

「やめてくれ、俺、こんなの……何しでかすか自分でもわからない」

あとずさるようにして上体を引いた月斗を見下ろしながら、日野鬼はなおも自分の後ろをいたぶる。ほぐれていくたびに吐息があがり、その姿から目を離せないらしい月斗の体も、いっそう熱が高まっている。

滑らかな粘膜をなぞりながら、指を二本に増やした頃には、日野鬼の眼下で、月斗のものは再び頭をもたげはじめていた。

「日野鬼さん、俺、五藤さんたちみたいに、ひどいことしかねない……」

「お前がやるならひどいことじゃないじゃないか」

苦笑して、日野鬼は月斗の額に接吻した。

「むしろ俺は、月斗が俺を欲しがってくれるのなら、すごく嬉しい」

ついばむように唇で月斗の額をなぞりながら、日野鬼はゆっくりと彼の逞《たくま》しい肩に手をかける。

その仕草に誘われるようにして、月斗も日野鬼の腰を摑《つか》んだ。震える指先は、ゆっくりと股関節のあたりに食い込むと、我慢できなくなったように力が籠《こも》る。

「んっ」

強く引き寄せられたその臀部《でんぶ》に、月斗のものが押しつけられた。

弾力のある肌に脈動が食い込み、その熱と存在感に日野鬼の腰は震える。

これが欲しい。そう自覚したとたん、体中が欲望にうずき、日野鬼は自分の中から指先を引き抜くと、その手でそっと月斗のものをいざなった。

「日野鬼さん、俺……あんたが欲しい」

ひたりと、肉茎が日野鬼の秘部に吸いついたとたん、月斗は喘ぐようにそう言った。

その確かな言葉がじんわりと胸に満ち、日野鬼も素直に答える。

「俺もだ。もっといっぱい、月斗のものになりた、いっ……」

自分の想いのたけが、月斗の欲望にどんなふうに響いたかはわからない。

けれども、日野鬼の後孔で月斗のものは一度跳ねると、これ以上待てないとでもいうように侵入してきた。

震える先端が、日野鬼だけを求めて、狭い道を押し進んでくる。

「う、あっ」

「日野鬼、さんっ」

「あっ、で、かっ……」

つい、そんなムードのないことを口走りながら、日野鬼は圧迫感に耐えた。

肉壁が蠕動《ぜんどう》し、緊張気味に月斗を迎え入れる中、腰や尻肉には、月斗の指が食い込み、内側も外側も辛い。けれども、この力強さが、月斗の自分への欲望の形なのだと思うとたまらなくて、もっと乱暴にしてほしくなる。

だが、冷めぬ興奮はきついだろうに、月斗はそれ以上の行為を懸命に抑えこんでいるようだ。

日野鬼の中に沈みこみながら、じっと、日野鬼が落ち着くのを待ってくれている。

「動いて、いい、のにっ」

「駄目っ、今動いたら、止まらないって……」

どこまでも優しい男に興奮して、日野鬼は意地を張って腰を蠢かす。

とたんに、力のこめられた腹部が中を圧迫し、月斗のものを搾りあげる。

「ぁぁっ、駄目、待って……」

いつも祈りをささげているのだろう月斗の声が、嬌声《きょうせい》となってお堂に響く。しきたりや風習よりも、今月斗は自分に夢中なのだと思うとたまらなくて、日野鬼は必死で腰を揺すった。

いやらしくできているだろうか。少しでも気持ちよくできているだろうか。

永江にだって、こんなサービスしたことない。そんな苦笑が胸に湧《わ》いて、そして永遠に消えていった。

「ん、んんっ、ふっ……」

「は、ぅっ、ぁ、日野鬼さん、中が、すごく熱い……俺が、日野鬼さんの中で溶けそうだ」

「んっ、溶ければいいじゃないか、全部……俺と一緒に」

ささやきあい、喘ぎあい、夜の深ささえどうでもよくなっていく。

いつの間にか、自分が腰を動かしているのか、それとも月斗が腰を揺すっているのかわからなくなってきた。

抉《えぐ》られるように月斗の興奮が日野鬼の中を責めたて、彼を気持ちよくしてやりたいなんていう余裕は、愉悦の前に消えていく。

駄目。と何度も月斗はくり返していたのに、しばらくすると、日野鬼ばかりが「駄目」と口走っていた。

駄目だ、抜いたら。そこばかり、駄目。駄目じゃないからもっと。

そんな淫《みだ》らなことばかり言いあううちに、本当に二人で溶けていってしまう気がした。

どろどろに溶けて、いっしょくたになって、そうしてからもう一度生まれ変わるのだ。

汗ばむ肌を抱きしめあいながら、日野鬼はすがるように月斗にキスをした。

お互いの喘ぎ声を飲み込むように舌を絡めあい、ねっとりと腰を押しつける。

自分の中で月斗のものが震え、限界が近いことを感じるだけで、また日野鬼の欲望は深まっていく。

月斗と一緒にいられるだけで、夜の深ささえ愛おしい。

ねばつく呼気とともに、首元で月斗がささやいた。

「日野鬼さん、日野鬼さん日野鬼さん……俺と、まだ一緒にいたいか？」

「一緒に、いたい。月斗ともっと近づきたい……っ」

深くまで穿《うが》たれ、悲鳴のように日野鬼も応じる。

指先まで月斗の熱欲が這うようで、それが心地よくて、もう絶頂は間近だ。

感情も体も昂《たかぶ》り、日野鬼の身の内が、月斗を離すまいと包み込んだ。

その感触に甘い声がどちらともなく上がり、日野鬼の中で月斗のものが爆《は》ぜた。

叩きつけられる欲望に震えながら、日野鬼もすぐに達する。

甘い嬌声が夜空に溶け込み、いつまでも抱きあっていたいほどの心地よさだ。

月斗の扱いが悪い、その理由を知ることができれば彼を助けてやれると思っていた。

けれども今、日野鬼の頭の中は空っぽだ。

月斗の打ち明けてくれた話だけでなく、もう陽斗への復讐心さえ忘れて、何もかもゼロにした自分の中に、ようやく自覚した月斗への想いが流れこみ、満杯になっていく。

恋しい。

だから、大事にしてやりたい。

頭上では、この村に来たときはなかった美しい満月が燦然《さんぜん》と輝き、繋がりあう二人を照らしてくれている。

明日から、再び欠けていく月の下、また月斗はここまで水ごりにやってくるのだろう。それを一日も早く止めさせてやるために、自分は何ができるだろう。

どこまでこの村の風習におもねり、どこまで自由な心に従うか。

恋のぬくもり以外、何もかもなくなった空っぽの頭に、今度は次々と案が湧いてくる。

達した余韻に浸る体をなんとか冷ましながら、日野鬼はぼそりと呟《つぶや》いた。

「なんだか、楽しくなってきたな」

「楽しい？」

「ああ。今の俺は、お前のためにすごく心が自由な気がする」

しなだれかかると、月斗が体を支えるように肩を貸してくれた。その肩にこてんと頭を乗せたまま、そっと日野鬼は恋しい男の顔を見上げた。

まだ熱にうかされているような瞳が、それでも優しげな表情を作って見下ろしてくる。

「自由か……。なあ日野鬼さん、俺、あんたのことを助けたいと思ってたけど、本当は何から守ってやるべきなのか、今夜少しわかったかもしれない」

「さっきの暴漢からだな」

「それもあるけど……俺自身からだな」

不思議に思い身じろぐと、二人の間で水音がした。

いやらしくて、気を取られてしまいそうになる。

「日野鬼さんのその強さや自由さを、無駄にしてしまうかどうかはきっと俺次第だ」

静かな言葉に、微《かす》かな緊張が見え隠れしている。

暗闇の中から明るい場所へ、突然引きずり出されてしまったようなものだ。そんな月斗の、明日を想う決意は揺れていることだろう。

けれども本当は、かつて処女しらべから助け出してくれたときから、すでに月斗は自由への第一歩を踏み出しているはずなのだ。

「なあ月斗」

「ん？」

「……俺が一緒にいてやるから、いつかドーナツ食べにいこう。でっかくて、ふわふわで、ごはんじゃないやつ」

ぎゅっと、日野鬼を抱く月斗の腕に力がこもった。

この村の外にいざなう日野鬼の声は、月斗にどんなふうに聞こえているだろうか。

「ああ、行こう。すごく、楽しみだ」

明日、めいっぱい大きなドーナツ型のおにぎりを作ってやろう。

今夜の出来事を忘れないくらい、大きくておいしい、記念のおにぎりだ。

抱きあい、どちらともなく額を寄せあいながら、日野鬼はひっそりとそんな企《たくら》みを胸に抱くのだった。


「ばあ様怒ってるかな……普段は、死んだじい様のほうが怖かったんだけど、一度怒るとばあ様の怖いのなんのって。俺、ばあ様にしかられて漏らしたことあるぞ」

「ハルちゃんは漏らしたことはないのか」

「ハルちゃんは怒られるより、トイレ我慢しすぎて漏らしてたかな。ハルちゃん、夜になるとトイレ行きたがらないから」

性懲りもなく、まだ陽斗の弱点を探りながらも、日野鬼は繋いだ月斗の手の感触をゆっくりと味わっていた。

熱が冷めても日野鬼の中の月斗への想いは温かいままだ。月斗の手の温度は、その温かさとどこか似ている気がして、ずっと握っていたくなる。

肌や、体の中に残る月斗の欲望も、こうして手を握っていればいつまでも味わっていられる気がしたのだが、光屋家に辿《たど》りついてしまうのはあっと言う間のことだった。

仕方なく手をほどき、二人してそっと母屋の様子を窺う。

広い部屋の真ん中にどんと置かれた、一枚板のテーブルに向かう英子《えいこ》の姿以外、親族の気配は感じられない。今夜の騒ぎはまだ光屋《みつや》家には伝わっていないようだ。

余所の連中に、あることないこと吹聴《ふいちょう》されて月斗が面倒な立場に立たされるくらいなら、早めに自分の口でことの次第を報告したほうがいいだろう。

そろそろと襖を開いて部屋に入ると、ようやく人の気配に気づいたのか英子が振り返った。

「なんだいあんたたち、こんな時間まで母屋《おもや》にいるなんてめずらしい」

「ちょっと外でトラブってな。ばあさん悪い、こいつの水ごりについていったら、自警団の連中ともめてしまった」

さっきまでの出来事を手短に伝えると英子の渋面は深まったが、月斗が怯えていたほど怒ってはいないようだった。

「何やってんだい、これだから何もわかってない都会の嫁は嫌なんだよ。あんた、明日になったら手土産もって、迷惑かけた家に謝って回るんだよ」

「そんなことだけでいいのか？　なら楽勝だ」

「楽勝ってなら、最初から問題起こすんじゃないよこの馬鹿たれ」

「そこまで言うことないだろ、日野鬼さんは俺のためにコート持ってきてくれただけなんだ。大勢で暴力振るうあっちのほうが、風習をかさに着てやりすぎなくらいで……」

「月斗、あんた成婚の儀式する前から嫁の尻に敷かれてみっともない！」

庇おうとしてくれた月斗の言葉は英子に一蹴《いっしゅう》される。

月斗がむっと押し黙ったのを見てもなお言い足りないのか、英子が嘆息した。

「まったく、月斗だけでもうちの問題児なのに、それを上回る問題児紹介するなんて……うちの若当主の見る目のなさにわたしゃ頭が痛くなるよ」

何か言い返すよりも先に、日野鬼はさっきから気になって仕方がなかったことを指摘した。

「頭が痛くなるのは、そのノートパソコンの見すぎなんじゃないのか？」

英子の手元には、大きめのノートパソコンが一台。画面には表計算のデータが開かれたまま、タスクバーには久しぶりに見るアイコンの数々が並んでいた。

どんな山深い田園風景の中にあってもなお、一歩民家の中に入ってしまえば現代社会のツールがいくらでも揃《そろ》っていることはわかっていたが、それでも携帯電話だけはいつまでたっても圏外の身としては、突然目の前に現れたパソコンの存在に文句の一つも言いたくなる。

「ネットつながってるなら言えよ！」

「なんでそんなことを親切に教えてやらなきゃならないんだい！　面倒くさいやつだね！」

「だいたいなんだ、その表！　まさかこれ収支内訳じゃないだろうな。なんか不穏な数字の羅列だけど、まさか勝手に端数切り捨てて入力してないかっ？」

「いちいち細かい数字数えてたって仕方ないだろ！」

「おおありだ！」

勢いづいてテーブルにかじりつくと、日野鬼は久しぶりに見る簡易帳簿と睨《にら》めっこする。

時間が止まっているように見える田舎暮らしも、こうして帳簿を見ると想像以上に金の出入りが頻繁だ。それにしても、金の出し入れの対象にひたすら農協の名前が並ぶ一覧は、日野鬼にとっては目新しい。

「日野鬼さん、そんなことやってる場合かよ。明日のお詫《わ》び、しなくていい方法考えないと……」

「大丈夫だ、お詫び行脚なら経験済みだ、向こうが頭下げたくなるお詫びっぷりを見せてやろうじゃないか。それより月斗、お前ばあさんに、どう見ても農協にボラれてる保険料について見直すように言ってやってくれ」

「えっ、ばあ様ボラれてんの？」

「ボラれてないよ！　いろいいいオプションがあるんだよ！　ったく、気分の悪い嫁だね。あたしゃトイレに行ってくるからそれまではそれ使ってもいいけど、帳簿いじるんじゃないよ」

「ちっ」

「……使わせないよ」

「使わせていただきますおばあ様。どうぞゆっくりトイレ行ってきてください」

光屋家のトイレは屋敷から一度外に出て、庭をまわらねばならない。

足音荒く出ていった英子もしばらくは帰ってこないだろう。

そのかわりのように、月斗は英子のいた場所までにじりよってくると、なおも不安げだ。

「パソコンしてる場合じゃないだろ日野鬼さん、明日なんてすぐ来ちゃうぞ。なんとか対策考えないと、今夜みたいなひどいことされるかも……」

「そんな恐れがあったら、ばばあもお詫びに回れとか言い出さないだろう」

口では頼もしいことを言いながら、内心日野鬼も不安はあった。

しきたりだなんだと言い出すと、何をするかわからない連中だ。

だが、月斗の心配はとても嬉しいが、日野鬼には逃げ出す選択肢などない。

それどころか、月斗の心配顔を見るとますます、相手が申しわけなくなるほどの完璧な謝罪姿を見せてやろうと意欲が湧く。

だから、月斗の心配もとりあわずにパソコンにかじりついたのだが、馴染《なじ》みの薄い農家の簡易帳簿にさえ、ノスタルジックな気分になってしまう。せっかく月斗と一緒にいたいと自覚したところなのに、さっそく仕事に舞い戻りたくなっている場合ではない。

邪念を振り払うように、日野鬼はインターネットに接続した。今のうちに調べておきたいことがあるのだ。だが、時間がないのに画面はなかなか表示されない。

「さすが田舎だな。経由ポイントが多いのか、馬鹿みたいに重い」

隣で月斗が少し拗《す》ねたことには気づいていたが、英子の様子ではトイレから戻ってきたらすぐにパソコンは取りあげられてしまうだろうことを思うと、構ってやる暇はない。

少し、自身のメールボックスやここ数日のニュース、それに知人の近況など気になることはあったが、日野鬼はそれらを諦めてとにもかくにも「ドーナツ、レシピ」と入力して検索ボタンを押した。

回線は相変わらず重たい。

「日野鬼さん、パソコンと明日のこと、どっちが大事なんだ」

「明日はこれ使わせてもらえるかわからないだろ。だったら今はパソコンのほうが大事だ」

「っ！　……もういい」

「ん？」

拗ねた声に誘われ振り返ると、月斗がむくれた顔をして立ちあがるところだった。

「おい、月斗……」

「俺ちょっと用事思いついたから、日野鬼さんは好きに仕事してたらいいよ。あ、離れに戻る途中で、外に出たりしちゃ駄目だからな」

「お前こそ、こんな夜中に用事って……」

日野鬼の怪訝《けげん》顔に、ぷいとそっぽを向くと、月斗は部屋を出ていってしまった。

その背中を呼び止めるよりも先に、パソコンの画面にレシピがいくつも現れる。

慌ててスクロールするが、基本のドーナツ、揚げドーナツ、沖縄風ドーナツ、だのなんだのいくつも候補が出てきて、どれならなんとか作れるかからしてさっぱりだ。

また、重たいページが開くのを我慢して一つ一つ確認していかねばならない。

仕方ない、なんとしてでもドーナツ作りを成功させて、月斗のご機嫌とりをしよう。

そうこうしているうちに、荒い足音が近づいてきたかとおもうと英子が戻ってきた。

「ばあさん、プリンタは？」

と開口一番尋ねると、ずうずうしい嫁だなんだと文句を言いながらもレシピページを印刷させてくれた。年賀状シーズンしか使わないというプリンタのインクは少々詰まり気味で、これまた印刷に時間がかかる。

用をすませて、離れに戻ろうと母屋を出たときには、月斗がどこにいるかもわからなくなっていた。

「うっ、何がなんでも引き止めておくべきだったな……」

未だに慣れない暗い廊下を離れに向かって歩いていると、何か見知らぬ生き物が潜んでいるような気になってしまう。

月斗が一緒に歩いてくれるだけで、こんな不安は払拭《ふっしょく》できるのに……。

ふいに、離れへの渡り廊下にたどり着いたところで日野鬼は見覚えのある石杭《いしくい》が闇《やみ》の中で白く浮かびあがっていることに気づき、足を止めた。

芋虫《いもむし》石杭。こんな離れの近くにもあるのか、と思わず日野鬼の不安顔が渋面に変わる。

「おい、お前、ただの石の分際で、俺の旦那《だんな》様を苛《いじ》めるなよ。生意気だぞ。……こないだ蹴《け》ったのは、俺が悪かったけど」

ぼそぼそ文句を言いながら、石杭のてっぺん、ちょうど芋虫の顔にあたる部分を指ではじくと、冷たい石の感触に爪《つめ》が痛んだ。

とたんに日野鬼の耳朶に、ギシリ、と言う不穏な音が触れた。

ぎょっとしてあたりを見回すと、背後にぼんやりと人影が浮かんでいる。

「っ、だ、誰だっ」

「わっ、びっくりした！」

たまらず叫ぶと、人影も驚いたように叫び返し、そしてギシギシと相変わらず不穏な音を立てて近づいてきた。

トイレにでも出ていたのだろう男は、処女しらべだなんだとのたまっていたときはあれほど怖かった顔を情けなくゆがめ、安堵《あんど》の息を漏らしている。

「なんだ、夜の廊下でぶつぶつ人の声が聞こえるから、まさか幽霊でも出たのかとビビッてたんだけど、あんただったのかい日野鬼さん」

「こんな怖い村に住んでるくせに、か弱い俺を捕まえて怖がるなよ」

「おかしいな、か弱いってうちの方言なのかな。都会に出たら意味が違うんだろうか……」

一瞬深刻そうに悩んでみせた親戚の男は、しかしすぐに何か思いついたように顔をあげると日野鬼の肩を叩いてきた。

「あ、そうだ。あんたさっき、大変な目にあってたそうじゃないかい。大丈夫か、どっか怪我してないか？」

「もう知ってるのか」

「さっき月斗が俺たちみんなの部屋回ってたからね」

てっきり、先に離れに戻っているのだろうと思った月斗の名前が出てきたことに、日野鬼は驚いた。

「それにしても驚いたよ。月斗のやつ、あんたが明日お詫びに出かけるのをついていきたいから、外に出る許可がほしいとか言い出してね」

「……」

「あんたが来てからあいつ、なかなか頼もしくなったなってさっきまでみんなで話してたとこなんだよ」

日野鬼の手の中で、印刷したてのドーナツのレシピがかさりと音を立てた。

相手にされないから、拗ねて先に帰ってしまったのだと思っていたことが急に恥ずかしくなる。

「日野鬼さん、あんたも明日のお詫び、そんな生真面目にやらなくていいからね。獣追いしてる連中は緊張してるから、ついつい無茶やらかすんだよ。悪いねえ、怖かったろ」

「あ、いや……別に怖くなんかないぞ。それに月斗がいたから、なんの問題もない」

「ははは。なんにせよ、明日も連中に嫌な思いさせられたら俺たちに言うんだよ。お詫びまでつっぱねるっていうなら、俺たちも抗議してやっから」

気さくな励ましに、がらにもなく胸が温かくなる。

「ありがとう……」

奇妙な村だ。不気味で、親切で、理不尽で、温かい。

月斗を双子だからというだけで迫害できるのも彼らであれば、そんな月斗を生かしてやりたいと思うのも彼らであることが不思議だ。

願わくば、村の空気も光屋家の人々の心も、月斗にもっと優しくなってくれればいいのだが。

そんなことを考えながら離れにやってくると、母屋にはない静けさがいつものように小屋を包んでいた。

固く閉ざされた雨戸。外から見ても小さな作りのその小屋の中で、いつものように月斗と同衾《どうきん》するのかと思うと、急にドキドキしてくる。

ついさっきまで月斗を包んでいた下半身が、その感触を思い出すようにうずいた。

いつものように、月斗と抱きあってまともに眠れるだろうか。

——日野鬼さん。

耳朶でささやかれた熱い呼気を思い出し、日野鬼は自分の頬が火照《ほて》るのを感じた。

少し熱を冷ましたほうがいい。と、離れのあたりをうろうろ意味もなく歩きまわる姿は、誰かに見られたらまた驚かれてしまいそうだ。だが、そうしているうちに日野鬼は、離れからさらにまだ飛び石が西に向かって伸びていることに気づき暗闇に目をやった。

いつも月斗に連れられて戻ってくるせいか、そういえば離れの周りをあまりよく見たことがない。

飛び石はずっと屋敷に沿って連なり、その先には離れと屋敷の隙間に潜むようにして間口の狭い小屋が立っていた。

めずらしくその周辺にまったく芋虫の石杭がないことに気づき、日野鬼はふらふらと飛び石をいくつか踏みしめる。蔵でも屋敷でもない、アルミサッシの窓の多い、何かの倉庫のような小屋だ。

窓明かりの一つもないその真っ暗な小屋から、誰かがじっとこちらを見ているような気がする。

いつの間にか火照っていた体はすっかり冷え、誘われるように足だけが勝手にもう一歩、飛び石を踏む。さらにもう一歩……。

しかし、小屋までの飛び石をあと三つ残すばかりとなったとき、突然強い力が日野鬼の肩を後ろに引っ張った。

「何してんだ、日野鬼さん！」

「うわっ」

たたらを踏んだが、背後から力強く抱きとめられて尻もちをつくことはなかった。

声の主を確かめるまでもない。月斗だ。

「わ、悪い、知らない小屋があるなと思って……」

「日野鬼さんには用事ないから、その小屋。近寄っちゃ駄目だよ」

また隠し事か。そんな気がしないでもなかったが、今日はさんざん、言いたくないだろうことを言わせたばかりだ。

日野鬼は月斗の袖《そで》を摑むと、めずらしく素直にうなずいた。

「わかった、近寄らない。それにしても月斗、聞いたぞ。明日の謝罪行脚、ついてきてくれるんだって？」

日野鬼の態度に、月斗は強く言いすぎたと思ったのか、とたんに申しわけなさそうに表情を崩すが、それもすぐにはにかむような顔に変わった。

「もう知ってるのか。俺が日野鬼さんに言って、びっくりさせようと思ってたのに」

「ふふん、甘いな。この村じゃ隠し事は不可能なんだぞ。それにしても、親族の許可があったら外に出られるものなのか、忌み月って？」

二人して離れに向かい足を踏み出すと、月斗はもう双子である因習を隠さなくていいことに気持ちが軽くなったのか、思いのほか明るい声で教えてくれた。

村の伝統の木のお面があるらしく、それを被《かぶ》れば鬼の仲間に見つからないとかなんとかいって、月斗はそれを被って小学校や中学校に通っていたらしい。

「そんなもん被って苛められなかったのか？」

「いや別に？　ただ、視界がよくないし、夏は籠るから苦手なんだよなあ。昔は、双子を産んだお嫁さんが被るものだったらしいけど」

「さらっと、怖い話をするな」

月斗が外に出かけられるのか、と少し嬉しかったのに、だんだん話が村の薄暗い方向へと傾きかけている。

落ち着かなくて、日野鬼は離れの扉に手をかけながら話を変えた。

「まあいい、明日は頼りにしてるぞ。それよりその着物、早く着替えないと風邪ひくな」

月斗は相好を崩すと、首を横に振った。

いつもの無邪気さだけではない、慈しみが混じったその笑みに日野鬼の胸が弾む。

「日野鬼さんが貸してくれたコートのおかげで、今日はあったかいから大丈夫だ」

「そういうのは、大丈夫とは言わない。ほら、戻るぞ」

うながすように月斗の背に手をまわし、日野鬼は離れに足を踏み入れた。

触れた月斗の体は相変わらず冷たい。その冷たさに、さっきまでドキドキしていたことが嘘のように、日野鬼は早く布団に入って、彼の体を温めてやりたいと思うのだった。


「どうだ！　似合ってるか？」

「似合わない。不気味だ。相変わらずこの村はふざけてる」

朝食の片付けが終わった台所に現れた月斗は、せっかくの上機嫌な様子を、のっぺりとした木製のお面で覆っていた。

「それが、ゆうべ言ってたお面か？　それつけてたら、一応外に出られるっていう」

「そう。久しぶりに被るけど、やっぱ視界悪いなあ。日野鬼さんがよく見えない」

紺色の作務衣《さむえ》にお面をつけた月斗は、もはや台所をうろうろする新種の妖怪のようだ。のっぺらぼうのようなお面の目元には、横長の細い切れ込みが二つあり、そこから一応外は見えているらしいのだが、一方で日野鬼からは月斗の表情はおろか、あの瞳の輝きさえわからない。

これでは、ゆうべ見た自警団よりも妖しい姿じゃないか。と日野鬼は油の入った鍋を箸《はし》でつつきながら唇を尖《とが》らせた。

昨日の夜、親族らに頼みこんで、日野鬼のお詫び巡りに同行する許可を勝ち取った月斗は、納戸にしまいこんでいたお面を取り出し、朝からやる気満々だ。

めいっぱい大きく作ってやったドーナツ型のおにぎりも、三つも平らげてくれた。

ゆうべの連中に一人で相対するつもりだった日野鬼としては、やはり月斗がついてきてくれるのは心強い。けれども、こんな格好をさせて、村中の視線にさらしたくはなかったのだが……。

「せっかくお面被ったんだし、俺が一人でお詫びに行ってこようかな」

「駄目だ。儀式前の嫁が、夜一人で出歩いちゃいけないっていうしきたりなんだろう。だったら、しきたりを破ったのは俺なんだから、俺が謝りにいかないと意味がない」

「でも、俺がちゃんと伝えてなかったんだから、悪いのは俺だろ。日野鬼さんが謝ること……」

「いいから俺に謝らせろよ。俺が自分から謝ってやろうなんて言い出すの、めずらしいんだぞ」

折よく揚がった揚げ物を天ぷら紙に広げ、その上から砂糖を振りかける。

そんな日野鬼を眺めながら、お面の奥で渋面でも作っているのか、返ってきた月斗の声は不満げだ。

「確かに俺たちも悪かったかもしれないけど、五藤さんたちも乱暴すぎただろ」

「ふん、俺のことが怖いから手加減できなかったんだろう」

それはない。という正直な答えを、お面の中でもごもごとつぶやく月斗の相手をせずに、日野鬼はせっせと揚げ物を小分けにしていく。

まだ、鰹節《かつおぶし》を台所中にまき散らしたり、野菜を爆発させたりするものの、調理手順だけは身についてきた気がする。しかし、難しい揚げ物調理を無事終えた日野鬼の満足顔は、様子を見にやってきた英子の一言でヒビがはいった。

「あら、そのうち台所壊すんじゃないか、なんて嫁だ。と思ってたけど、あんたかりんとうなんて作れるのかい、見直したよ」

「ばあさん、辛気臭い田園風景の見すぎで目が悪くなったのか。どう見てもこれはドーナツだろう」

英子の言うとおり、天ぷら紙に積みあげられたこげ茶色のひょろひょろした揚げ物は、まさにかりんとうだ。ゆうべ調べたドーナツのレシピ通りに作ったはずなのに何がどうしてこうなったのか。

かたわらで料理姿を見ていた月斗も、てっきりかりんとうを作っているのだと思っていたらしく、棒状のドーナツを手にあぜんとしている。

「わっかがない……」

「わ、わっかがドーナツのすべてじゃない。これはドーナツだ。俺がそういうんだから間違いない」

「そっか、日野鬼さんが言うなら間違いないか……」

「嫁の尻に敷かれてんじゃないよ情けない」

ぴしゃりと孫を叱《しか》りつけると、英子はドーナツを一つ手にとって頬張った。揚げドーナツが「ポキリ」という軽快な音を立てて折れるが、聞かなかったことにしよう。幸い味は悪くなかったのか、英子の眉間《みけん》の皺《しわ》が少し和らぐ。

「あらおいしい。まあ、これならお詫びに持っていってもいいだろうねえ。包み、足りるかい？」

「えっ？　ばあ様、日野鬼さんがせっかく作ってくれたドーナツ、五藤さんたちにあげちまうのか？」

日野鬼が何か答えるより早く、月斗がお面を頭上に押しあげると英子に詰め寄った。

ふさふさの前髪がお面と一緒に後ろに流れ、額が丸見えになった月斗の横顔はやはり陽斗にそっくり。だが、双子とは思えない情けない顔をした月斗の表情は、まるでだだをこねる子供のようだった。

「なんでだよ、俺だってまだ食べてないのに！」

「なんでって、お前の分はちゃんと用意してるぞ？　ほら、わっかになりそうでならなかったやつ」

何をそんなに怒っているのか、と脇から日野鬼が小皿に取り分けたドーナツを差し出すと、一瞬だけ月斗の表情が明るくなる。だが、それもすぐに不満の色に消えてしまった。

「あ、本当だ。ちょっとドーナツっぽい……ってそうじゃない！　向こうだってさんざん乱暴したんだから、手ぶらでいいだろ。なんでよりによって、日野鬼さんのドーナツをあげなきゃならないんだよ」

「そんなもん、いっぱい作ったからに決まってるだろ。あいつらはお前にうまいドーナツを食わせてやるための、丁度いい練習台だ」

「そ、そう……なのか？」

うまく言いくるめ、日野鬼はせっせとドーナツを包んでいく。

まだぶつぶつ言っていた月斗がお面をかぶりなおす姿に気づき顔をあげると、その傍らで英子が黙って孫を見つめているのが目に入った。

ぼんやりとした横顔は、いつもの気の強い姑顔ではなく、頼りなげな老婆のものだ。

「おい、ばあさん？」

「あん？」

声をかけたとたん、むっとした顔で睨みつけられてしまった。

「いや、月斗が外に出るのを許してくれて恩にきる」

「ふん、ほかの連中が出してやれってうるさかっただけだよ。ま、あんた一人で謝罪に行かせたらどんなトラブル増やしてくるかわかったもんじゃないしね」

相変わらず可愛げのないことを言う英子に、つい日野鬼もいつもの調子で応じそうになったそのとき、急に月斗が割り込んできた。

「そうだ！　俺も俺も！　ばあ様ありがとうな！」

「な、なんだい急に！」

「ばあ様のおかげで日野鬼さんと外に出られるんだし、ほんとありがとう」

再びお面をつけてしまった月斗の顔は見えないが、にこにこと笑っていることは容易に想像がつく。

英子も孫の無邪気さに気圧《けお》されたのだろうか。それ以上彼女の口から嫌味を聞くことはなく、しまいには「気をつけて行ってきな」なんて、むずがゆくなることを言って二人を送り出してくれた。

手にはドーナツ。隣には月斗。

水ごりのために夜道を歩く姿や、日野鬼には「外」にしか見えない広大な光屋家敷地内を歩く姿を見ているせいか、日野鬼はいまいち月斗とこうして真昼の外を出歩くのが初めてだという感慨はなかった。けれども、当の月斗はやはり嬉しいらしい。

小学生の頃は、この道を通って迎えのバスまで歩いてたこと。お面をつけて歩いていたら、カラスにつつかれたこと。歩きながら他愛ない話を聞かせてくれた。

学校で一緒だった、隣の集落の友達はどうしてるかな。ふもとの村は今どうなってるかな。うきうきとして饒舌《じょうぜつ》な月斗の話題は、しかしその楽しげな雰囲気に反して時間が止まってしまっている。

「子供の頃は、この辺にも探検に来たけどな。なんかもう、知らない場所みたいだ」

「なんだ、けっこう自由にやってたんじゃないか」

「親の目を盗んでこっそり、だよ。でも俺が石杭を無視してうろうろすると、次の日にすぐに雨が降ったり火事が起こったりするんだよな。怖くなって、それ以来はちゃんと大人しくしてんだけど」

でも、それでも台風来たりするんだよな。と不満げに続けた月斗に、偶然という言葉を今度じっくり叩き込んでやったほうがいいかもしれない。

そうこうしているうちに、ゆうべの自警団の男の家に辿りついた。

「うわあドキドキしてきた。日野鬼さん、ほどほどでいいからな。喧嘩するなよ」

「ふふん、俺を見くびるなよ。謝罪ぶり見て、腰ぬかしても知らないぞ」

自信満々で他家の玄関扉を開くと、日野鬼の声かけに応じて早速ゆうべの男が出てきた。

なんだ、謝る気、あったの。

そんな言葉とともに、男は日野鬼ではなく、お面を被った月斗をじろじろ見つめていた。

さすがにゆうべの今日で、彼らがまた何かしでかすのではと恐ろしくもあったが、後ろに月斗がついていてくれているから心強い。

おかげで、日野鬼も落ち着いて頭を下げることができた。

「ゆうべは、私の不調法で大変ご迷惑をおかけしました」

日野鬼の大人しい態度がよほど意外だったのか男はうろたえて見せる。それでも「忌み月の嫁なんて大変だろうけど、わきまえてもらわないと」という余計なお説教は忘れない。

日野鬼は百、二百と浮かぶ文句も嫌味も胸の底に沈めて粛々《しゅくしゅく》とうなずくだけにとどめた。

ドーナツを渡して、二軒目。似たようなやりとりのあと、三軒目。

どいつもこいつも大変嫌味たらしい説教で迎え入れてくれたが、職場での経験に比べればへのかっぱだ。

四軒目になると慣れたもので「是非、今度村の歴史を教えてくださいね」などと言っておだてるオプションつき。

存外スムーズに進む謝罪行脚に、ついつい日野鬼は、こいつらちょろいぞ、と失礼極まりないことを考えてしまい機嫌がいいくらいだった。

だがその背後で、日野鬼と一緒に謝ってくれていた月斗の様子がどうもおかしい。

「日野鬼さん、さっきの、何？」

「何って、何のことだ？」

残るドーナツはあと二袋。上機嫌で次の現場に向かう日野鬼につきしたがいながら、月斗のお面の下から不満げな声が聞こえてきた。

「さっきの人に『まあ、うちにあんたみたいな嫁はいらないけど』って言われて、なんでにこにこしてたんだよ……」

「向こうからお断りされて助かるじゃないか」

「そ、そりゃあそうだけど……なんか、さっきから釈然としないな」

いっそ困惑さえ覚えて月斗を見上げると、お面の向こうの表情は見えないままで、日野鬼の戸惑いは増すばかりだ。

「なんか俺、謝り方おかしいか？　この村的に」

「そんなんじゃ、ないけど……。日野鬼さんにそこまでさせたくないっていうか」

もごもごと、お面の下で不満をつぶやく月斗に「なんだそりゃ」とだけ答えて、日野鬼はどんどん進んでいく。

たどりついた先は、自分たちと歳の変わらぬ、あの孝正《たかまさ》とかいう男の家だった。彼はどうやら、五藤家の本家長男らしい。めずらしいことに、この家は鍵を締めていた。仕方なくインターホンを押すと、なんだか懐かしい心地になる。

「すみません、光屋家のものですが、昨日の騒ぎのことでお詫びにまいりました」

インターホンに向かってそう名乗ると、すぐに扉の向こうから足音が聞こえ、重たげな音を立てて玄関扉が開く。

「おっせ！　朝一で謝りにこいよ。見ろよこのアザ、お前何したかわかってんの？」

開口一番、最初から文句を用意していたかのように不満を並べ立てる孝正の面貌は、相変わらず侮蔑《ぶべつ》の色に満ちている。

孝正に比べれば、光屋家本家長男、陽斗など可愛いものだ。

だが、そんな不快感を露ほども見せず、にこりと表情筋を操ると日野鬼はドーナツの包みを差し出した。

「私が不調法なばかりに、本当にご迷惑をおかけしました。今後は皆さまのお仕事の邪魔をしないよう心がけますから……」

「っていうか、月斗連れて歩くなよ。気持ち悪ぃ……今日、村で何かあったらそいつのせいだからな。そもそも、あんたもこいつの嫁っていうなら歩き回るなよ」

歯を食いしばりながら頭を下げるが、何が憎いのか孝正の文句は止まらなかった。

まだ嫁の来てがないそうだから、一人もんの僻《ひが》みと思えば、なんとかやりすごせる。

だが、月斗は我慢できるだろうか。

そんな不安と、背後で月斗が口を開くのは同時だった。

「孝正、俺が忌み月なのは仕方ないことだけど、日野鬼さんにはなんの罪もないんだから、そんなふうに言わないでくれよ」

「うーわ、喋《しゃべ》った！」

苛立《いらだ》ちを隠しきれない月斗の物言いには問題があったが、それでも日野鬼は、大人げのない孝正の反応に腹が立った。

今まで謝罪した先も、忌み月への偏見が滲《にじ》み出ていたが、それなりに楽しく応対していられたのは、彼らが歩み寄る姿勢を見せてくれたからだ。しかし、この男からは月斗になら何を言ってもいいというような悪感情を感じる。

いくら謝罪行脚でいい嫁ぶりを見せつけてやろうと思っていた日野鬼といえども、ここまで月斗が馬鹿にされて放っておく気にはなれない。

「孝正さん、私の月斗が喋って、何かおかしいですかね？」

にこりと笑顔で問いかけると、孝正がむっと眉《まゆ》を顰《ひそ》める。

「全部おかしいだろ。だいたい、うちに連れてくんなよ、気持ち悪い。あーあ、半端な忌み月は嫁さんも半端ってわけか」

「おい、いい加減にしろよ！」

怒声をあげたのは、日野鬼ではなく月斗のほうだった。お面を被ったまま詰め寄る姿は異様な雰囲気だが、それでも自分の言葉を失言だとは思わないのか、孝正は悪びれる様子もない。

それどころか、月斗が反論したのが許せないとばかりに、ドーナツの袋を投げ返してくる。

「何がいい加減にしろ、だ。そりゃこっちのセリフだろ！」

「いくら俺が厄介者《やっかいもの》でも、嫁の日野鬼さんがそこまで言われる謂《いわ》れはない！　孝正こそ、ゆうべ日野鬼さんを蹴り飛ばしたじゃないか、あれ謝れよ！」

「なんだよ殴るのか？　こいよほら」

今にも摑みかからんばかりの月斗の勢いに、日野鬼は慌てて間に入った。

しかし、月斗の胸を押さえると、反射的に月斗の手が日野鬼の肩を抱く。こんなときまで庇おうとしてくれる仕草にかっと頰が火照りそうになるが、今はそれどころではない。

「おい月斗、やめろ！　騒ぎ起こしてどうするんだっ」

日野鬼の言葉に、月斗はぐっと唇を嚙むと日野鬼の肩を抱いたまま孝正に背を向けた。そして、日野鬼を引きずるようにして帰路につく。

今までも謂れのない非難を浴びることはあっただろうに、今日の出来事は、月斗にとってよほど腹に据えかねるものだったようだ。

「俺、まだまだだなー……」

孝正からつき返されたドーナツを手に、月斗はなにやらがっくりとうなだれてしまっている。手をつないだままの帰り道、月斗は、さっきの剣幕はどこへやら、意気消沈していた。

「日野鬼さんごめんな。守ってやるとか、喧嘩するなとか言っておきながら、俺がこんなざまで」

「本当にな。けどお前が誰かにあんなに怒るところ初めて見た……。ありがとうな、庇ってくれて」

素直に礼を言うと、月斗の大きな手がぎゅっと日野鬼の手を握り、ぎこちない問いかけが放たれた。

「なあ、なんで今日に限って大人しくしてたんだ、日野鬼さん。いつもなら、あんなこと言われたら百倍にして言い返してるだろ」

その言葉に苦笑を浮かべながら、日野鬼は正直に答えた。

「ゆうべ言っただろ。俺はもう少しお前のそばにいたいんだって。お前に、外の世界を見せてやりたい……」

顔をあげると、見慣れた村の風景が広がっていた。

田んぼと、ビニールハウス。トタン屋根。古い家屋。桑の畑と農業機械。

時間の止まってしまったかのようなそれらの光景の中に、ぴたりとはまった月斗の運命は、日野鬼にとっての非常識であり、そして村人にとっての常識だ。

月斗をこの世界から連れ出してやりたいという願いが簡単でないことは、日野鬼もちゃんとわかっていた。

「お前を少しでも自由にしたくて、いろいろ考えたんだけど、まずは俺が村で認められるところからはじめようと思ってさ」

「日野鬼さんが、うちの村で?」

「ああ。あの月斗に、すごくいい嫁が来た。そうみんなに思ってもらえるようになったら、少なくとも、さっきの孝正の鼻は明かせるだろ」

にやりと笑うと、何を想像したのか、月斗もお面の下でかすかに笑った。

「叶《かな》えたいことはたくさんあっても、できることから押さえていかないと。今日も腹は立ったけど、目的があれば我慢できる。そう思って謝罪行脚もはりきってたんだよ」

「日野鬼さん……」

我慢の果てに、いつかお面をつけずに月斗とこうして出歩けるようになればいい。村の中も、外も。

そんなささやかな夢を思い描く日野鬼に、月斗が感嘆した。

「日野鬼さんは、この村に来ていろんなことにチャレンジしてるけど、それってすごいことだったんだな」

「ほっほう、ようやく気づいたか」

「ああ。俺も……自分にできることからはじめないと」

不思議に思って見上げると、月斗はがしがしとお面ごしに額をかいた。

お面をひっかいたところで意味があるのかは知らないが。

「なあ、日野鬼さん。今夜は日野鬼さんの話聞かせてくれよ。都会での生活とか、仕事の話とか」

「なんだよ急に。ハルちゃんの夢見たりニュース見たりしていろいろ知ってるんだろ？」

「絵に描いた餅《もち》だよ。もっと知りたくなった。……日野鬼さんと一緒にいるために」

ぱっと、自分の顔が笑顔に緩むのを自覚した。

月斗の心が、外に向かっている。

そのことが嬉しくて、日野鬼は人目も気にせず月斗の腕に自分の腕をからめた。

「よし、なんでも教えてやる！　まずは、都会と田舎の税収の違いからだ」

「え、そっちっ？」

騒ぐ二人を、畑にいた人が不思議そうに見つめていた。すれちがう村人と挨拶を交わし、そして家路につく。

月斗を好きになって、彼を自由にしてやりたいとゆうべ思った。

ただそれだけの変化が、日野鬼にこの村の風景をとても美しく見せていた……。


最近月斗の様子がおかしい。

いや、光屋家全体の様子がおかしい。もしかしたら村の様子もおかしいかもしれない。と、日野鬼は離れの近くの小屋の前でうろうろしながら悶々《もんもん》と考えていた。

日野鬼の「いい嫁アピール作戦」は少しは功を奏しているのか、あの謝罪行脚以来、ご近所の老婦人に「お互い支えあえる夫婦でうらやましいよ」などと言われたし、隣の畑の中年男には「あんたもけっこう健気だねえ」と感心された。

くだんの自警団の一員からも「かりんとう旨かったよ」と言ってもらえたが、これに関してはかりんとうなどやった覚えはないので聞かなかったことにしている。

とにかく、この調子で自分が動きやすい土台を作っていき、その上で忌み月への偏見は各種対応していくしかないと思っていたのだが、そんな気合の入った矢先、村がやけに慌しい雰囲気に包まれたのだ。

朝食もそこそこに出かける男たち。いつもは家事にいそしむ女性陣も「日野鬼さん火の番よろしくね」などと行って頻繁に出かけてしまう。

あの、朝は桑の世話に行き、昼は畑仕事、夜は水ごり。あとは離れで過ごすだけの月斗でさえ、なにやらそわそわしてなかなか離れに戻ってこないのだ。

まさかまた何か、くだらないしきたりにふりまわされているのでは、と不安になって月斗に何事かと尋ねるも、返ってくるのははっきりしない返事ばかりだ。

それどころか「日野鬼さんは、用事がない間は離れでゆっくりしてて」など言われてしまえば、悪い予感は深まる一方。

ついに今朝、我慢できずに月斗の後をつけたのだが、愛する男の背中は、離れの脇にある建物へと消えていった。いつだったが、ここには近寄るなと言われたいわくつきの小屋へと……。

「今度はなんだ、水ごりの次は火責めでもされてるのか……」

「何ぶつぶつ言ってんだい」

誰もいない台所で、油鍋を前に一人気を揉《も》んでいた日野鬼の背に、英子の声がかかる。

今日は屋敷中の雑巾《ぞうきん》がけを命じられていたが、綺麗さっぱり無視して相変わらずドーナツを作っている日野鬼に、英子はもはやなんと嫌味を言えばいいのかわからない様子だ。

「あんた、またかりんとう作ってたのかい。そろそろドーナツとやら作ったらどうだい」

「甘いなばあさん、見ろ、今日はわっかになった。これで文句なしにドーナツだ」

「輪になったかりんとうじゃないか」

文句を言いながらも、早速一つつまみ食いしながら、英子は湯を沸かしはじめる。

そろそろお茶の時間のようだ。

「ここんところ、みんな忙しそうだな、ばあさん」

「まあ、そういう時期だからね。この村の恒例行事さ」

何がだ、と聞くのは簡単だが、また眩暈《めまい》を覚えるようなとんでもないしきたりを聞かされるのも心の準備がいる。

「ばあさん、月斗は、あの離れ近くの小屋にいるんだよな？」

「ああ、あの子はみんなの作業場には行けないからね、特別仕様だよ。なんだい、今日はあんたがお茶持って行ってくれるのかい？」

「俺がって……行ってもいいのか？」

「いいに決まってんじゃないか。っていうか、なんであんたが行かずに、私が行かなきゃならないんだよ。あんたが嫁なんだろ」

——その小屋、近寄っちゃ駄目だよ。

月斗の忠告に背いて一度危ない目にあった身としてはここは慎むべきなのだろうが、しかし、光屋家のみならず、村でも一目置かれている英子のお墨付きを手にいれると、気になって仕方がなくなる。

ちょうど、手元には、今日一番綺麗に出来上がったドーナツが、ざらめ砂糖にまみれていくところだ。

ほんの少し、様子を見るだけ。なんなら、小屋の入り口にお菓子を置きにいくだけでもいい。

ただ、月斗の無事が確認できればすぐに小屋を離れるから。

お茶が冷める前に小屋までたどり着いた日野鬼は、昼の陽射《ひざ》しのおかげか、あの夜と違って素朴さを感じる古い小屋の扉に手をかけ、深呼吸をした。

そして、そっとアルミ製の引き戸を開ける。

月斗の言いつけを破っている、という罪悪感のせいか、引き戸の音はひどく大きな音に聞こえた。

中に入ると、天気がいいのに雨音のようなささめきが聞こえてくる。扉の先は開けていて、いくつも箱状のものが並んでいた。そして、その空間の真ん中で、目をまんまるに見開いた月斗が一人、ぽつんと立っている。

「ひ、日野鬼さん？」

うろたえた様子の月斗は、何か拘束されているようでも、いつものように濡れそぼっているわけでもない。ごくごく普通の格好に安堵しながら、日野鬼は返事をした。

「わ、悪いな、言いつけを破って。お前のドーナツ持ってきただけだ、すぐに帰……」

用意していた言い訳をしながら、しかし次第に日野鬼は気分が悪くなってきた。

月斗は無事だ。

何か恐ろしげな風習のただ中にいる様子もない。

小屋はすかんと広くて箱があるだけ。吹き抜けの二階部分の窓からはさんさんと昼の陽射しが入り込み、あの夜のような薄暗い空気はどこにもない。

にもかかわらず、じわりじわりと足元から忍び寄るこの不安はなんだろうか。

息が苦しい。背筋を悪寒が走る。

生唾を飲みこんだとたん、急に日野鬼は、雨音のような空気のざわめきの正体が、そこらじゅうに満ちていることに気づいた。

「ど、ドーナツのために来てくれたのか、日野鬼さん？　それは嬉しいけど、その……っ」

めずらしく歯切れの悪い月斗から、怒っている様子は見うけられない。

しかし、その月斗の腕の辺りで何か動いた気がして、日野鬼は頬を引きつらせて月斗の手元を凝視した。

手には桑の葉っぱ。その葉や、月斗の手首のあたりをうぞうぞと何かがうごめいている。

虫……？

「ふぃぃぃっ……」

「うわあ日野鬼さん！　お、落ち着いて！　だ、だから近寄るなって言ったのに！」

今にもお盆を取り落とさんばかりに硬直した日野鬼のもとに、月斗は箱を飛び越えて駆け寄ってくれた。相変わらずその腕は頼もしく日野鬼を抱いてくれるが、今日に限っては、その腕にうにょんと白い芋虫が蠢くのが見えて硬直してしまう。

たまらず、日野鬼は震える手で月斗の襟元《えりもと》をつかんだ。

「虫ぃぃいっ、つ、月斗、まさかこの部屋に響いてる音、全部虫の音なのか……っ」

一箇所ではなく、あらゆる場所から、さわさわさわさわと衣擦《きぬず》れのような音が聞こえ、その音は重なりあい小屋の中を異様な空気で包んでいた。

日野鬼の、虫嫌いの本能が激しく警鐘を鳴らしている。この音の正体に比べ、目の前の虫一匹など可愛いものだ、と。

「嫌いなのに、いい勘してるなあ。大丈夫だ日野鬼さん、ここにいる虫は悪いやつじゃないから。この音は、蚕《かいこ》が桑の葉食べてる音だよ」

「かいこ？」

月斗の腕にいる白い芋虫がこちらに来たらどうしよう、とそればかり不安で、日野鬼は虫から目を逸《そ》らさず引きつった声で問い返した。

蚕が蛾《が》の幼虫だなんてことは当然知っているし、絹の原料なのだから害虫でないことも百も承知だが、いざ蚕がいるよと言われても日野鬼にとっては遠い世界の話すぎる。

「月斗、お前に虫を飼う趣味があったなんて……離婚の危機だな」

「そ、そんな！　今の時期だけだから日野鬼さん！　一週間もしたらみんな繭《まゆ》になる、そしたら出荷して、またしばらくはいつもの畑仕事に戻るから離婚とか言うなよっ」

そもそも籍も入れていない身で離婚も何もないのだが、月斗は本気で青ざめて日野鬼にすがりついてくる。おかげで、虫との距離も縮まった。これは離婚材料だ。

「出荷って、まさかこんな小さな小屋で養蚕《ようさん》してるのか？」

「うん、うちの村は蚕の村だから。村でたまに見かけるビニールハウスみたいな建物も蚕室《さんしつ》だよ。昔は、山の麓《ふもと》の町に製糸工場があってね、うちの蚕でいっぱい絹糸作ってたんだってさ」

夫婦喧嘩を気にもとめず、白い芋虫は懸命に緑の葉っぱを貪《むさぼ》っている。

凶悪な食べ進めっぷりだ。とても無害には思えないが、この虫が本当に絹糸なんて作れるのだろうか。

日野鬼は腹をくくると、お盆を月斗に押しつけそっと近くの箱に近づいた。

「ひ、ひぃー、いっぱいいる……」

「ものすごい勢いで桑の葉食べるから、補充したり、食べ残しや糞《ふん》を取ったり忙しいんだ。あっと言う間に成長しちまうから、養蚕がはじまると目が離せなくてさ」

一メートルほどある箱の中には、がさがさとたっぷり葉っぱのついた桑の枝が幾重にも放り込まれていた。そのいたるところから顔を覗かせた白い芋虫が、視界がゆがんだ気になるほど元気よく蠢いている。

それが日野鬼はおぞましくてならないのに、ちらりと月斗の横顔を見ると、彼の表情は仕事人らしい落ち着きに満ちていた。

「ほかの人たちが忙しいのも、みんなこれの世話してるからなのか」

「そう。それぞれの蚕室に集まって、繭が十分にできたら一斉に回収するんだ。見てのとおりこの蚕室は小さいから俺が世話してるけど、従兄《いとこ》も手伝ってくれる」

日野鬼が虫に興味を示したことが嬉しかったのか、月斗は饒舌だ。

蚕は桑の葉しか食べない。だから、裏の山の桑畑の世話も、蚕のための作業の一つなのだそうだ。

日野鬼さんも桑の葉、あげてみる？　と言われたが、丁重に断った。

少し残念そうに笑うと、月斗は桑の葉を一枚手にとり、手首にへばりついたままだった蚕にそれを差し出した。すると、ばりばりと蚕の口元から葉っぱが消えていく。

「よ、よく食うなあ……」

「蚕は、蛾になったら物を食べられないからね。今のうちに腹いっぱい食べてるんじゃないかな」

「へえ、やっぱり蛾になったら、一人前に花の蜜《みつ》とか吸うのか？」

「うーん、そうじゃなくて、本当に何も食べられないんだ。蚕が食べられるのは桑の葉だけ。蛾になったらなったで、口が退化してるから水も飲めないんだって」

「……」

なんだか、とても残酷なことを聞いたような気になって顔をあげると、目の前で月斗が愛おしげに蚕を見つめている。

この仕事に、思い入れがある様子だ。

「蚕は、不思議な進化しててさ、俺たちが世話してやらないとすぐに死んじまうんだ。外の桑の葉に置いていてやっても、自分の力じゃしがみついていてられないから木から落ちるだけ。餌《えさ》の供給から、繭作りまで、俺たちが補充したりまぶし作ってやらないとなんにもできないんだ」

「まぶし？」

「柵《さく》みたいなもんかな。繭を作るのに丁度いい狭い場所を用意してあげるんだ。とにかく、生きるためには俺たちがついててやらないと」

それは本当に進化なのだろうか、と悩みつつも、日野鬼はじっと苦手な蚕を見つめた。懸命に桑の葉を食べる蚕を見ていると、彼らの生に疑問を抱くなんて、野暮なことに思えてくる。

それにしても、と日野鬼は村で何度も見かけている芋虫の石杭のことを思い出して合点がいった。あれはこの蚕を模したもので、これほど無力に見える虫が、村にとっては村を守ってくれるものの象徴なのだろう。

「風習には、蚕を守るためのものも多いな。ほら、村の入り口の鳥居に、モグラや鳥の剝製《はくせい》が打ちつけられてただろ。あれも、害獣に蚕が食べられませんようにっていうまじないだ」

「は、剝製だったのか。それで、そのまじないに効果はあるのか？」

「ある……ような気持ちになれることが大事なわけで……」

歯切れ悪くそういうと、月斗はそっと手首にいた蚕を箱の中に戻してやった。

「蚕、俺にちょっと似てない？」

「えっ……」

「日野鬼さんは、蚕とかより、綺麗なちょうちょかな。いや……同じ飛べる生き物なら、鳥のほうが近いかも。翼がとっても大きくて、きっとどこにでも飛んでいける」

月斗の言葉を、日野鬼はうまく否定するすべが思いつかなかった。心のどこかで、日野鬼も確かに、蚕の生涯と月斗の人生を重ねあわせてしまったせいだ。

まるで、その気持ちを見透かしたように、月斗の声はいつもと違って静かで、どこか寂しげだった。

「せっかく日野鬼さんみたいな綺麗な鳥が、もう少しだけ俺のところで羽休めしたいって言ってくれたんだから、俺も頑張らないと」

「それじゃ、まるで俺がそのうち飛んでいってしまうみたいな言い方じゃないか」

「……」

お前のそばにいたいと言っただろう。という不満をこめて睨みつけると、月斗は押し黙った。大きな目を瞬かせ、じっと見つめ返されると落ち着かなくなってくる。

「鳥っていえばさ、日野鬼さん。昔この小屋に鳥が迷いこんだことがあるんだ。あんなに戸締り確認したのに、どこから迷いこんだんだか」

小さい小鳥でね、と言って月斗は片手を広げて、まるで鳥の姿を思い出すようにひらひらと指先を動かした。

たかが小さな小鳥一羽とはいえ、抵抗のすべを一つとして持たない蚕たちはつつかれただけで死に、中には箱から外に落とされたせいで飢え、そして幾匹かは小鳥に食べられてしまった。

懐かしむように小屋の箱を眺めまわしながら、月斗は続ける。

「おかげで繭玉の収穫もさんざんだった。仕方ないよってみんな慰めてくれたけどショックだったなあ。でも一番ショックだったのはさ……」

ふいに、鳥の姿を懐かしんでいた月斗の手がゆっくりと近づいてきたかと思うと、日野鬼の頬に触れた。そっと、壊れものに触るようにその指先が、頬骨からあごへと伝う。

「せっかくお腹いっぱいになっただろうに、あの小鳥、死んじまった」

「死んだ？」

「ああ。小屋から出られなくなって飛び回ってたんだろうな。いろんなとこに体をぶつけたせいだと思うけど、俺が見つけたときには冷たくなってたよ」

「それは可哀相だったな。でも、その鳥のせいで大事な蚕が減ったことのほうが大変だったんじゃないのか？」

触れられた頬からの感触が、心臓まで撫でたような心地になる。

こちらを見つめる月斗の、慈しむような瞳の優しい輝きに胸が弾む。

同時に、日野鬼を鳥に例えておきながら、どうしてそんな悲しい話を思い出すのだろうかと、不安もうずまいていた。

ときどき、月斗が何を考えているのかわからなくなる。

「いつかまた、鳥が迷いこむようなことがあったら、早く助け出してやらないとって思ってさ。蚕のためにも、鳥のためにも」

「まあ、鳥が迷いこまないように戸締りしっかりするほうが大事だろうけどな」

「ははは、そうだな。……でも、もう迷いこんじゃったから」

「え？」

「なんでもないよ。そうだ日野鬼さん、せっかく来てくれたんだし、ちょっと離れに戻ってドーナツ食べようか」

そういって、ぱっと笑顔を作った月斗からは、さっきまでの不思議な雰囲気がかき消えてしまった。

そして、日野鬼の返事も待たずに小屋の出口に向かって歩きだす。

「おい、月斗、最近なんか変だぞ。大丈夫なのか？」

広い背中を追いながら口走ると、月斗の頬がやんわりと赤みを帯びた。はにかむようなその表情はやはり月斗らしくなかったが、何か思いつめているような様子ではない。

「変じゃないさ。ただ、蚕可愛さに、蚕みたいになっちゃ駄目だと思ってさ」

明るく言い放つと、月斗は小屋の外に出て慎重に扉を閉めた。

正体を知ってしまうと、小屋の中から生き物の気配を感じるような気になる。

そういえば、初めて月斗の前で自分の虫嫌いを暴露してしまったときも月斗は寂しそうだった。これだけ愛着が湧いている蚕の話を隠していたのは、日野鬼の虫嫌いを知っていたからなのだろう。

きっと月斗は、この村で一番優しくて格好いい男だぞ。

そう胸のうちで一人ごちると、日野鬼はますます、大切な男がのびのびと暮らせる日々への夢がふくらむのだった。

もりもりと蚕が桑の葉を食べていたのもつかの間、あの芋虫たちが繭になるのはあっと言う間だった。

明日はいよいよ繭玉の出荷とあって、光屋家の母屋は前夜祭さながら、親族らが集まり酒を酌《く》み交わしている。

一挙手一投足まで筒抜けの近所づきあいに、かつてはあれほど苛々していた日野鬼だったが、接待だと思えば噂話まみれの宴会もなかなか楽しくなってくる。

会社にいた頃から、酔っ払ったおっさんの相手は得意だ。月斗がいかに無害で安全か、うまくおだててアピールする絶好の機会だった。

肝心の月斗が、忌み月だからという理由で今夜も離れで一人過ごしていることが心残りだが。お酌《しやく》をして、愛想笑い。台所仕事に、またお酌。そんなことを繰り返しどのくらい経《た》った頃だろうか。二人ほど、分家の男が帰ってしまったのをきっかけに、居間の雰囲気もまったりしたものになり、そろそろ月斗アピールが、のろけになりはじめていた日野鬼は、英子にうっとうしげに台所から追い払われてしまった。

仕方なく離れに戻ると、ちょうど月斗が白装束に着替えているところだ。

「今夜も行くのか。みんな飲んだくれてるから、一日くらいサボったってばれないぞ」

「いいんだよ、最近は日野鬼さんの健康祈願も兼ねてるんだから。それより、宴会お疲れ様。誰かに嫌がらせとかされなかったか？」

「ふふん、あんな酔っ払い、ちょろいもんだ。おっさんどもには、滅多に帰らない薄情な陽斗より、月斗のほうがよっぽど本家思いの孝行息子だと刷り込んできたぞ」

「ははは、それじゃあ相手にされなかっただろ」

土間へ降りてサンダルを履いた月斗が苦笑を浮かべるが、日野鬼はにやりと笑い返す。

「甘いな月斗。そこが酔っ払いのいいところだ。ちょっとおだてやれば『言われてみればそのとおりだ』なんてしみじみしてたぞ。お前のほうが兄貴より先にいい嫁ができたんだし、よっぽど長男みたいだなって」

「長男みたい？」

先行き明るい話に、少しは笑顔がこぼれるかと思ったのに、意外にも月斗の顔に浮かんだのは戸惑いの表情だった。

酔っ払いにつきあって日野鬼もさんざん酒を飲んでいる。酔いにまかせて、何かおかしなことを口走っただろうかと、不安になって日野鬼は口元を押さえた。

「変だな。日野鬼さんはもっとこう……長男がどうとか、本家だ分家だとか、そういうこと気にしないかと思ってたんだけど」

「そりゃ、俺は気にしないぞ。でも郷に入っては郷に従えってやつだ」

「……日野鬼さん顔真っ赤。飲みすぎたんじゃないか？」

まだ何か不満のありそうだった月斗は、しかしすぐに気持ちを切り替えたのか、再び口元を苦笑にゆがめるとそっと日野鬼の頬に触れた。

その大きな手が、もう水ごりを終えたかのように冷たくて心地いい。

「大丈夫だ。新米嫁だからって、返杯されまくったけど、全部飲み干してやったぞ」

なんだかんだいって、日野鬼が光屋家の宴会に参加するのはこれが初めてだ。月斗の嫁さんに乾杯。なんて言われて、今夜はさんざん飲まされたが、幸い日野鬼は酒に強い。

その酒もまた、しきたりだなんだといって風変わりな返杯の仕方で、日野鬼が相手に酒を注ぎ、相手が半分まで飲む。残り半分を日野鬼が飲む、ということの繰り返しだったが、果てのない飲み返しあいに、酒瓶が何本空になったか。

頬に触れる月斗の手に自分の手を重ね、その冷たさを味わいながらそんな話をすると、すぐにまた月斗の表情は曇った。

「何その返杯……日野鬼さん、大叔父《おおおじ》さんたちと同じグラスでお酒飲んだってこと？」

「なんだ月斗、拗ねてるのか？　安心しろ、俺がそのうち、お前が宴会に参加しても文句言われないようにしてやるからな」

自信満々にそう言い放ち、日野鬼は月斗の不満顔に気づかぬまま母屋から持ってきた酒瓶を掲げて見せた。

「でも、今のところは二人きりの宴会を楽しもうか。月斗、水ごりから帰ってきたら二人で飲もう」

「ど、どうしたのさそのお酒」

「宴会場からとってきた。ばあさんの山菜の煮しめと漬物もあるぞ」

「ははは、抜け目がないなあ、日野鬼さん。でも楽しみだ！　走って行って、走って帰ってくるから、戸締りして待っててくれよ」

「ああ、行ってらっしゃい」

ようやく本物の笑顔を浮かべた月斗を、日野鬼も笑顔で送り出す。

その背中を見送ってから、日野鬼はうきうきと二人宴会の準備をはじめた。

グラスと皿を棚から出し、煮しめのお椀《わん》のラップをはずす。それらを並べようとしたところで、日野鬼はめずらしく座卓の上が散らかっていることに気がついた。

いろんな紙類が散らかる中に、かつての勤務先の名刺を見つけ、日野鬼は目を瞠《みは》る。

光屋陽斗と書かれた名刺と一緒に、区画整備された街の地図。赤いサインペンでくるりと丸がつけられた場所は、名刺にあるとおりの会社の住所だ。

不思議に思いながらほかの紙をめくると、今度は山並みばかり広がる大きな地図。その麓に、また赤いサインペンでしるしがついている。製糸工場の住所のようだ。こちらは、地名からいってもこの村からそう遠い場所ではない。

古い封筒の裏に、鉛筆の落書き。計算式は単純なもので、地図の縮尺から何かを割り出そうとしている。

まさか、と日野鬼の中に淡い期待が芽生えた。

村の外の世界に、月斗は足を踏み出そうとしているのではないか。お面をつければ村の外に出ることができたとはいえ、学校くらいしか行ったことはないだろう月斗が、自分の意志で、もっと遠く、一度も行ったことのない場所への興味を持っている。

慎重につけられた赤い点や丸が、明るい明日へ繋がる標《しるべ》のように思えて、日野鬼の胸は高鳴った。

地図と睨めっこした程度で現実は何もかわらない。けれども、この赤いしるしは、月斗が日野鬼の気持ちに応えようとしてくれている証拠だ。

喜びが体中を跳ね回り、日野鬼はところかまわず誰かに自慢したい気分になった。

「馬鹿だなあ、一言俺に『外に出よう』って言ってくれたら、いつでも車で連れ出してやるのに。あいつは、いつもへらへらしたフリして、一人で頑張ろうとするんだから」

一人で呟き、一人でのろける。

座卓に肘《ひじ》をついて、両手に顎《あご》を乗せると日野鬼はにやける顔もそのままに地図を覗きこんだ。

いざ本当に外に出てしまえば楽しいことばかりではないだろう。

だが、外に出なければ、この村で夜ごと水ごりに出かけ、忌み月と呼ばれ、石杭の中でだけ過ごす日々を一生続けることになる。

見知らぬ土地の広がる地図を目で追いながら、日野鬼の頬からは笑みが消えはじめた。

少し怖い。

月斗が、村の外に出たことを後悔するような運命が待っていたらどうしよう。

この村で、月斗はいつも日野鬼を守ってくれた。今度は自分が月斗を守る番だ。守りきれなくて、幻滅なんてされたら……。

いつの間にか、浮き立つばかりだった胸のうちに暗雲が立ち込めている。そっと、地図にある赤い点を指先でつつきながら、日野鬼は都会の光景を思い浮かべた。

忌み月として末席に座らされて、わきまえろと言われていた月斗を、外に連れ出したあかつきにはそこら中に連れて行って、月斗という男を知り合い中に自慢してやりたい。きっと大勢の人が月斗の優しさに好感を抱いてくれるし、忌み月だなんて馬鹿げたフィルターのない人づきあいが月斗の周りに増えていくに違いない。

行ける場所が増えるだろう。やりたいこともたくさん見つかるだろう。より多くの人から、気さくに、大事に接してもらえれば、きっと……。

「モテるんだろうな、月斗……」

じわりと、日野鬼は肩や腰に、月斗の手の感触を思い出し胸を震わせた。この小さな村の、濃厚な人間関係の中でしか味わえない月斗との生活があるんじゃないだろうか。

「駄目だ、これじゃミイラ取りがミイラだな」

気づけば、月斗が外の世界に足を踏み出そうとしていることに恐れを抱きはじめた自分に気づき、日野鬼は自嘲《じちょう》の溜息《ためいき》をもらすと畳に手をつき天井を見上げた。

だが、その悶々とした一人の時間は、唐突な騒がしさに打ち破られる。

誰かが騒いでいる。そう自覚すると同時に人の気配は離れに近づいてきた。

お前挨拶が先だろう。いやいやそれよりも、先に連絡くれたっていいじゃないか。

そんなわけのわからぬ言いあいが、離れのすぐ外で響いたかと思うと戸口を見守っていた日野鬼の目の前で、やおら離れの扉が開け放たれた。

とたんに、人の気配がどっと部屋の中にまで流れこんでくる。

大叔父、叔父、叔父……いや、もう伯父だかなんだかもわすれたが、とにかくさっきまで宴会で酒を酌み交わした面々が戸口の向こうには勢ぞろいだ。しかし、その真ん中に一人だけ、合成写真のような違和感をまとって立っている男の姿がある。

「邪魔するぞ。久しぶりだな日野鬼」

「は、ハルちゃんっ？」

「お前が俺をハルちゃんって言うな！」

土間に颯爽《さっそう》と足を踏み入れたのは、もはや懐かしい相手となり果てた光屋陽斗その人だった。

「くっそ、自分の家みたいにくつろぎやがって。日野鬼、お前にこんな田舎暮らしが務まるなんて思ってもみなかったぞ」

わが物顔で、月斗の部屋にボストンバッグを放り出す陽斗は、日野鬼も好きなブランドのカーディガンやシャツに身を包んでおり、寝巻き用の浴衣一枚というこちらの姿はなんだか心もとない。

気圧されてなるものか、と立ちあがると、日野鬼は久しぶりに陽斗と睨みあう。

親族らも土間にわらわらとあがりこんでくるが、みな一様に驚いた顔をしているところを見ると、陽斗の出現は予想だにしなかったことのようだ。

離れがこんなに賑《にぎ》やかなのもめずらしい。

その騒ぎをかきわけるように、ようやく肝心の部屋の主が、血相を変えて帰ってきた。

「ど、どうしたんだ日野鬼さん、この騒ぎは……って、ハルちゃんっ?」

相変わらず濡れ鼠《ねずみ》の月斗と陽斗が並ぶと、ようやく双子のご対面だ。

「む、お前たち兄弟が二人そろったところ、俺初めて見るな……」

「俺たち親族だって久しぶりだよ。おい陽斗、お前いきなり帰ってきて、いきなり月斗の部屋に押しかけて、どういうつもりなんだ」

大叔父が陽斗をたしなめるが、陽斗は苦々しい顔をしてその場に座り込んでしまった。

膝を揃え、そして親族に視線もやらず、ただ日野鬼だけを見上げてくる。

「日野鬼、お前にみんなの前で話があるから帰ってきた。とりあえずそこに座れ」

「断る。お前に座れと言われたら座りたくない」

子供のようなやりとりに月斗だけがおろおろしている。

根負けしたように、陽斗が怒鳴った。

「わかった、座ってください。これでいいんだろ！」

「お前が素直だと気持ちが悪いな」

心の底から言って、日野鬼はとりあえず腰を下ろす。

睨みあう視線が交錯したその瞬間、陽斗が正座したまま、手をついて頭を下げてきた。

親族からどよめきの声があがり、月斗も驚愕《きょうがく》に目を見開く。

だが、彼らよりもっと驚いていたのはほかならない日野鬼だ。

あの、自分とまったく同じ高さのプライドを持ち、まったく同じ種類の負けん気を背負う光屋陽斗が、衆目の中で土下座するだなんて。

「日野鬼、俺が悪かった！　頼むから、いい加減村から出ていってくれ！」

「はああっ？　な、なんだなんだ、なんの冗談だ……」

「この俺が、こんだけ大勢の前で土下座までしてるんだぞ！　冗談でたまるか！」

ばっと顔をあげた陽斗の顔は羞恥《しゅうち》に赤くそまり、目には涙まで溜《た》まっている。

そんなに屈辱なら、土下座なんてしなきゃ……いや、そもそもあんな性質《たち》の悪い挑発なんてしなければよかったのに。

呆《あき》れた心地で日野鬼は陽斗の土下座をやめさせた。

「まだお前の恥ずかしい話とか聞いてないし、卒業アルバムとかも発掘してないんだから、そんな慌てることないんだぞ」

「そんなもんどうでもいい！　とにかく、毎日人の弟ときゃっきゃ楽しそうにバカップルやられてると思うとおぞましくてたまらん！　大叔父さんたちもだよ、何普通にこんなやつ嫁として受け入れてるんだ！」

「いや、お前が嫁によこしたんじゃないか……」

「どうせ嫁になんか行かないだろうし、行ったところでみんなが追い出すだろうと思ってたのに！」

「お、おう。よくわからんが……そうなのか」

突然攻め立てられ、親戚一同はなんの罪もないのにうろたえている。

気圧される親族らが可哀相で、思わず日野鬼は陽斗をたしなめた。

「おい陽斗、見苦しいぞ。お前が蒔《ま》いた種だろ。文句があるなら鏡に向かって言ってろよ」

「そうだ、だから俺が責任もって、お前を連れ戻しに来たんだろ。叔父さんたち、俺、こいつ連れて帰るから！」

「甘いな陽斗。俺はもう、この光屋家にとってなくてはならない嫁だ」

「そんな馬鹿な話があってたまるか！　俺は、もう、毎日かりんとう食わされるツキちゃんが可哀相で可哀相で……」

「うるさい、あれはドーナツだ！」

「月斗の嫁さんのかりんとう旨いからいいじゃんなあ」

「ドーナツだ！」

せっかくの親族のフォローもぴしゃりと撥《は》ね除《の》け、日野鬼は諸悪の根源ににじりよった。

月斗そっくりの顔は、どこか憔悴《しょうすい》している。よほど弟と日野鬼が本当に仲良くなったことが心労になっているようだ。ちょっと胸がすく気分である。

「だいたい、なんでぜんぜん帰ってこないくせに、俺と月斗が毎日楽しくやってること知ってるんだよ」

「そんなもん毎日夢に出てきて嫌でもお前らが見せつけてくるんだろ。ツキちゃんは浮かれるとすぐ人の夢に出てくるから。最近は、毎日のように夕飯が好物のチラシ寿司だったときみたいにはしゃぎまわって……」

「は、恥ずかしい話ばらすなよ！　ハルちゃんこそ苛々してたらすぐ俺の夢に出てくるだろ！」

それまで黙って日野鬼らを見守っていた月斗が、さすがに真っ赤になって割り込んでくるが、陽斗の抗議は止まらない。

「だいたいずるいぞ日野鬼。ツキちゃんに最初にドーナツ買ってやったのは俺なんだからな」

「そ、そう思うなら、マメに帰ってきてやれよ。ドーナツ持って」

「うっ、いくら忌み月だからって、嫁が日野鬼だなんてツキちゃんが可哀相すぎる」

「っていうか、お前が紹介したんだろ……俺の弟嫁の来てがないし、とか言い出して……」

呆れて、もはや嫌味を言う気にもなれない日野鬼に、思わぬ加勢の声が飛び込んできた。

「まったくだよ陽斗。あんたがそのぼんくら嫁をうちに寄越したんじゃないか。自分でやったことを、今になってねちねち文句言うんじゃないよ！」

ぴしゃりと離れに響いたのは、もちろん英子の声だった。

いつの間にか離れに現れた英子は、祭りのような騒ぎの離れをうんざりした目で見渡し、皺深い手を叩く。

「あんたたち、明日が大事な収穫日だってわかってんのかい。ちょっと若当主が帰ってきたくらいで浮かれちゃってまあ。さっさと部屋に戻りな」

「英子さん、もうちょっとだけ。面白い喧嘩になりそうだし……」

食い下がった親族は、英子にぎろりと睨まれ、すごすごと踵《きびす》を返した。

その迫力にぞろぞろと親族らが出ていってしまうと、離れにはまた、馴染みの静けさが戻ってくる。

その静けさに調子を取り戻したように、月斗が落ち着いた様子で口を開いた。

「ハルちゃん、もう三年も帰ってきてくれなかったのに、どうして突然戻ってきたんだ？日野鬼さんに、そんなに大事な用があったのか？」

ハルちゃんツキちゃんと呼びあう仲は伊達《だて》ではないらしく、あの可愛げのない陽斗が、弟の言葉には甘えるように表情を崩し、情けない様子で日野鬼に向き直った。

「日野鬼、とにかく明日の朝一に、俺と東京に帰るぞ」

「はあ？　嫌だぞ、なんで帰らなきゃならないんだ。しかも、お前なんかと」

「お前の退職届、ちゃんと受理されてないんだ。今、ただの無断欠勤にされてるぞ」

思いがけない陽斗の話に、日野鬼はぎょっとした。

そもそも事件の発端となった永江の不正行為は、彼一人の仕業ではなく仲間がいたらしい。それも、幹部ぐるみの不祥事。

陽斗のリークがきっかけで、今社内は黒幕探しだ隠蔽《いんぺい》合戦だとおおわらわのようだ。

「お前が退職届出した相手は、永江側だったたってわけだ」

「ながえ……」

誰だっけそれ。という疑問を瞳に浮かべた日野鬼を、陽斗が睨みつけてくる。

「お前の上司！　お前、不正がばれたら罪をおっかぶせようって、あの人に嵌《は》められたんだよ！」

「都会は恐ろしいところだな」

「日野鬼！」

冗談めかして返したものの、日野鬼も内心穏やかではない。

もう会社のことなど忘れた気でいたのに、急速に現実となって思考回路にまとわりついてくる。

そんな日野鬼の懸念を煽るように、月斗が青い顔をしてにじり寄ってきた。

「大変だ日野鬼さん。そういうことなら、ハルちゃんの言うとおり明日帰ったほうがいい。荷造り手伝うから」

「何言ってるんだ。今帰ったら、なんだかんだと巻き込まれていつまで向こうにいるハメになるかわからないんだぞ。それに、明日は大事な繭玉の出荷だから宴会の準備もあるだろうし、みんな忙しいから、俺が布団干す予定なんだから……」

まっとうな反論のつもりが、言い募るうちに日野鬼の声は小さくなっていった。

目の前で、月斗の表情が曇りはじめたせいだ。

「何言ってるんだ日野鬼さん……無断欠勤扱いのまま、会社でどんなふうに言われてるかわからないのに、悔しくないのか？」

悔しいはずだが、実感は湧かない。すぐに帰らねば。そう頭ではわかっているのに、体はずるずるとこの村にいようとしている。

「じゃあこうしよう日野鬼さん。俺が、日野鬼さんのとこに行くから、日野鬼さんは先に帰ってろ」

「お前が、こっちに来る？」

信じられない気持ちで日野鬼は唇を震わせた。

ついさっきまで、赤い印のついた地図を見て、月斗が外に足を踏み出す日が近いことを実感していたのに、どうしていざその瞬間を前にするとこんなにも気持ちがさざなみだつのだろう。

「蚕の出荷もしたいし、俺が出ていったあとの村のことも考えないといけないから、今すぐには無理だけど、先に東京で、俺のこと待っててくれよ。俺、これでもちゃんと一人でできるように、いろいろ調べたりしてるんだぜ」

「そ、そんな大それたこと、お前一人にさせられるわけがないじゃないか。それに、慌てて村を出なくても、俺たちはまだまだこの村でやれることがあるだろう？」

説得のつもりが、日野鬼が言葉を重ねれば重ねるほど、月斗の表情はひび割れる。らしくもなく引きつった笑顔で月斗が首をかしげた。

「まだまだこの村で、何をやるんだ、日野鬼さん？」

「何って……」

「俺、日野鬼さんがいい嫁になって村で認められるとこからはじめるって聞いて、感動したよ。俺も負けてられない。そう思った。でも……最近の日野鬼さん、おかしいだろ」

月斗の、いつも優しく自分を庇ってくれる大きな手が、今は握り拳《こぶし》になって震えている。

「さっき、俺が水ごりに行く前に話してた宴会のことだってそうだ。日野鬼さん、親族の集まりだの、お酌のしきたりだの、そういうの馬鹿にしてたじゃないか。なんで今はあたり前みたいに受け入れてるんだよ」

「それこそ、この村に受け入れてもらおうと思ってるからだろ！　お前が少しでもみんなに大事にしてもらえるなら、俺がどう思うかなんてどうでもいいじゃないか！」

「っ……」

月斗の表情が、愕然としたものに変わる。

まるで幽霊でも見たような顔。こんなにも月斗のことばかり考えているのに、どうしてこんな顔をされなければならないのかと、日野鬼の心は乱れるばかりだ。

「と、とにかく俺は帰らない。だいたい、陽斗だって俺を嵌めた一人じゃないか。そんなやつの言うこと聞いて、ほいほい東京に帰れるか。まずは明日、会社に電話して……」

「日野鬼さんは、俺一人じゃ村を出られないと思ってるんだろう」

日野鬼の胸を、月斗の言葉が貫いた。

そうだ。確かにそう思っていた。けれどもその本音を、月斗に言い当てられると、とてもひどいことを思っていたような気にさせられる。

「俺が、日野鬼さんに会いにいくって言ったのも、きっと叶わない夢だと思ってんだろ」

「そんな、つもりじゃ……」

「もういい。日野鬼さん、明日絶対ハルちゃんと街に帰るんだ。都会に帰って、少し冷静になってくれ。日野鬼さんが帰らない限り、俺もこの離れに閉じこもって二度と外に出ないからな」

きっぱりと告げると、月斗は日野鬼に背を向けた。

そして、押し殺した声がその背から聞こえてくる。

「今夜はもう母屋に泊まってくれ。次に会うのは東京だ。それまで、絶対会わないから」

「ば、馬鹿っ、そんな意地張ってどうするんだっ」

「日野鬼さんは、蚕室に入ってきたあの小鳥みたいなもんだよ。このままこの村にいたら、あの鳥みたいに日野鬼さんが死んでしまう……」

大げさだ、と笑い飛ばしてやりたいのに、日野鬼の口は動かない。

この村に来て以来、月斗にこんなにも拒絶されるのは初めてで、日野鬼はこれ以上月斗の背中を見ていられなくて大人しく離れの土間に降り立った。

おろおろと、陽斗だけがついてくる。

「月斗」

すがるように一度だけその背に呼びかけたが、月斗は振り返ってさえくれなかった。

月斗のために。このところそればかり考えていたが、自分は何を間違えたのだろう。

とぼとぼと離れを出ていこうとするとき、ふと背後で英子の声がした。

「月斗、あんたにこれ預けておくよ」

いつものしゃがれ声は、離れを出ると同時に遠ざかり、陽斗が離れの扉を閉めてしまうと、英子の気配も月斗の気配も、ひっそりと夜の屋敷の暗がりに消えていったのだった。

母屋に行くと、積もる話もあるから、と言って陽斗の部屋に案内された。

日野鬼は早速部屋の主の許可もとらずに押し入れを開ける。

「おい、いきなり何するんだ！」

「……新米嫁として、若当主様の布団を敷いてやろうっていうんじゃないか」

低い声で応じると、駆け寄ってきた陽斗に枕をひったくられた。

「やめろ！　ものすごく義妹っぽいことをするな！　気持ち悪いから！」

この鬱屈をどうはらしてやろうかと思っていたが、いざ陽斗の困り顔を見ても、今はまったく気分が乗らない。

それどころか、月斗そっくりの顔を見るにつけ、寂しさは増すばかりだ。

溜息を一つこぼして、日野鬼は大人しく陽斗の布団から手を放すと、用意してもらった客用布団を広げはじめた。

いつもなら陽斗の隣で寝るなんてまっぴらだ、と騒ぎたいところだが、もうその元気もない。

「な、なあ日野鬼……」

気遣わしげな声を無視すると、ちまちまと敷布団にシーツを敷きながら陽斗が続けた。

「お前……永江さんみたいな人がタイプなんじゃないのか？　なんで月斗に鞍替えしたんだ」

性懲りもなく侮辱する気か、と睨み顔をあげた日野鬼だったが、思いのほか陽斗は深刻な表情だった。月斗のことが心配なのだろうか。

「鞍替えとは人聞きの悪い。俺は月斗が……」

言いかけて、日野鬼はついさっき自分を拒絶したあの広い背中を思い出し、がっくりとうなだれた。

あの優しい月斗をあんなに怒らせておきながら、好きだなんだと語る資格が自分にあるだろうか。

「俺と月斗の問題に口挟むなよ。それよりも、会社、大変そうだな」

「永江は狸《たぬき》だ。俺が不正の情報リークしたはずが、結局のところ上の派閥争いに巻き込まれただけだった。今は社内中リーク合戦になっちまって、それを永江さんが仲裁してるような形になってしまってな」

「仲裁って……まさか永江さん、戻ってきてるのか？」

「お前が退職したその日にな。俺とお前だけじゃない、ほかにも若い連中がなんだかんだと嵌められているみたいだ」

久しぶりに会社の面々を思い出しながら日野鬼は顎に手をやった。

月斗のことがなければ、今からだって夜通し車を走らせて東京に戻ったほうがいい状況なのは確かだ。正直帰る気なんて起こらないのに、事態は甘くはなさそうだった。

「弱ったな。月斗を街に連れ出しても、会社の不祥事に巻き込まれたまま俺が無職じゃ、あいつに苦労かけるだけだし……一度、戻るほかないのか」

悶々として呟くと、布団を被りながら寝巻きに着替えていた陽斗が、日野鬼の言葉に誘われたように顔を出した。

「日野鬼、お前本気で言ってるのか。ツキちゃんを村から連れ出すなんて」

「あたり前だろ。風習だか知らないが、俺はあいつが大事だから、大事にしてくれない所に押し込めておくなんて嫌に決まってる」

心からの言葉を、陽斗は笑いはしなかった。それどころか、続く言葉には今までいがみあってきた険しさがなくなっている。

「ツキちゃんは、運が悪かった。この村の近くに、製糸工場があったんだけど、俺たちが生まれた年に潰《つぶ》れたらしい」

製糸工場の閉鎖。若い者はますます都心に出ていき、働き手が減っていく寂寥感《せきりょうかん》に沈む村に、今度は土砂災害。

はたから見ればなるべくしてなったような出来事でも、当事者らは「何かのせい」にして心の平穏を求めてしまう。

そんな次期に双子が生まれてしまったこと自体が運が悪かったのだと陽斗はこぼした。

「去年亡くなったじい様は昔かたぎな頑固者で、本当にツキちゃんを鬼の子みたいに嫌ってた。双子だってだけで、ずっとあいつは自由がなくて……。だから、あいつのほうから、外に出てお前に会いにいくなんて言い出したの見て、俺は正直すごく嬉しかった」

「陽斗……じゃあ、お前も、あいつが外に出たほうがいいと思うのか？」

憎たらしいライバルが、突然現れた味方になった心地で日野鬼はにじりよった。

その勢いに気圧されたように、陽斗はうなずく。

「でも俺じゃあ、あいつに風習を破らせる覚悟をさせてやれなかったんだよ。正直、お前にはその……感謝なんかしてないけど礼くらい言ってやってもいい」

「可愛げのない義兄だな」

「日野鬼、お前、本当にツキちゃんのこと好きになってくれたのか？」

好き、という言葉を使うのに、一瞬顔をゆがめた陽斗だが、その瞳は真剣だった。

無邪気なばかりの月斗の瞳とは、こうしてみると別人のようだ。その瞳を見つめ返し、日野鬼ははっきりとうなずいた。

「ああ、好きだ。だから、あいつの人生から理不尽なもの、すべてとっぱらってやりたい」

「だったら、一度俺と帰るんだ、日野鬼」

「おい！」

せっかく思いの丈を打ち明けたのに、堂々巡りの陽斗の返事に日野鬼は嚙みついた。

しかし、帰ってきた陽斗の声の必死さにたじろいでしまう。

「日野鬼、お前さっき、ツキちゃんに『俺がどう思うかはどうでもいい』って言ったよな?」

「あ、ああ」

「じゃあなおさらだ。一度帰って頭を冷やそう。お前、いつまでもここにいたら帰り道を忘れてしまうぞ」

「そこまで馬鹿じゃ……」

「この村は、永江さんや会社の派閥争いなんかより、もっとずっと怖い」

じわじわと、気味の悪い感覚が背筋を這いあがってきた。

何を言ってるんだこいつは。そんな気持ちと同時に、頭の奥で警鐘が鳴っている。

反論は許さないとばかりに寝床にもぐりこんだ陽斗を見つめながら、日野鬼は唇を噛んだ。

今から陽斗は月斗の夢を見るのだろうか、うらやましい。

自分は月斗と双子という絆《きずな》もなく、嫁といっても籍を入れられるわけでもない。明日、本当に村から出てしまえば、村は最初から日野鬼なんていなかったかのように日常を取り戻すだろう。

夜陰に紛れて、自警団らの声がここまで届いてきた。

今は、あの不気味な声さえ名残惜しい気がして、日野鬼はじっと村の夜の気配に耳を澄ませていた。

翌朝、日野鬼を眠りの底から引きずり起こしたのは、親族の野太い声だった。

「おい、今日東京に戻っちまうって本当かい！」

のそのそと布団から起きあがると、部屋には夜明けの光が差し込み、ふすまを全開にしてなだれこんできた親族数人が、責めるような焦るような不思議な表情で詰め寄ってきたのだ。

「な、なんだなんだ。お義兄《にい》様、お客さんだぞ……」

「その呼び方するな。帰りの山道で突き飛ばすぞ……」

騒ぎに、一緒になって起きあがった陽斗が、寝ぼけ眼で親族を見回している。

しかし、親族らの用は若当主ではなく、日野鬼にあったようだ。

「ひどいじゃないか日野鬼さん、月斗一人ぼっちになっちまうだろ」

「そうだそうだ。あんた気は強いが、月斗と仲良くやってくれてるし、村に居残ってくれるもんだと……」

口々に責められ、日野鬼は寝起きの髪を手櫛《てぐし》で撫でてあげながら居住まいを正した。

どうやら、もうみんな、日野鬼が今日帰ることを知っているらしい。

「文句なら、あんたらの若当主に言ってくれ。俺を連れて帰るのはこいつだぞ」

「そ、そんなあ」

若当主にはさすがに文句が言えないのか、誰かが絶望的な声をあげた。

「まあ、月斗もいるしすぐに戻ってくる。会社のほうにちょっと顔出さなきゃならないだけだ」

まだそんなこと言ってるのか、とばかりに陽斗が睨んできたが、親族らのほうも浮かない顔は変わらぬままだった。

「そんなこと言って、田舎に帰ってくるやつなんて滅多にいないけどな」

本家の男の一言に、親族らがしみじみとうなずきあう。

そのいい例である陽斗は、気まずそうにふいと日野鬼から視線をそらした。

「日野鬼さん、月斗のために帰ってくるってのは本気なんだろうね」

親族らの不満を代表するように、大叔父の新造《しんぞう》が詰め寄ってきた。

ひるまず、日野鬼ははっきりとうなずき返す。

「当然だ。俺は月斗の嫁なんだからな」

「嫁云々《うんぬん》は俺がゆうべ土下座までして断っただろ！」

陽斗の邪魔が入るが、日野鬼は気にせず続けた。

「こんなふうに引き止めてもらえて正直嬉しい、ありがとう。またすぐに戻ってくるから、俺を月斗の嫁のままでいさせてくれないか」

「日野鬼さん……何言ってんだ、あんたはなんの文句もねえ、うちの嫁だよ」

「ったく、こんなに思ってくれてる嫁さんがいるのに、月斗は何を拗ねて閉じこもってやがるんだか」

親族らのささやきから、月斗が今朝から離れに閉じこもっていることがわかった。

今日は宣言通り、繭の収穫以外、外に出る気はないらしい。

せめて最後に挨拶くらいしたいのだが……ちゃんと村から出ていくといえば、彼は怒りを解いてくれるのだろうか。

今でも、ゆうべの月斗の怒気を思い出すと気が沈む。東京へ帰っても、月斗が会いにきてくれる。そう言ってくれたことをもっと素直に喜べていれば、あんな辛そうな顔をさせずにすんだかもしれないのに。

そうとわかっていてもなお、別離への不安のほうが大きい日野鬼の様子に、大叔父が思案げな顔で口を開いた。

「なあ日野鬼さん、そこまで言ってくれるなら、あんた帰る前に成婚の儀式していかねえか?」

「成婚の儀式?」

声をあげたのは陽斗だった。その口ぶりからして、彼は成婚の儀式を知らないようだ。

若い頃から村を出ていたせいだろう。だが、日野鬼には、とても興味深い風習となっていた。

「それ、来た頃から言ってたな、儀式をしたら正式な嫁だとかなんだとか。今日いきなりできるもんなのか?」

「もう何年も外からの嫁なんて無縁だったからな、みんな張り切っちまうかもしれないが、村を練り歩いたり、盛大な式典したりってえなことはしないんだよ。あんたに、この村の人間になってもらうための身内だけの儀式だ」

「ふぅん……この村の人間に、か……」

ゆうべの寂寥感を思い出し、日野鬼の心は誘惑に揺れた。

戸籍をいじるわけでも、法的に光屋家に縛られるわけでもないのだから、成婚の儀式とやらは日野鬼にとって非常に都合がいいかもしれない……。

この村と、儀式一つで繋がっていられるのなら、離れても月斗との関係が保たれるような気がする。

「おい、日野鬼、お前まさか儀式やる気じゃないだろうな」

「なんだ陽斗。俺が身内になるのがそんなに嫌なのか」

むっとして陽斗を見ると、月斗に似た顔がこちらを睨んでいる。

「嫌に決まってるじゃないか。だいたい、お前親族集まって儀式だなんだって、田舎臭いって馬鹿にするタイプだっただろ」

「お前はいいよな、いつ帰ってきても大事にしてもらえるんだから。俺はよそ者だから、少しくらい縁繋ぎに儀式しようって思って何が悪い」

「ま、まるで俺が甘やかされてるみたいな言い方するなよっ。だいたい、ずるずる村に居残って成婚の儀式するだなんて、ゆうべの様子からしたらツキちゃんだって絶対嫌がるからな」

「成婚の儀式に旦那はいらねえよ、陽斗」

ヒートアップする二人の言い合いに、やんわりと大叔父が割って入った。

成婚の儀式は、よそから来た嫁を村の一員にするための儀式で、一員になって初めて、夫のもとに送り出されるのだそうだ。

普通はそこで初夜になり、翌日、村総出の披露宴。

日野鬼は帰ってしまうから披露宴は無理だが、儀式を終えてから月斗と別れを惜しんだらどうだ。離れに閉じこもってるらしいが、口添えしてやるぞ。と言われれば心惹《ひ》かれる。

しかし、そんな気持ちに水をさすように、陽斗が大叔父の話に鼻を鳴らした。

「結局、お堂でお祈りするだけじゃないか。見ろ日野鬼、お前が蛇蝎《だかつ》のごとく嫌っているはずの、無駄な時間だぞ」

「月斗の嫁だと村で認識してもらえるのなら、俺にとっては無駄な時間じゃないんだよ。ほっとけ」

再び火花の散った二人を、今度はぱたぱたと部屋に駆け込んできた別の親族が割ってはいる。

その手にはたとう紙や桐箱《きりばこ》が抱えられていた。

「あったあった。新造さん、日野鬼さん、成婚の儀式で使う着物があったよ。それから、儀式の前に飲むお清めの酒」

「なんでそんなの持ってくるんだ」

往生際の悪い陽斗の抗議をものともせず、叔父らが日野鬼の目の前に着物の包みを開いて見せてくれた。

紐解《ひもと》かれたたとう紙の中から現れたのは、金銀の刺繍《ししゅう》も鮮やかな色打掛けだった。なめらかな絹布に散る花の絵柄からは、甘い香りが漂ってきそうだ。

手にとるとずしりと重く、朝日を浴びた布地がこの世のものではないかのように輝いた。房飾りの美しい懐刀や、繭のように滑らかに輝く真珠の帯止め、この村で取れた絹で作ったという豪奢《ごうしゃ》な刺繍半襟まで揃うと、どこの披露宴に出ても恥ずかしくないだろう立派な花嫁衣裳《いしょう》の一式になる。

さすがの陽斗も、その金襴緞子《きんらんどんす》の山に目を瞠ると、困惑げに呟いた。

「日野鬼……お前、こんなの着させられてまで儀式したいのか」

「う……」

花嫁衣裳は美しい。目の保養だ。

だが、この女物に身を包んで、三つ指つけと言われるとさすがに躊躇《ちゅうちょ》してしまう。

ちらりと陽斗を見やると、いい加減正気に戻れと言いたげな瞳が責めたててくる。

寝起きのぼさぼさ髪のせいか、じっと見つめていると陽斗が月斗に見えてきた。わずか一晩経っただけで、もう長いこと会っていないような気になってしまう。

これから自分は月斗と離れ離れになるのだ。

その自覚がじわじわと胸にこみあげ、日野鬼はぎゅっと色打掛けを握った。

「どうせ帰るなら、月斗の嫁だと認めてもらって帰りたいな。新造さん、急で悪いが、儀式頼めるか？」

「なんでそうなるんだ！」

「俺は、永江さんのときみたいに、大事な人と連絡が取れなくなったまいつまでも過ごすのはもう嫌なんだ。ましてや、ここと東京じゃ遠すぎる」

「永江なんかと、お前に会いにいくって約束したツキちゃんを一緒にするな！」

叫ぶと、陽斗は立ちあがった。

我慢できないといった様子で親族らをかきわけると、部屋から出ていこうとする。

その遠ざかる背中のラインは、やはり月斗とは別人だ。

「おい、ハルちゃんっ」

「俺は先に帰る。お前はそうやって、たらたら村人ごっこやってろよ」

その言葉を最後に、陽斗は足音も荒く洗面所へと去っていってしまった。

若当主を怒らせちまったな。と誰かが呟いたが、広げた色打掛けを仕舞おうとするものはいない。

新造が、水の入った湯のみを差し出してきた。

「ほら日野鬼さん、儀式前にこれを飲んでおいてくれ。お堂に入るための、お清めの酒だ」

「あ、ああ」

湯のみを受け取りながら、日野鬼はつい、陽斗が出ていったほうに視線をやってしまう。陽斗なんて好きに怒らせておけばいい。いつもならそう思えるはずなのに、せっかくの成婚の儀式を前にして、日野鬼はいつまでも陽斗の剣幕が胸に引っかかるのだった。

この村には、昼の顔と夜の顔がある。

長らくそう思っていたが、今日はまだ日が高いのに、村の出入り口にあたる山道は鬱蒼《うっそう》とした雰囲気に包まれていた。

美しい青空の下であろうと、立ち並ぶ古びた鳥居は恐ろしげな空気を醸し出しているし、鳥居に打ちつけられた生き物の剝製がより鮮明に見えてしまうせいで、なおのこと不気味だ。

そんな陰鬱な道を、光屋家親族らとともにぞろぞろと歩き、とうとうお堂に辿りついてしまった。

お堂の前に広がる池には、青空と、金襴緞子の色打掛けに身を包んだ自分の姿が映り込んでいる。

毎晩月斗が水ごりをさせられている池だと思うと、やはり月斗を助けてやりたいと思うのだが、反面、こうして大人しく村のしきたりの渦中に飛び込む自分の姿になんとも言えない違和感を覚えもする。

これでいいのだろうか。

この村に来たとき、自分はこれが自分の戦闘服だからといって、スーツを身にまとい革靴でこの山道を踏みしめてやってきた。いつしか村に来た目的が、陽斗への復讐から、月斗を助けてやりたいという気持ちに変わりはしたが、自分の生き方を曲げずに今までやってきたはずだ。

それが今、どうして自分は金襴緞子の色打掛けを着て、大人しく村のしきたりに従い、こんな場所までやってきているのだろう。

短い髪には、こちらも伝統だとかいう蝶《ちょう》のような髪飾り。カイコガなのだろうその形状は、作り物だとしても肌に触れさせたくないしろものなのに、今の日野鬼は大人しくそれを身につけている。

自分はそんな男だっただろうか。

――このままこの村にいたら、あの鳥みたいに、日野鬼さんが死んでしまう。

ふいに震えていた月斗の声が脳裏にこだまし、途端に日野鬼は、池に映る自分の姿が、自分ではないように思えてきた。

「日野鬼さん、緊張してんのかい？　何、都会もんには妙な儀式に見えるだろうけど、これさえすめば、籍なんていれられなくても名実ともに月斗の嫁として村は受け入れるんだ。安心しなよ」

「あ、ああ……」

これは緊張だろうか。妙に胸が高鳴り、気分がそわそわするが……しかし、そんな疑問は男たちが開いたお堂の扉の音にかきけされた。

お堂の扉は両側に開くとともに、ぱらぱらと木くずを落とし、舞い散る埃《ほこり》が陽光にきらめいた。背中を押されるようにして中に入ると、次々と親族らも入ってくる。

いつも本家に遊びにくる顔馴染みから、滅多に本家にはやってこないものまで、男ばかり。狭いお堂にこんなに入って、床が抜けやしないだろうか。

お堂で何を祀《まつ》っているのかと思いきや、奥の壁際に鎮座しているのは、今やすっかり見慣れてしまった蚕の石杭だ。

といっても、村のそこここで見た一メートルほどの小さなものではなく、目の前に鎮座する石杭は、村の守り神として祀るにふさわしい巨大な杭で、そのまわりを、いつもながらの小ぶりな杭が十本ほどで囲んでいる。

月斗は毎晩、この石杭に向かってお祈りをしていたのか。いつか月斗を外に連れ出してやろうと思っている身としては、なんともバツの悪い対面だ。

そんな不安を抱いたところで、再び扉が閉ざされた。

明かり取りや、厚手の障子紙から陽射しがかすかに入ってくるが、それでは足りず、誰かがお堂の蠟燭《ろうそく》に火を灯《とも》した。

薄暗いお堂の中が、橙色《だいだい》の明かりに揺れ、日に焼けた親族らの顔を色濃く照らし出す。

笑みのない彼らの表情に、日野鬼ははっとなった。

村に昼の顔と夜の顔があるのではない。彼らの心が、村に明暗を作り出しているのではないか。

ここにくるまで鬱蒼とした雰囲気だったのは、村の雰囲気ではなく、彼らが硬い表情のまま、いつものような無駄話を一つもせずにいるからだ。

懐かしい。まるで、処女しらべの夜のような、あの威圧感……。

「な、なあ。本当にここで儀式をして、あとは普通に帰っていいんだよな？」

「ああ、ここで村の気でお清めをして、おきぬさんにあんたを認めてもらえば、あんたはもううちの村の人間だよ」

「おきぬさん？」

「守り神だね。この村は、絹作りで生きてこれた村だから」

そういって、大叔父がお堂の奥に視線をやる。あの大きな石杭が、月斗が何度か口にしていた「おきぬさん」だったようだ。

こんな石杭なんぞに認めてもらわねば、月斗と一緒にいられないのか。

気に食わない。惚《ほ》れた男と一緒にいるために、誰の指図がいるというのか。

しかし、ようやく輪郭の浮かびはじめた違和感の正体を確かめるより先に、日野鬼の体は誰かの手に強く引かれる。

よろめいた体を支えようにも着物の裾が邪魔で、そのまま硬い床に膝をついてしまった。

乱暴な仕草に、またかという思いで渋面をあげると、あの処女しらべの夜とはくらべものにならないいくつもの義務的な瞳が、暗いお堂の中で自分を見下ろしていた。

人の呼気がいくつも重なりあう音に、蚕が桑葉をはむ姿をなぜか思い出す。

「なんだなんだ、また処女しらべか」

せりあがる不安を押し殺しそう吐き捨てると「いいや」とすぐに返ってきた。

「処女しらべは確かに途中だが、あんた自己申告したじゃないか。汚れてるって」

「汚れてって……時代錯誤すぎて、その冗談面白くないぞ……」

「あんたにゃ、村の外の人間の気が流れてるってことだよ。わかるだろう、蚕は弱い生き物なんだ。俺たちだって一緒だよ、よその空気を取り入れたら簡単に滅びちまう」

その言葉の意味も、どこか申しわけなさそうな男の表情の意味もわからず返事に困った日野鬼の肩を、誰かが後ろから摑んだ。

ぐい、と後ろ手に拘束され、地べたに尻もちをつかされる。

「ち、ちょっと待て、ようは、何が言いたいんだ」

「何って、あんたについた余所の男の気を、今から俺たちの気でお清めしてやるんだ。昔は外でもらった子種を村に連れ込んで、村人の財産かすめとっていくような奴もいたから、そういうことが起きないように俺たちが一からあんたを村の人間にしてやるんだよ」

「冗談よせよ、だいたい俺は男なんだから、妊娠とか関係ないだろ！　だいたい、そんなことやってるから、今まさにあんたらじり貧なんじゃないか」

「なんだと？」

「この中にいい歳して結婚できてないやつが何人いる！　似たようなこと言って、気持ち悪がられて女に逃げられたやつは？　いっぱいいるだろう？」

図星をつかれて怒ったものもいるかもしれない。けれども、根本的に自分の言葉が通じていない気配を感じて日野鬼は途中で口を噤《つぐ》んだ。

何言ってるんだこいつ。そう言いたげな目、目、目。見回せども見回せども、どこにも自分たちの行為に疑問を持っている表情は見つからない。ただの、一人も。

「お、お清めって、何するんだ……？」

覚悟を決めるべきなのか。不安に声を震わせながらも、精いっぱいそう尋ねたが、誰からも返事はなかった。

知らないほうがどうかしているから、誰も教えてくれないだけなのか、それとも口にできないほどおぞましいことなのか。

だが、もう一度同じことを尋ねようとした日野鬼の目の前に、信じられないものがつきつけられた。

「ああ、それとね日野鬼さん、さすがにこれは俺らも申しわけないんだが……」

「な、にっ……」

自然と、日野鬼の声が引きつる。

いつも和やかに挨拶してくれていた男が、錆《さ》びた手錠を手にしている。重たげな南京錠《なんきんじょう》の孔《あな》が、まるでこちらを睨んでいるようだ。

「あんたには、これからここで生活してもらうよ」

「……は？」

「あんたが東京に帰ったら、あんたを慕ってる月斗が可哀相じゃないか。あんたが来てから、あいつがどれだけ幸せそうだったか……」

「そうだよ日野鬼さん。あいつのためにも、あんたを東京に帰すわけにはいかないんだ」

馬鹿なことを言うな、とすぐに返せなかったのは、あまりにも男の口調が軽いせいだ。

大丈夫だ、飯は運んでやるから。と気楽に言う口調からは、人一人監禁しようとしている自覚があるのかさえ疑わしい。

そのことに、日野鬼の中の男たちへの恐怖はいや増していく。

「ば、馬鹿いうなよ。ここには毎晩月斗が水ごりに来るんだ。俺を閉じ込めたってすぐにばれるぞ」

「ばれるって、あんた月斗の嫁なんだろう？　月斗だって、毎晩水ごりするついでに嫁さんに会えたら嬉しいだろう。通い夫ってやつだな」

「何言って……」

「月斗のやつ、嫁さんがお堂にいたら、一日中お堂で過ごすかもしれないぞ」

「ははは、目に見えるようだな」

さも微笑《ほほえ》ましいことかのように笑いあうと、男たちは屈《かが》みこんで日野鬼の体に手をかけた。

後ろ手に手首を摑まれ、身じろごうにも別の手が今度は着物の帯を摑む。

薄暗いお堂の床に美しい絹織物が波打つように広がり、日野鬼の着物の裾がはだけた。

「やめろ、放せ！　お、お前らは、頭がどうかしてる！」

「おい、そっち押さえとけ」

「どうする、先に手錠はめちまうか？」

「いやぁ、鎖が短いから不便だろう。お清めがすんでからでいいんじゃねえか？」

拒絶の言葉は男らの無関心の前に消えていき、関節が外れそうなほどに必死で暴れた手足は、簡単にいくつもの手に押さえつけられていく。

はだけた着物の中に、誰かの手がもぐりこんできた。

無骨な手は、かつて処女しらべしたときのような仕草ではなく、もっとはっきりとした目的を持って日野鬼の太ももを抱え力を籠《こ》められる。たった一人の力はあまりにも無力で、日野鬼の両足はじょじょに開かされていった。

露わになった肌に油を垂らされ、日野鬼の太ももや臀部が着物の一部のように甘くきらめく。

ぐい、と太ももののつけ根に食い込んだ指先から、妙な刺激を感じて日野鬼は息を飲んだ。

まただ、さっきから感じる、この胸の高鳴りはなんだろう。

肌が、空気に触れるだけでざわつく気がする。

「な、なんでだ……あんたたち、今日まで普通に挨拶したり、喋ってたりしたやつに、こんなことして心は痛まないのかよっ……」

少しでも村人の心を揺さぶりたくて選んだ言葉に、しかしショックを受けたのは日野鬼自身だった。

痛むはずがない。よしんば心が痛んだとして、その痛みは彼らにとってきっとなんの意味もないものなのだ。

幼い月斗を、双子だからという理由だけで毎晩お堂に行かせた村人は、月斗が夜道を怖いと言って泣く姿に心を痛め……お堂に電灯をつけただけではなかったか。

そんなに怖いならしなくていいよ。その発想にはいたらなかった彼らの優しさは、幾人もの忌み月を葬ってきた歴史の上に成り立っている。

「じゃあはじめようか。汚れは、俺たちが綺麗に清めてやるよ」

本家の男の言葉と同時に、着物の裾はいっそうめくれあがり、襟元は着ている意味がないほどはだけられた。

鎖骨から胸元も、油に濡れていく。

「そんなに怖がることはないよ。俺たちがあんたの体を綺麗にしてやるだけなんだから」

「や、め、ろ……」

「そうだよ、日野鬼さん。そもそもあんたが悪いんだよ、外で淫乱なことをしてくるから」

日野鬼の震える心に村人らの無慈悲な言葉がしみこんでくる。危険だ。このまま彼らに囲まれていると、いつか本当に自分が悪かったのだというような気になりそうだ。

いや、もうすでになっていたのではないか。

なっていたから、自分はこうして成婚の儀式をやろうなんて思ってしまったのだ。

それはまさに、ずっと日野鬼が抱いていた違和感の正体だった。

自分が自分ではなくなっていく感覚。あたり前のことがあたり前ではなくなり、馬鹿なんじゃないか、と思っていたことを、気づけば受け入れてしまっている。

帰り道がわからなくなる。

陽斗の言った意味が痛いほどわかった。

自由に生きているつもりだった。この村のしきたりと折り合いをつけながら、いつか月斗を連れ出してやろうとも思っていた。

だが、いつの間にか日野鬼は村の因習に迷いこみ、自分が何者なのかさえ忘れかけていたのではないか。

月斗があれほど日野鬼に帰れと言ったのも、きっともう月斗の目には、日野鬼が日野鬼でなくなっていくのが見えていたのだろう。

恐怖がふくらんでいく。胸にうずまく感情はどれもこれも暗く重苦しいものばかりで、助かりたくても、もはや目の前の男たちに何を懇願すればいいのかさえわからない。

そんな日野鬼の震える体に、いくつもの濡れた手が這いまわり、子供のように足を抱えあげられてしまった。

むき出しになった臀部を揉まれ、その中央の窄《すぼ》まりに、本家の男の太い指先が触れた。

「う、ぁっ」

ただそれだけのことで、自分でも驚くほど腰の奥が熱を帯び、日野鬼は目を瞠った。

おかしい。肌をなぞられるたびに簡単に性器が反応してしまう。

「おお、こんなとこにすんなり指が入るなんて、一体どんだけ遊んで来たんだか」

「まあ、そこは都会もんだからなあ。日野鬼さん、あんた綺麗な顔してるから、さぞやモテたんだろう」

「な、にっ、なんだ、これ。お、お前ら、何を仕込んだっ」

返事の代わりに、指が入ってくる。

とろとろと、正体の知れない油を尻肌に垂らしながら、男の指が日野鬼の中を進んだ。

恐怖に冷え切っていたはずの体はあっと言う間にとろけるように熱を帯び、太い指に粘膜をこすられると愉悦が背筋を走った。

「つ、月斗、月斗を呼んでくれ！　お、お清めだっていうなら、あいつにやらせればいいだろ！　あいつが相手なら、俺だってこんなに暴れたりしないから、月斗を……っ」

月斗の名を口にすると、ぶわりと心臓に鳥肌が立ったような感慨に襲われる。

恋しくてならない。そして彼がそばにいないことが心細くてならない。

そんな感情が、一気に昂《たかぶ》ったのだ。

だが、つきつけられる現実は残酷だった。

「あんた、ほんとに月斗のことが好きなんだなあ、いい嫁さんだ」

それだけ言うと、男らはなおも日野鬼の体をまさぐり続けるのだ。

深くまで押し込まれた本家の男の指先が、ぐいと曲げられた。押し広げられるような淫道の感覚に、日野鬼の肌に汗が浮きはじめる。油と混じりあい、とろけるようになめらかになった肌を幾本もの指先が走り、そしてそのうちの一本が、くすぐるように日野鬼の胸の突起をかすめる。

とたんに、まるで絶頂が近いかのように敏感に体が反応した。

「や、あっ……なんでっ」

「なんだなんだ、女でもないのに乳首なんか感じるのか」

「いい嫁さんになりそうだが、淫乱なのは困ったもんだな」

「違う、やめてくれっ……ん、ぅっ。変だ、体が熱ぃっ……」

乳首に、脇に、耳朶に、触れる指先から走るささやかな電流は、次第にはっきりと快感を帯びながら下肢へと向かう。そして、いつの間にか二本に増えていた後孔の中の指に辿りつく。

快感の点と点が繋がりあい、そのふくらむ欲望に恐怖を煽られる。

柔らかくなってきた入り口に気をよくしたのか、男の指先が日野鬼の中を激しくかきまわす。無骨な指の関節が敏感な場所を何度も抉《えぐ》り、たまらず日野鬼はのけぞった。

「ぁっ、嫌だ。嫌っ」

「うわっ、こりゃすごい……尻の穴も大したもんだな」

「どうしたんだい新造さん」

「いや、今中がぎゅって締まってね……」

どれどれ、と数人の男が自分の下肢を覗きこんでいるのが見えた。

羞恥に唇を噛むが、男らに見せつけるように新造が指をこねくりまわし、そのつど日野鬼の腹は震える。遊んでる体だね、と誰かが笑い、悔しいのにいつものように悪態などつけなかった。

声を殺すことさえ難しくなってきた頃、ようやく新造の指は日野鬼の中から抜けていった。

そのかわり、その手が仰々しい手つきで歪《いびつ》な形の木彫り細工をつかみ、戻ってくる。

立派な木箱に入れていたらしいそれには見覚えがあった。

「おい、それ土蔵の……」

「ああ、そういえばあそこに古いご神体放ったらかしだったな。おきぬさんは蚕の神様だからね、たくさん蚕ができて、子だくさんになるように、ご神体は桑の木で作ってあるんだよ」

何も知らない子供に教えてやるかのような柔らかな口調に反し、男が手にしたご神体とやらは、いつだったか土蔵でたくさん見た男根をかたどった木の棒だった。

細いそれにたっぷりと油をまぶすと、男らはもったいをつけるそぶりさえ見せず、日野鬼の後孔に先端を押しつけてきた。

身じろいでも体はびくともせず、それどころか食い込む男たちの指の感触さえじわじわと日野鬼を肉欲の海に引きずり込もうとする。

抵抗が無意味に終わる中、日野鬼の中に指より存在感のある、けれども冷たいものがゆっくりと挿ってくる。

「うぁっ、あっ」

「何、お清めの薬を飲んでいるから、痛くはないだろう？」

「く、すりっ？　まさか、着替える前に飲まされたあの酒……っ」

湯のみにたっぷり。朝飲んでずいぶんたつ酒の味を思い出し、日野鬼は唇を震わせた。

「気持ちよくなる薬だよ。さすがに、働きざかりのうちのもんに責めたてられちゃあ、辛いだろうから」

「んぁっ、この、野郎っ」

たまらず悪態が口をついて出たが、そのくせ体はさらに敏感になったようだった。

薬が本格的にまわってきたのか、それとも、媚薬《びやく》を飲んだ自覚に、欲望が免罪符を得た気になったのか。

お堂の空気がざわついている。気づけば、どこか熱い吐息がいくつも耳元をかすめていた。

新造の態度が事務的だったせいで今まで気づかなかったが、男たちの中には、この状況に興奮しているものもいるようだ。

その自覚に、日野鬼は卑猥《ひわい》な暴力を受けているのだとまざまざと感じ取ってしまい体が火照る。

「放せっ、こんな姿、月斗以外に見せてたまるもんか。お清めだとか、儀式だとか、大層なこと言って興奮しやがって変態！」

「何言ってんだ。これから俺らの気でお清めしてやらなきゃならないから、怪我しないように準備してやってんのに」

「……くっそ、お前らなんかに心を許した俺が馬鹿だった……あぁっ」

必死の抗議も虚《むな》しく、木の張り形は深くに沈みこんでくる。冷たいそれを、緊張に震える日野鬼の内壁がぎゅうぎゅうと締めつけ、その歪な凹凸をまざまざと伝えてきた。

油で濡れた内壁をくすぐるように、張り形を小刻みに動かされると、たまらず腰が跳ねる。

異物を押し出すように蠢く粘膜が、余計に堅い張り形に抉られ、快感の波がまた粘膜を震わせるのだ。

また耳元で、誰かが吐息を吐いた。耳朶にかかる熱い呼気に肩を震わせていると、今度は別の男の指が乳首を弾《はじ》く。

背中に拘束された手には、興奮しきった他人の性器を何度もこすりつけられた。

「嫌だ、月斗っ、頼む、月斗じゃないと嫌なんだ、こんな……っ、お前らのやってることは、無茶苦茶だっ」

いやいや、と首を振るも、快感は体中を駆け回る。媚薬のせいだと信じたい。けれどもその欲望は浅ましいほど熱くて、日野鬼の性器はすでにはしたなく雫《しずく》を垂らしている。

視界がぼやけた。

月斗とのつながりが欲しかっただけなのに、これではまるで自分の存在までもが月斗から離れていくようだ。

こんなものでイきたくないし、こんな連中の思い通りにもなりたくなかった。

それなのに、無遠慮な男の激しい抽挿に、日野鬼のへそは震え、性器は今にも欲望に弾けそうだ。

「ぁ、ぁっ、あ、あっ、やめろ、止《や》めろ、ふぁ、ぁうぅっ」

「ああ、いやらしい顔だ。こんだけの淫乱が相手じゃ、月斗も大変だな」

「うるさっ、あ、あぅんっ」

蠕動する内壁への刺激に腰が浮き、のけぞった胸を撫でられまた震える。快感の奔流に煽られ、自分の絶頂が近いことに日野鬼は絶望した。

ん、と、背後でうめき声がしたかと思うと、手に押しつけられていた陰茎が震え、指に生ぬるい液体が絡みつく。たまらず手を握り込むと、ぐちゃりと粘液が音を立てて手の平を汚し、その欲液に誘われるようにして、日野鬼の体も限界に達した。

「ん、んっ、はっ、はぅ、ぅ……」

腹に埋められたご神体とやらに押し出されるように、ふくらんだ己の先端からとろとろと体液がこぼれる。

その様を、みんなが見ていた。

「ほう、男のほうが、イッたかどうかわかりやすくて助かるな」

「本当にな。これで日野鬼さんもおきぬさんと交われたから、よかったじゃないか」

絶頂の余韻に震える日野鬼を前に好き勝手なことをいうと、男たちは張り形をゆっくりと抜いていった。だが、淫蕩《いんとう》な儀式は終わるどころか、お堂の中は熱気が高まるばかりだ。

年功序列でいくかい。いや、ここは本家の新造さんから。

そんな相談をしあう男らを見上げ、日野鬼は荒い息を吐いた。

自分を拘束したままの男の手が、ぐりぐりと乳首をつまみ続けている。絶頂に震える体は、この閉塞感と男たちの視線に翻弄されるばかりだ。

これ以上指一本だって触れられたくない。

それなのに、太ももを抱えあげられたままの日野鬼の目の前に、本家の男が身を乗り出してきた。

「村の気でたっぷり清めてやるからな」

いっそ慈悲深く思えるほどの声音でそういうと、男がズボンをずりさげる。

とたんに現れた雄の高ぶりは、蠟燭の明かりを受けてくっきりとまがまがしい陰影を見せつけてきた。

屈辱が体中に駆け巡り、それなのに、今まで張り形を咥えさせられていた後孔は男たちを呆れさせるほどにひくつく。

「な、なあ……頼む、もう止めてくれ。俺はお前らとは違うんだ、儀式だろうとしきたりだろうと、月斗以外のやつにこれ以上触られたくないっ」

日野鬼は震える唇を開いた。

しかし、男は聞いていないようなそぶりで日野鬼の膝をつかむと、双丘のあわいに性器をおしつけてくる。

油に濡れた入り口から、日野鬼自身の性器へと、竿《さお》を押しつけてくる仕草がたまらなく気持ち悪い。他人の雄の脈動が、今にも日野鬼をいたぶろうと肌を撫でる。

「ぁう、んっ。ふ、ぁっ」

こんなにも気持ち悪いのに、日野鬼の腰は揺れた。

快感ばかりが体を支配し、薬のせいか、肉欲が痛いほどに腹の奥でうずいている。

「ほら、腰ぃ揺らして、まだ淫乱な性根が抜けてないな日野鬼さん。俺のをよく味わって、この村の人間に生まれかわるんだよ」

ずるりと尻のあわいにそって陰茎を上下させた男が、ついに日野鬼の秘部にその先端を押し当てた。濡れた淫穴が怯えたように窄まり、まるで男のものをいざなっているようだ。

「嫌だ、やめてくれっ、月斗っ」

たまらず叫ぶのと、お堂に軋《きし》んだ音が響くのは同時だった。

はっとして顔をあげると、お堂の入り口の障子に、光に透けて人影が見える。

そして、どんどんと、入り口の木枠を叩く音。

「大叔父さん、いるんでしょう、開けてください！」

その声に、日野鬼はほとんど涙声で叫んだ。

「月斗！」

だがその声に、思いがけない冷たい声がお堂の外から返ってくる。

「叔父さん、いるなら開けてください、陽斗です！」

ぎくりと日野鬼の体は強張《こわば》り、同時に若当主様がよほど怖いのか、尻に触れていた男のものがほんのり力を失った。見上げると、誰もが面食らった顔をしてお堂の入り口を見つめている。

「なんだ陽斗か、どうしたんだお前、もう帰ったんじゃなかったのか」

訝《いぶか》るように問い返す大叔父の目配せに応じて、入り口付近にいた分家の男がお堂の扉に手をかけた。かんぬきをはずし、重たい扉を開くと、さわやかな風が入ってくる。

頬を撫でる外気の優しさに、日野鬼はライバルに無様な姿を見せるはめになるというのに、安堵に涙がこぼれそうだった。

開いた扉の向こうに、懐かしいシルエット。

かきあげた髪と、何が気に入らないのかいつものしかめ面。それに長躯《ちょうく》を日野鬼と同じ趣味のブランドの服に包んだ立ち姿は、やはりこの田舎の風景の中では浮いて見える。

同時に、その黒い瞳は、田舎の風景が焼きついたように邪気のない輝きをたたえていた。

「あ、本当に陽斗だ。月斗が声真似してんじゃないかと思っちまったよ」

「ツキちゃんがそんな真似してるとこ、見たことあるんですか」

「ないな。あの子真面目だからなあ」

「はぁ……それで、叔父さんたち、これは一体どういうことです。俺ゆうべ、こいつは責任もって連れ帰りますって言いましたよね。土下座までしたんですよ」

わずらわしげな表情を浮かべながらも、この空気が落ち着かないと言いたげに陽斗は視線を泳がせた。

さすが、この村で忌み嫌われた双子はよく似ているが、愛の力なのかなんなのか、日野鬼には二人がまるで別人に見える。

一瞬、陽斗はお堂の空気に気圧されたように足踏みしたが、観念したように人の輪に入ってくると、大きな手を日野鬼に差し伸べてくれた。

「おい、これで……いい加減懲りただろう。帰るぞ日野鬼」

「おい陽斗、何勝手なことを……」

日野鬼の肩を掴んでいた男が不満げに鼻を鳴らすが、ちらりと陽斗が睨んだだけでもごもごと続く不満を飲み込んでしまった。

「ゆうべも言いましたけど、つまらないことで騒がせた俺が悪かったです。叔父さんたち、ここは俺の顔に免じて許してもらえませんか」

「陽斗が謝ることないだろ。日野鬼さんが、どうしても月斗の嫁になりたいって言うから、こっちは受け入れてやろうとしてるだけで、なあ」

頭上でそんな声があがり、同意を求める言葉に何人かがうなずくのが見えた。

それでも、日野鬼の目の前に差し出された陽斗の手は微動だにしない。

その手を眺めるにつれ、日野鬼の頭の芯は冷えてきた。いや、まだ膝は震え、薬のせいで体の中に淫らな熱がこもっているが、それでも理性を必死でかきあつめる。

そして、深く息を吸いこむと、日野鬼は差し出された陽斗の手を思いきりはたきおとした。

「おい、陽斗、勝手に俺のことで人に頭を下げるなよ。何様のつもりだ」

「何様って……お前が調子に乗るからこんなことになったんだろ。少しは、助かったとか、そういう顔ができないのか」

「ふん、お前が蒔いた種だろうに、何を偉そうに」

光屋家本家長男への暴言に、親族一同がむっと眉を顰めるのをひしひしと感じながらも、日野鬼は必死で虚勢を張ると身じろいだ。

憎たらしい「陽斗効果」のおかげで勢いを失った男たちの手を振り払うのは造作もない。それでも、まだ恐怖にふらつく体を叱咤し立ちあがろうとすると、性懲りもなく陽斗の手が日野鬼を支えた。

それでも、意地でも礼を言わないのは、人目があるからだ。

「おい陽斗、これは、村と日野鬼さんの問題だぞ」

「日野鬼さん、あんたもどうする気だい。陽斗の手をとるってことは儀式をしないってことだ。月斗のこと、捨てる気かい」

今まであれほど恐ろしい真似をしていたくせに、まるで日野鬼が加害者かのような言い様で攻めてくる村人を見回し、日野鬼は唇をゆがめた。

一人だけ、大叔父の新造が黙りこくっているのが引っかかるが、せっかく助かるチャンスをみすみす逃す手はない。

「もういい、俺もお前らなんかにはつきあいきれない。こんな変態村に監禁されるくらいなら、このままこいつと街に帰る」

なんだ、月斗を捨てるのか。月斗が可哀相じゃないか。

そんな親族らの同情の声を切り捨てるように、陽斗が日野鬼の腰を支えたまま、お堂を出ていこうとする。

律儀に、またその手を振り払いながら日野鬼はもう一度だけお堂を振り返った。

懐かしい顔がいくつも、不満の色を浮かべてこちらを見つめていた。

ほんのりと香る雄の臭いと、体の中に残る熱欲だけがさっきまでの恐怖を思い出させてくれる。

「それじゃあ叔父さんたち、俺、帰るから。もうこんな面倒臭いやつに村を紹介したりしないから、安心して」

「おい、待ちな陽斗」

親族らに見送られ、当然のようにお堂を後にしようとしたそのとき、ずっと黙りこくっていた大叔父の新造が口を開いた。

その重たい声に残る、さっきまでと変わらぬ村の闇の気配に、日野鬼は悪寒が走り立ち止まった。同じようにして、陽斗もお堂を振り返っている。

その陽斗に、お堂の真ん中で仁王立ちになったままの大叔父が、いつの間にか日野鬼の髪からはずれて床に落ちていたカイコガの髪飾りを拾いあげると、ぽんと、こちらに向かって投げてきた。

本物そっくりのふわふわとしたカイコガの飾りが、陽斗の肘にあたって足元に落ちる。

「陽斗、お前もあんまりこっちに帰って来ねえからさぞや腑《ふぬ》抜けたんだろうと思ってたが、なかなかしっかりものになったじゃないか」

「忙しくて帰ってこれないだけですよ。別に腑抜けてなんかいません」

むっと、眉を顰めて応じた陽斗を前に、大叔父の表情は冷たいままだった。

嫌な予感がして、日野鬼はそっと陽斗のカーディガンの裾を握りしめる。

「陽斗、怖くないのか?」

「え?」

「お前いっつも怖がってたじゃないか。山生まれとは思えないくらい虫嫌いで、一度蛾と一緒に蔵に閉じ込めたら失神しちまったもんな。これじゃあ養蚕のできねえ男になっちまう、失敗したなあと反省してたんだよ」

「……」

ざわりと、悪寒が首筋まで這いあがる。

一瞬、大叔父の言葉の意味をはかりかねた様子だった親族らの視線が逸らされたその瞬間を逃さず、日野鬼は陽斗の背中を思いきり押して叫んだ。

「ぼやっとするな、行くぞ！」

「わ、わっ」

せっかく、らしくもなくきゅっと引き結んでいた陽斗の唇から、ついに月斗の声が漏れる。

とたんに、祭りは終わったとばかりに惚《ほう》けていた親族らの表情が引き締まり、狭いお堂の中は騒然となった。

「どういうことだ、やっぱりこいつ、月斗なのか！　お前ってやつはバチ当たりなことしやがって！」

「お前のために嫁さんの儀式してやってるのに、邪魔するとはどういうつもりだ！」

怒声を背に、一目散に日野鬼は駆け出した。

陽斗の衣服を身にまとった月斗と共に。

「くっそ、せっかく陽斗を相手するみたいに嫌味とか言ってみたのに、新造のやつあっさり見破りやがって」

走りながらそう叫ぶと、日野鬼の手をとって駆ける月斗が残念そうに呟いた。

「ひ、日野鬼さんも気づいてたのか……俺てっきり、完璧にハルちゃんだと思ってもらえてると思ってたのに」

「ふん、俺がお前のこと、どれだけ好きだと思ってるんだ。見た瞬間から気づいてた！」

堂々と叫ぶ日野鬼の言葉に嘘はない。

外から現れた救世主が「陽斗です」と名乗った瞬間はとても残念だった。

けれども、扉が開いた瞬間、あのシルエットを見ただけで日野鬼は「陽斗」が「月斗」であることに気づいていた。

同じ顔をしていても、ブランド服の着こなしは今一つ。その目元はそっくり同じなのに、目を逸らすタイミングも、緊張した面持ちも、何もかもが彼が月斗であると日野鬼に訴えかけてくれていた。

ましてや、差し出された大きな手を見て、間違えるはずがない。

「待て！　月斗、日野鬼！」

「光屋家の体面、どうしてくれんだ！」

ぞろぞろと追いかけてくる声がすぐ近くで聞こえるが、お堂から山道に向かう狭い路地はせいぜい二人ずつくらいしか通れない。一斉に追いかけようとして手間取る親族を置き去りにして、日野鬼は着物の裾をまくりあげながら月斗と走り続けた。

いつの間にか空は茜《あかね》色に変わり、じきに山に、深く重たい闇が迫ってこようとしている。どこに逃げ場があるだろうか。そんな不安は、しかし月斗と手をつないでさえいればささいなことに思えた。

「日野鬼さん、階段、気をつけろよ！」

「わかって、るっ」

答えたそばから、日野鬼は少しよろめいた。

裸足《はだし》で土の上を歩くだけでも辛いのに、ヒビまみれの古い石段に辿りつくと、まるで地面が凶器のようだ。

そして、山道に出たすぐそこに、場違いなほど呑気《のんき》な顔をした蚕の石杭。

それを見たとたん、月斗もまた足踏みする。

「月斗っ……」

月斗が心配で見上げると、わずかに青ざめた月斗が、緊張に揺れる瞳で日野鬼を見下ろしてきた。

そして、震える唇が開く。

「日野鬼さん、俺、日野鬼さんが好きだ。ずっと一緒にいたい。それだけで、足りるかな？」

「足りるに決まってるだろ。ほかに何がいるって、いう、んだっ、わっ！」

追手さえいなければ、抱きしめてやりたいほどの言葉に即答すると、言い終える前に日野鬼の足が宙に浮いた。

こんなこと、前にもなかったか。

懐かしい記憶が脳裏をかすめる中、日野鬼の体はらくらくと月斗に抱きあげられた。

傍らで、木々をかきわけるようにして誰か近づいてくる。

その音に背中を押されるようにして、日野鬼を横抱きにした格好で月斗は勢いよく階下に足を踏み出した。

「あああああ！」

すぐ背後で、絶叫があがった。

振り返ると、ようやくここまで追いついた数人の親戚が、この世の終わりのような顔をしてこちらを指さしている。

その傍らには蚕の石杭。

だが、飛ぶように石段を駆け下りる月斗の背後から、因縁の石杭はすさまじいスピードで遠ざかっていく。

「日野鬼さん、しっかり摑まってろよ！」

その言葉に、胸が詰まった。

もう、月斗の進む先にあの石杭は一本たりとも見当たらない。

我に返ったように親戚らがまた追いかけてくるが、当然、石杭が追いかけてくることはなかった。

「月斗ぉ！　お前、なんてことしてくれるんだ！」

「駄目だあ、おきぬさんがお怒りになる。どうしてくれるんだ！」

怒りよりも焦燥感の強くなった声が近づく。

月斗の足も速いが、日野鬼を抱いたままのせいか、ぐんぐんと追手との距離は縮まった。

目の前には残る階段と広場があり、その外はまた山が続くばかりだ。

広場には、傷だらけの愛車を放ったらかしにしたままだが、鍵は光屋家。どこかへ姿を隠すなら、徒歩しかない。

「止まれ月斗！　忌み月がとんでもないことしやがって！」

月斗の肩越しに背後を見ると、親戚の手が近づいてきた。

伸ばした指先が一瞬月斗の肩に触れかかる。

咄嗟《とっさ》にその手を日野鬼がはたくが、追手の勢いを止められるわけでもない。

もはや日野鬼の存在などどうでもいいほどに、月斗の脱走に青ざめた親戚らが次から次へと降りてくる様を見て、日野鬼の背筋にも震えが走る。と、その瞬間、階段の下で低いエンジン音が響く。

まさか、下からも追手が来たのか、と振り返ったときだった。

月斗の足が最後の石段を踏みしめ、そのまま広場に駆け出す。そんな二人を撥ね飛ばすような勢いで、日野鬼の愛車が眼前に滑り込んできたのだ。

「えっ！　なんで……！」

「乗って、日野鬼さん！　……っていうかどうやって開けるんだこれ！」

「馬鹿、取っ手引くだけだ、早く！」

わけがわからぬままに、日野鬼はとにかく懐かしい愛車の扉を開くと、後部座席に月斗と二人なだれこんだ。

その扉を、追いついてきた親戚ががっと摑む。

「月斗ぉ！　お前こそ、監禁しとくべきだったんだ、こんな大それた真似しやがって！」

そんな恐ろしいことを叫びながら親戚が車に身を乗り出そうとするのと、車が急発進するのは同時だった。

開いたままの扉が揺れながら、日野鬼の車は走りだす。

その勢いに、一瞬男は引きずられ、そしてすぐに姿を消した。

慌てて後部窓にしがみつくと、地べたに転がった男は、なおもこちらに向かってすさまじい形相で何ごとか叫んでいる。そして、ぞろぞろと追いついてきた親戚たちも……。

ただただ遠ざかるばかりの親戚らの、凍りついた怒りの面貌は、一瞬にして近づいてきそうなほどに恐ろしい。

だがそれも、奥深い山道のカーブを曲がる頃には、幻だったかのように見えなくなっていくのだった。

月斗が、後部座席に正座したまま、いつまでも背後の窓を見つめている。

村が見えなくなってもう十五分も経つのにそのままだ。

暮れなずむ景色の中、どこまでも続く山道は日野鬼にしてみれば村から見た景色と変わらないのだが、きっと月斗にとってはまるで違う世界なのだろう。

後ろ髪を引かれるように、ずっと村の方向を見続ける横顔は、深い寂寥感に満ちていた。

「月斗、ごめんな。俺が馬鹿だったせいでこんな村の出かたさせてしまって……」

「うーん……」

はっきりしない返事をしてから、ようやく月斗がこちらを向いた。

走ったせいか、もう前髪は額に垂れていたし、相変わらず着慣れないシャツ姿は似合っていない。

「いい、機会だったと思うよ。みんなの理解を得て村を出ようなんて、本気でやったらなん十年先になってたか」

「なん十年先でもどうせ無理だ」

月斗と日野鬼の、村への淡い期待を叩きのめすように、運転席から冷たい声がかかった。

一人でにやってきて、日野鬼と月斗を助けてくれたように見えた愛車には先客がいた。帰ったとばかり思っていた陽斗が、不満げな顔をしてハンドルを握っていたのだ。

「ハルちゃんにも悪かったと思ってる。お前の忠告をちゃんと聞いておけばよかったよ」

「お前なんかの詫びはいらない。まさかお前があんなに村に馴染むと思わなかったんだ。それだけ閉鎖空間は怖いってことだな」

「その閉鎖空間に俺を追い込んだわけか……」

痛いところをつかれたと言わんばかりに、陽斗は黙り込んだ。

「それにしても、月斗がハルちゃんの格好で来るなんて、さすが双子だな。いったいどっちが思いついたんだ？」

「俺が帰ろうとしたらツキちゃんが泣きついてきてな。なんとかならないかっていろいろ案を出しあったんだ」

「な、泣いてはないだろ！」

ようやく表情に生気を取り戻した月斗が、座りなおして抗議する。

しかし、あらためて聞けば月斗の話はぞっとするものがあった。

月斗は今日、繭の出荷を頼みにいった大叔父の嫁から祝福されたのだ。ついに日野鬼さんが成婚の儀式してくれるって、よかったわね、と。もしその話を聞いていなければ、月斗は宣言どおり、日野鬼が村を出ていったと確認するまで離れに閉じこもっている気だったらしい。

もしそうなっていれば、今頃自分は……日野鬼はまだ体の芯に残る無力感と恐怖を思い出し、ぞくりと震えた。

「ハルちゃんだったら、儀式の中にも普通に入っていけるのに、って言ったらハルちゃんが服貸してくれたんだ。そのまま飛び込むわけにもいかないから、ハルちゃんっぽい台詞《せりふ》の練習もしたんだぞ」

「けっこう、ハルちゃんっぽくて、偉そうでむかついたぞ」

「ほんとか？　やったね」

「お前ら、山に捨てるぞ、このバカップル」

いらっとした運転手の言葉を無視して日野鬼は続けた。

「それにしても、よくばあさんが車の鍵を返してくれたもんだな。さすが若当主は発言力が違う」

「何言ってるんだ。車の鍵ならツキちゃんが持ってたぞ」

意外な陽斗の返事に、日野鬼は目を瞠って月斗を見やった。

すると、月斗が小ぶりな巾着袋を取り出して苦笑いを浮かべる。

「月斗？」

「日野鬼さん、俺、とんでもない村の出かたしちゃったけど、これで良かったんだと思うよ。ゆうべ、ばあ様が俺にこの巾着袋《きんちゃくぶくろ》くれたんだ。大事に使えって」

巾着の中にはいくばくかの現金、それに月斗名義の銀行の通帳……それから、見知らぬ鍵が一本。

「ばあ様もひどいよな。必要になったら中を見ろとか言ってたけど、もし後生大事に開けずにいたら気づかなかったとこだ」

「なんだなんだ、だったら俺たち、ばばあの手のひらの上だったたんじゃないか」

「かもしれない。ばあ様だって結局は、昔は外から来たお嫁さんだったわけだし。この村が危ない村だなんて、よくわかってたんだろうな」

しみじみとした言葉に、日野鬼はちらりと運転席を見た。

陽斗もきっと苦労したのだろう。だが、月斗にとっても陽斗にとっても、あの村は間違いなく思い出のつまった故郷でもあるのだ。

月斗の心が、まだ遠ざかる村の気配に引っ張られているように思えて、日野鬼は、巾着を持つ月斗の手を握った。

大きくて温かくて、何度も日野鬼を守ってくれた手だ。

村から出てきた以上、今度は自分が守ってやらねばならない。いや、守ってやりたい。

「月斗、大事なものを捨ててまで、俺を助けてくれてありがとうな」

「……馬鹿だなあ日野鬼さん。俺は今、日野鬼さんより大事なものはないよ」

ふっと笑った月斗の笑顔は久しぶりに無邪気で、その笑顔を見ていると日野鬼は、石杭の外へ出ようとした月斗の言葉に、あらためて答えてやりたくなった。

儀式なんかよりも、素直な言葉だけで十分だと今さら気づいたのだ。

「月斗、俺はお前のことが好きだ。特別素晴らしいことなんてしてくれなくてもいい、俺をお前の人生の一部にしてもらえたら、それ以上の幸せはない」

「っ……」

「今度は、俺がお前を守ってやる。傷つくときは一緒に傷つくし、夢のためなら目いっぱい手助けしてやる。だから、俺と一緒に思い切り羽ばたいてくれないか」

握った手に、もう片方の月斗の手が重ねあわされた。

この手のためなら、日野鬼自身、また大きく羽ばたくことができる気がする。

月斗の瞳が震え、そしてその顔が近づいてきた。

車に揺られながら顎をかたむけると、そっと二人の唇は触れ合う。

運転席から、あからさまな舌打ちの音が聞こえたが、そのくせ運転は穏やかで、山道を曲がりくねりながらも、車内が揺れることはなかった。

唇を何度も押しつけあうその合間に、月斗がささやいた。

「俺も好きだ。日野鬼さんとずっと一緒にいたい。……俺は、日野鬼さんと巡り合えた奇跡を、絶対無駄にしないから」

決意の漲《みなぎ》るささやきが頬を撫でる。

「だから日野鬼さん、見ていてくれ。俺、そのうちきっと空も飛べるから」

「ああ、ずっと見てるよ。お前の一番すぐそばで」

車窓の向こうで山がざわめき、夜空には欠けた月が輝いていた。

その下にどこまでも広がる大地のどこにでも行くことができるのだ。お面もつけずに。

不安の大きさこそが幸せの大きさなのだと思うといてもたってもいられず、日野鬼と月斗のキスは深まっていくのだった。


「ハルちゃ……」

「月斗、こういう部屋にいるときあいつの名前呼んだら、俺は拗ねるぞ」

「うっ……」

日野鬼は今、ホテルのベッドの上でかしこまって正座していた。

うまく帯をなおせず、着崩れたままだが相変わらずの打掛け姿。

一方の月斗は、ホテル備えつけのバスローブ姿で居心地悪そうにベッドのふちに腰掛けたままだ。

「この着物もいずれ返しにいかなきゃならないんだろうが、せっかくの花嫁衣裳だしな。どうだ、似合ってるか？」

「ひ、日野鬼さん、やっぱりそれ脱がないか？　その……着乱れてる格好って、なんかいやらしいからさ」

「馬鹿、せっかくの初ラブホテルで、いやらしくなくてどうするんだ」

呆れたフリをしながら、日野鬼はそんな月斗の様子を眺めてたっぷり楽しんでいた。

いい加減にしろ、唇を車の窓で挟むぞ。という陽斗のありがたい嫉妬のお言葉をいただくほど、車内でキスをしていた日野鬼と月斗だったが、それから一時間後、運悪く通行止めにあい、少し迂回《うかい》しなければならなくなってしまった。

知らない道を、このまま夜通し走るか、それとも……山間にちらちら見えているラブホテルに向かうか。

最後までラブホテルという選択を嫌がった陽斗は、しかし道路にいた作業員による「この変は性質の悪い暴走族出るから、気をつけてね」という忠告に、ついに抵抗を断念したようだ。

今頃、日野鬼らから一番遠い部屋で一人ラブホテル時間を満喫していることだろう。

古そうなラブホテルはバブル時代に建てられたのか派手な作りで、部屋は掃除が行き届いている。小じゃれた部屋の雰囲気に、離れの質素な部屋で暮らしていた月斗はしきりに「目がちかちかする」といっては瞬《まばた》きを繰り返していた。

部屋の隅のテレビでは、入室当初からアダルトビデオが流れていたが、日野鬼がなんとか着崩れを直している間に月斗が電源を切ってしまった。

そんな、羞恥と緊張に心乱れている様子の月斗に近寄り、日野鬼はゆっくりとその体をベッドに押し倒す。

「わ、わっ」

「いいじゃないか月斗。最初に越えるハードルが高いと、ほかのこともなんでもできそうな気になれるぞ」

「高いっていうか……最初のハードルがラブホテルとか……、ん、むぅっ」

日野鬼はそっと月斗に口づけをした。

緊張にがちがちに固まった体をやんわりと撫でながら、唇を舐《な》め、震える舌を吸いあげてやる。ゆっくりと日野鬼自身も舌を伸ばすと、快感に煽られたのか、月斗の唇もまた、日野鬼を貪るように蠢きはじめた。

「は、ふっ」

吸いあううちに、日野鬼の胸にじわじわと幸せが広がる。

月斗だ。ほんの数時間前、月斗以外嫌だと言って何度も月斗の名を呼んだ。

今度こそ本当に月斗なのだと思うと嬉しくてたまらない。

「月斗っ」

たまらず甘えた声でささやくと、それがスイッチになったように、月斗の腕が日野鬼を抱きしめてきた。

広いベッドの上を転がり、あっと言う間に日野鬼のほうが組み敷かれてしまう。

「日野鬼さん、なんか、急にすごい実感する。無事なんだよな、日野鬼さん。大丈夫……なんだよな?」

「ああ大丈夫だ。月斗が助けてくれたんだから、大丈夫じゃないはずがないだろ」

余裕ぶって笑ったはずが、日野鬼の声は震えてしまった。

きっと、あの恐怖は一生忘れないだろう。だが同じように、月斗が助けてくれたことも忘れない。

たくさんのことを乗り越えて今二人で抱き合っているのだと思うと、次第に日野鬼は、月斗を初めてラブホテルに連れ込んでやった、なんていう悪戯心《いたずらごころ》も忘れてお互いの熱に溺《おぼ》れはじめた。

「月斗、もっとぎゅってしてくれ。お前の体温でいっぱいになりたいんだ……」

「ぎゅっ、だけでいいのか？」

「っ……」

月斗の声が、耳朶をくすぐる。

どこで覚えたのか、月斗の手指は器用に日野鬼の体を這った。

はだけられた着物の中から、白い肌が露わになるにつれ月斗の瞳の欲望の色が深まる。その視線に肌をなぞられたとたん、日野鬼の中から忘れかけていたはずの欲望が顔を出した。

「月斗……お前が相手だと思うとそれだけで気持ちいいかもしれない。なあ、お前も、俺にしたいこと、全部してくれないか？」

月斗にのしかかられながら、日野鬼はその頭を優しく撫でながら口走る。

村人は誰もかれも好き放題してくれたが、月斗だけはいつも日野鬼に優しかった。あの、唯一繋がった夜さえも……。

こんなに好きなのだから、月斗の欲望のすべてをぶつけて欲しくて日野鬼の声は上ずった。

「月斗、俺のこと……どうしたい？」

「……」

いつものように、月斗は遠慮しかけた。そんなことできない。ぱくぱくと、蠢いた口がそう言いかけたことに日野鬼は気づいている。

けれども月斗は、ふいにその唇を閉ざし、黒い瞳に貪欲《どんよく》そうな輝きを灯らせた。

「俺、日野鬼さんの中から、村の記憶消し去りたい」

「えっ？」

「村の、みんなの手が触った記憶。体中から全部……」

言うなり、月斗はわずかに上体を起こすと、日野鬼の帯を乱暴にひも解いた。

いっそう着物がはだけて、日野鬼の肌がざわりと震える。

つんと尖った胸の突起も、柔らかな下肢の茂みもさらされて、白い肌にほどけた帯揚げだけが甘い彩りとなって引っかかっていた。

じっと、月斗の黒い瞳に見下ろされていると言い様のない羞恥が襲ってきた。

「つ、月斗……見てる、だけなのか？」

「……こんなふうに日野鬼さんを見るのは初めてだな。綺麗な肌だ……俺の出荷した繭も、こんな綺麗な絹織物になるんだろうか……」

「それは、言い過ぎだろ……」

「同じ男の体なのに、日野鬼さんは綺麗だ」

「っ……」

「鎖骨も乳首もへそも、全部すごく可愛い」

日野鬼は悪態ばかりついてしまいそうな唇を噛んだ。

月斗の瞳が輝いている。日野鬼を見て、うっとりと口元を緩ませている。

それが嬉しくて、同時にこんなにも恥ずかしい。

「あっ……日野鬼さんすごい、何もしてないのに……」

「い、言うな。お、お前に見られたら、少しくらい勃ったって仕方ないだろっ」

下腹で、自分のものが頭をもたげたのは自覚していた。

だが、改めて口にされるとどうしようもない羞恥が頭の中をかけまわり、たまらず日野鬼は懇願する。けれども、何もかも失い、そして大切なものを手にいれた男は、箍《たが》が外れたように残酷だった。

「日野鬼さん、今日も勃ってた？」

「何、が？」

「大叔父さんたちに儀式されて……お尻、とろとろに濡れてたな」

「っ……」

「おきぬさんに、村の人だと認めてもらうために……そんなことのために、あのまま無茶苦茶にされるところだったのか」

思い出したくないはずなのに、なぜか日野鬼の体は震えた。そして、自分自身の振動に感じたかのように、陰茎はいっそう熱を帯びる。

まるで、あの張り形の感触を思い出したように腹の奥がうずき、淫辱を欲しているような自分の浅ましさに眩暈がする。

「あんなこと、日野鬼さん、俺の嫁になるためだけに受け入れようとしてたんだ」

「そ、そうだ。月斗と繋がりが欲しかっただけで……感じてなんか、ない」

「……」

「やめ、ろ。見るな。なんか……その目、いやらしい……」

「うん、俺、今すごくやらしい。それに、腹も立ってる……」

月斗の言葉に、また日野鬼の体は震えた。

陰茎が硬さを増し、月斗の赤裸々な感情に愛撫でもされているような心地だ。

「なあ、日野鬼さん。儀式、どこまでされたんだ。本当に、大丈夫だったのか？」

いつもの、ただの優しさではない、苛立ちをはらむめずらしい声音に、日野鬼は気圧されるようにして膝を立てた。

自ら秘部をさらけ出し、ゆっくりと窄まりに指を押し当てると告白する。

「ほ、本当に大丈夫だったんだ。まだ、あの、木の張り形しか相手してない。ほ、ほかのやつらからは一度だって……」

ふしだらな姿勢で訴える日野鬼を、しばらくのあいだ月斗はじっと見つめていた。

そして、ベッドサイドに置いてあった籠《かご》を引き寄せ、少し困ったような顔をして袋を一つつまみあげた。

「日野鬼さん、これってその、使ってもいいんだよな?」

ローションの包みだ。

ホテルに来てから、落ち着かない様子で部屋をうろついていたが、どうやらしっかり探索はしていたらしい。

潤滑油、とカッコ書きされたそのローションの袋を破ると、月斗は中身をすべて日野鬼の体に降らせてきた。

そして、悔しげにつぶやく。

「大叔父さんたち、油でもっと日野鬼さんのこととろとろにしてた……これじゃ足りないや」

「あ、んぅっ」

不満の籠った指先が、日野鬼の肌を撫で、見られただけでツンと尖っていた乳首に辿りつく。

敏感な場所へのささやかな刺激。

そういえば、今日すでにそこはたっぷりつねられたあとだったと思い出し、日野鬼はたまらず喘いだ。

「日野鬼さんのここ、赤いな」

「あ、やめっ……」

「誰かに、つねられた？」

「ぁっ。ち、ちょっと、だけ……」

正直に答えると、ぎゅっと、月斗の指に力が入る。

「ひぁ、ぁっ。月斗、だ……」

駄目、と言いかけて、日野鬼は唇を噛んだ。

月斗のしたいようにしてほしい。自らそう願ったばかりじゃないか。

だが、その遠慮にすぐ気づいたのだろう、月斗の指の力はすぐに緩み、手の平がなだめるように日野鬼の胸を優しく撫でた。

「ごめん、日野鬼さん……」

「い、いい。謝るな……俺だって、あんなやつらより、お前の指のほうがいい。も、もっとつねって、いいんだぞ?」

必死で訴えると、月斗は苦笑を浮かべ、こめかみに唇を押し当ててきた。

その甘い感触が心地よくて、日野鬼はそっと目を瞑《つむ》る。

それからの愛撫はもどかしいほどに優しいものだった。

尖った乳首に指先が触れ、へそにかけてローションのぬめりを使ってなぞられる。たどり着いた先で陰毛をくすぐられたかと思うと、触れるか触れないかの感触で陰茎がなぞられた。

そして、日野鬼がのけぞるたびに月斗が耳元でささやく。

「俺の日野鬼さんだ……」

その言葉は、体の中まで愛撫するようだった。

「ん、んぅ……ぁあっ、は、ぅ」

優しいばかりの愛撫に、後孔への刺激が加わると、それこそ日野鬼の性感帯はどこもかしこも繋がってしまったかのように感じていた。

数時間前たっぷり嬲られた後孔は、本当に欲しかった男の刺激に震え、ローションのぬめりも手伝って貪欲に蠢いている。

「あ、そこっ」

「ここ？　日野鬼さん、ここが何？」

押し込んだ月斗の指先が、日野鬼の一番感じる場所に触れ、日野鬼の内壁はひくひくと戦慄《わなな》いた。

しかし、無邪気なくらい真面目に問い返され、日野鬼の体はなおのこと震える。

「なあ、日野鬼さん。ここ？　そういえば、一度したときも、なんかすごく気持ちよさそうだったけど……ここ、好きなのか？」

「あ、待って、くれ……ふぁっ、あっ」

優しい男は、こんなときまで優しい。

そこが気持ちいいのだとわかったとたん、執拗《しつよう》に指先はそこばかりなぞるのだ。

テクニックも何もない指先は、ただただ日野鬼の快感ばかり追う。こちらが、その快感に追いつけているかどうかもおかまいなしに。

「ひ、ぁっ、あっ……待て、それ、つらっ、ぁっ」

ローションが粘着質な音を立て、日野鬼の耳朶まで犯すようだ。

感じるポイントをしつこくこねられ、よがり狂う体を月斗がじっと見下ろしている。

それなのに、何も取り繕えず快感に負ける日野鬼の頬は上気し、目尻から涙が浮いてこめかみを流れていった。

その様に、月斗の喉《のど》が上下したことさえ気づく余裕はない。

「ぁんっ、出る、待って……ああ、もうっ、馬鹿やろっ」

じんと痺《しび》れるような快感がすべてを支配し、日野鬼の体は達していた。

戦慄く体から、じわじわと精が押し出され、自分の腹を汚していく。こってりとしたたる体液を拭《ぬぐ》うため、月斗の指が自分の中から抜けていった。

そして、雫をたらす性器の先端を指でなぞられる。

「はぅっ……」

「すごいな。俺の日野鬼さん……こんなに可愛い」

「ば、か……っ」

たまらず悪態をつくと、月斗は火照った頬に笑みを浮かべた。

もっとその笑顔が見たくなって、日野鬼は自ら膝を持ちあげる。太ももに指先をくいこませながら、たっぷりいたぶられ、ほぐれて戦慄く自分の恥ずかしい場所をさらけだす。

「月斗、お前だって、俺のなんだからな……」

声は、次第に恥ずかしさに負けて小さくなっていった。

だが、月斗の耳には十分聞こえたのだろう。ふいに、自分の足の間から見え隠れしていた赤黒い影が、ぐっとそそり勃ってその姿を露わにした。

「そうだな。俺も、日野鬼さんのもんだな」

声は欲望にかすれ、のしかかってきた月斗の瞳はいやらしく濡れていた。

震える尻肌に月斗のものがあたり、その先端がずるずると線を描きながら日野鬼の窄まりにたどりつくと、それだけで達してしまう気がする。

「月っ、あ、あぅ、ぅっ」

「う、ぁっ……日野鬼さん、熱いっ」

たっぷりほぐしても、月斗のものは大きく、やはり苦しかった。

それなのに、一気に奥まで入ってくる。月斗の腹と、自分の尻が合わさったとたん部屋に響いた乾いた音に、耳まで犯されたような気分になった。

たまらず、着物の袖を握り締める。

「深い、ぃ……ふ、あっ」

ベッドに手をつき、腰を打ちつけたまま月斗はしばらく何か耐えるように押し黙っていたが、しばらくすると、ゆっくりと腰を引きはじめた。

内臓も一緒に引きずられていくような違和感。と、同時に日野鬼の内壁が蠢動《しゅんどう》する。いかないで、とそこが言っているようだ。

「ふぁ、ん……ぅ、ふぁっ」

ただ、快感だけを追い、圧迫感や苦しさから目を逸らし日野鬼は腰を揺すった。

「あぅっ」

「あぁっ、すごい……日野鬼さん、初めてしたときより、中が、ぐちゃぐちゃだ」

「変なこと言うなっ、あ、ぅっ」

欲しがってやまない貪欲な心がばれてしまったようで恥ずかしい。

しだいに、部屋に響くベッドの音が忙《せわ》しなくなる。

振動にあわせて腰を揺するたびに、月斗の中から理性が削げ落ちていっているようだ。その証拠に、深く深く打ちつけられる月斗の欲望は激しさを増し、もどかしげに、まだ深く押

し入ろうと膝がしらを押さえてくるのだから。

「ん、ぁっ、月斗、つき、とっ、あっ、すごい……中、全部、月斗だっ」

「日野鬼さんっ、もっと俺の名前呼んで。もっといっぱい、俺にしがみついてっ」

「ふぁ、ぁっ、ぁっ、月斗っ」

繋がる場所からとろけていく。

一つになって、ぐちゃぐちゃに溶けあって、また生まれ変わるのだ。

体の芯まで支配する快感と、月斗の体温に、日野鬼は溺れるように喘いであっと言う間に二度目の絶頂に追い立てられてしまう。

だが、本当に欲しい男のくれる絶頂は、甘いばかりで、幸せだ。

「ふぁ、ぁうっ、月斗ぉ、月斗っ」

たまらなくなって月斗の背にすがりつくと、月斗がぐっと腰を押しつけてきた。

形がわかるような気がするほど、奥へ、奥へ。すべて収まった月斗のものを、日野鬼の内壁がしゃぶりつくように絡みついた。

欲しくてたまらない。そんな本音を代弁するように。

「うぁ、日野鬼さん、それ、駄目っ……ぁっ」

耳朶を嬲る声が鼓膜を震わせたかと思うと、日野鬼の腹の奥に、月斗の欲液が叩きつけられた。

蠕動する腸壁が、絶頂を迎えた月斗のものを包み込んでいる。

その月斗の雄の脈動に、日野鬼もたまらず達していた。

「ぁ、……っ」

自分の体の上で、月斗の体が絶頂の余韻に震えている。

そのことを実感し、日野鬼はふいに泣きたくなってきた。

「ああ、すごい……月斗がしたくてしたんだよな。嫁だからとかじゃなくて、外で、こうして、恋人みたいに……」

「ふ、ぅっ……日野鬼、さん？」

「俺が、月斗を好きで、お前も俺を好きで、こんな馬鹿なところで、したいからしてるんだよな……」

「……」

うっとりと、吐精の感覚にとろけていた月斗の瞳が、日野鬼の言葉にゆっくりと揺れはじめる。

「ああ、そうだな。本当だ。俺、日野鬼さんが好きで好きで好きで、今、もうそれしかなかったな」

ふっと笑みに頬をゆがめると、月斗がキスをしてきた。

幾筋も涙のこぼれたこめかみに、そして、目じりに浮かぶ涙を舐めとられる。

けれども日野鬼の涙は止まらなくて、月斗は小犬のように何度も涙の粒を舐めとってくれた。

月斗、と呼べば、日野鬼さん、と返ってくる。

そんな甘く優しい時間が幸せで、二人の体は再びお互いを欲して熱を帯びていくのだった。


「あのさあ、俺思うんだけど、月斗がセルフサービスの店で何も困ってない姿って、可愛くないよな」

「日野鬼さんは、最近一日に三回は俺のことを『可愛くない』って言うな」

むっと眉をひそめた月斗はこの日、買ったばかりのセーターにジーンズという格好で、街中の喫茶店でくつろぐ姿は様になっている。

テレビであれも見た、これも見た。ハルちゃんの夢でこんなことも経験した。

とかなんとか言っていたくせに、半年前は浦島太郎状態で都会の中を右往左往していた月斗は、冬の寒さが厳しくなった今、すっかり昔からの住人のように街に溶け込んでいる。

日野鬼さん、これ何、どうすんだ？

と、泣きそうな顔をして聞く回数が減ってきたことが、最近ちょっとばかり寂しい。

今日のメニューは、先払いのカウンターでコーヒーとドーナツを注文。トッピングの指定まで完璧で、にこりと微笑んだ店員に、同じように微笑み返すおまけつきだ。

「月斗、お前はなんだか、バイト先でも可愛がられてるみたいだし、物覚えもいいから何やらしてもすぐ順応するし、俺は寂しいぞ」

「俺は日野鬼さんに迷惑かけないよう、一生懸命だっていうのに……」

ぼやくと、月斗はドーナツを皿に置いてごそごそと鞄《かばん》の中をあさりだした。

街に出てきた月斗が真っ先にしたことは仕事探しだった。それは当然として、驚いたのは月斗には最初からやりたいことがあったということだ。

蚕たちが、自分の手を離れたあとどうなっているのか知りたい。

そんな思いから、月斗はひたすら織布工場から研究施設まで、絹糸を使用する機会のある職場に総当たり状態で、大小さまざまな求人を探していた。

このご時勢、月斗の履歴書の内容では前途多難だろうと思っていたが、今は情熱が実ったのかなんなのか、待遇面はさておき、糸の卸売店にまずはアルバイトとして採用されている。

今日は、その試用期間が終了する日で、晴れて本採用が決まったお祝いがてら夕食会なのだ。……陽斗も一緒に。

「その上、何かっていうとハルちゃんが首をつっこんでくる。なんだ、あいつはブラコンか。いや。顔が一緒なんだからナルシストか。そうなのか」

「日野鬼さんは都合が悪いときは俺たちの顔が似てるって言って、都合のいいときは顔が似てないって言うな」

「ほら、そういう可愛げのない言い返しまでするようになってきたし」

ぷりぷり拗ねながら日野鬼はコーヒーをすする。

あれから半年。今となっては夢か幻だったのでは、と思えるような村での経験は、思い返せば意地を張っては月斗に助けられるばかりだった。

しかし、都会に出てきたら自分がいっぱい助けてやろうと思っていたのに、月斗の逞しさは東京のど真ん中でも健在だ。

このままでは置いてけぼりにされてしまう。

ちらりと、日野鬼は月斗の手元を見た。

半分まで齧《かじ》ったドーナツと、大きな手。

今でもときおり、月斗は夜になると一人で考えこんでいることがある。水ごりをしない夜に、いつまで経っても慣れないらしい。それに、たった二人きりの食事も。

誰も月斗を「忌み月だから」といって軽んじない世界に連れ出してやりたかった日野鬼だが、皮肉なことに月斗の不安には共感できた。

夜道をひた走り、無意味な水ごりをしていた月斗の姿がむしょうに懐かしくなるし、大勢で食べた食事の味も恋しい。

「なあ月斗、今夜ばあさんに電話しようか」

ようやく鞄から目当てのものを見つけ出したらしい月斗が、顔をあげるときょとんとしてこちらを見つめてきた。

「最近しょっちゅう村に電話したがるな。もしかしてホームシックか？」

「な、なんで俺がホームシックにならなきゃならないんだ！　なるならお前だろ」

「ははは、ごめんごめん。俺はまだ、村に戻るのは怖いや。きっとまだ怒ってる人がいっぱいいるだろうし。でも、村のほうから俺たちに会いにきてくれるやつもいるんだぞ、日野鬼さん」

「はあ？」

そんな奇特なやつ、いるわけないだろう。

とばかりに日野鬼はコーヒーを傾ける手を止めて月斗を見上げた。

悪戯っぽい笑顔を浮かべた月斗は、早く見せたくてたまらない、といった様子で日野鬼に小さな袋を押しつけてきた。

紙袋の隅に、月斗の勤務先のスタンプが押されている。

「なんだ、これ？」

「ずっと探してたものがついに見つかったんだ。会社の伝手《つて》を頼ってようやく手に入れてさ。開けてみなよ」

もはや、食べかけのドーナツさえどうでもよくなった様子で急《せ》き立てられながら、日野鬼は紙袋の中身を取り出した。

指に触れたのは、うっとりするほど柔らかな感触。現れた布の正体は、シルクスカーフだった。

「月斗、これは……？」

「すごいだろ、日野鬼さん。これ、うちの村の蚕からとれた絹でできてるんだ」

思いがけない言葉に目を瞠り、日野鬼はスカーフを広げた。

透かし織りの生地は上品で、鮮やかな緑色に染め抜かれている。昼の陽射しに揺れる、あの村の山の色を思い出し、胸を揺さぶられた。

耳朶に、蚕が桑の葉を食べていた、独特の音が蘇《よみがえ》る。

「よく、見つけてこれたな月斗……」

「村を出る前から、ずっとうちの繭を卸してる先とか調べてたから。それでも半年もかかっちまった。今の会社に勤めてなかったら、もっとかかってたかも」

「……月斗、このスカーフ、どうするんだ？」

尋ねると、月斗は困ったように首をかしげた。

自分の育てた蚕の行方を追うことには成功したが、そこから先は考えていなかったらしい。

「どうしようかな。記念に飾っとくのもいいけど、村のみんなにも見せてあげたいし……」

みんなにも見せてあげたい。その言葉にひらめくものがあって、日野鬼は声をあげた。

「じゃあ贈ろう！」

「日野鬼さん？」

「ばあさんにでもプレゼントしてやろう。手紙書いてさ。お前からの、初めてのプレゼントになるんじゃないか？」

一瞬惚けたような顔をした月斗の頬が、じわじわと笑みに緩みはじめる。

村にまだ帰る勇気はない。けれども、わずか半年で月斗が街に馴染んだように、村もまた日野鬼たちがいない生活に馴染み、月斗や日野鬼の存在を忘れてしまわないか不安だったのだ。

因縁はあるものの、確かに温《ぬく》もりも感じる遠い故郷。

その村の象徴でもある蚕が、巡り巡って今日野鬼らの手元にある。

それを探し当てた月斗の想いを、今度は村に送ってやりたい。

「いいな、それ。ばあ様喜んでくれるかわからないけど、蚕が空を飛んでくみたいですごくいい」

「だろう。あ、ばあさんには内緒だぞ。いきなり届けて、びっくりさせてやろう。見てみたいな、ばあさんのびっくり顔」

「ははは、本当に。……そのうち、このスカーフして、街まで遊びに来てくれたらいいんだけど」

久しぶりの悪巧みににやけながら、広げたばかりのスカーフを丁寧にたたみなおす。

その手を、ふいに月斗の手がそっと握り締めてきた。

相変わらず大きな手が、愛おしげに日野鬼の指先をなぞる。

「日野鬼さん、贈るときは連名だぞ。荷物の送り主のところに、俺の名前と、日野鬼さんの名前、二人並べて書こう」

その、何気ない提案に日野鬼の胸が震えた。

「このスカーフに辿りつけたのは全部、日野鬼さんが俺を連れ出してくれたからなんだから、日野鬼さんの名前がないと意味ないもんな」

「月斗……」

まるでキスするように前のめりになったかと思うと、慌てたようにすぐに身を起こした月斗を見て、日野鬼は目を細めた。

「月斗、何をしても忌み月だからって放っておかれる田舎も悪くないな。あそこなら、外でキスしたって誰も文句言わなかっただろうに」

「……っははは、本当だ。ここじゃ、それだけはできないな」

不便だなあ、と言って笑うと、月斗はキスするかわりにぎゅっと手を握る力を強めてくれた。

その、二人の手の中で、絹のスカーフがくしゃりと丸くなる。

窓の外では、ビルとビルの隙間から、村で見たものと変わらぬ美しい満月が顔をのぞかせていた。

秘密の夢にほだされてみました。

光屋《みつや》家の裏にある桑畑は、今年も葉が生い茂り、視界を淡い緑に染めていた。

しかし、和《なご》やかなその光景は、蚕様《かいこ》の石杭が地面に倒れ伏している、という要素が加わるだけで一転して、嵐の前の静けさのように思えてくる。

村を守る蚕様「おきぬさん」の石杭を蹴倒すなんてあってはならないことで、うろたえた月斗《つきと》の胸中には恐怖さえ湧きはじめていた。それなのに……。

「俺は石杭なんかよりお前のほうが大事だからな」

石杭を蹴倒した張本人、日野鬼《ひのき》のその一言は、驚くほど優しく月斗の心を撫でた。

石杭なんかより大事？　忌み月の俺が？

頭の中で日野鬼の言葉を反芻《はんすう》すればするほど、たとえようのない熱いものが胸にこみ上げる。もう一度日野鬼の口から、今の言葉を聞かせてほしい。

そう願いながらも、同時に石杭を倒してしまったことへの恐怖はまだ少し月斗の心を縛りつけ、何も言えないまま月斗は石杭を立てなおそうとする日野鬼を見つめた。

屈んだ日野鬼の白いうなじが露《あら》わになる。さらさらの髪と、小さな丸い耳。

石杭を持ち上げようとする指は、自分と違って繊細で、まるで絹糸を束ねたようだ。

日野鬼は綺麗だ。綺麗な男は、吐き出す言葉さえ美しい。

蚕様の石杭よりもお前が大事だと言ってくれるその言葉の美しさに月斗の胸は次第に高鳴っていく。

やっぱり好きだ。と、月斗は想いを噛みしめる。

ずっと夢に見ていたただの憧れではない、自分は日野鬼のことが好……。

「うわぁあああ！」

叫んだ途端、緑豊かな田園風景は一瞬にして消え去り、光屋陽斗《はると》は夢の世界から飛び起きた。

汗ばむ体と、見慣れた布団。恐る恐る顔をあげると、視界には賃貸とはいえ愛する自宅の景色が広がっている。カーテンの隙間からは、故郷とは違うくすんだ日差しが差し込み、窓の向こうから、すでに動き始めている街の喧騒《けんそう》が聞こえてきた。

「ゆ、夢か……。そうだ、夢に決まってる。ツキちゃんが日野鬼なんかを好……す、すいとんとかスパゲティとか、そんなことあるわけない……」

薄暗い部屋に、虚《むな》しい独り言が響く。

日野鬼が、陽斗の挑発に応じて実家の押しかけ女房となってもう二週間。故郷の秘境ぶりをよくわかっている陽斗は、都心部郊外の生活さえ不便なだけだといって小馬鹿にしていた日野鬼のことだから、村の生活なんてすぐに逃げ帰ってくるに違いないと思っていた。

それなのに、未《いま》だ日野鬼が東京に戻ってきたという連絡はないまま、あの憎い男は連夜陽斗の夢の中に現れては、可愛い弟と楽しげな生活を見せつけてくるのだ。

陽斗は頭を抱えた。

双子のせいかなんなのか、陽斗と月斗は、お互いが見ているものの片鱗《へんりん》を夢で見ることができた。幼い頃は誰だって兄弟とはそういうものなのだと思っていたほどだ。

だから、さっきの夢の正体が何か、陽斗は本当はわかっている。

月斗が、日野鬼に見とれ、日野鬼の言葉に心揺さぶられ、あまつさえ好きとまで言いかけているあの光景は、遠い空の下の現実の片鱗だろう。

「うう……日野鬼なんか嫌いなのに、うきうきした月斗の気分が伝染してて、気持ち悪くなってきた」

観念してベッドから抜け出ると、陽斗は洗面所に向かい何度も顔を洗う。

性格の違いかなんなのか、月斗の見る陽斗の夢は、陽斗が腹を立てた話ばかり。逆に、陽斗が見る月斗の夢は、いつもふわふわと楽しかったり幸せな出来事ばかりだった。

大好物のチラシ寿司が夕飯だったとき。蚕がたくさん繭《まゆ》になったとき。マルベリーがとびきり甘い夏。水ごりのための池を泳ぐアメンボ。

その都度幸せいっぱいだと言わんばかりの月斗の感情が陽斗の中に流れこみ、そして陽斗は、深い罪悪感を抱いて目を覚ます。

自分はいつまで、不遇な人生を送る弟の夢を見続けるのだろうか。明日も、来年も、十年後も……おじいさんになっても？　その疑問は、一人自由に外の世界で暮らしていても、いつも重たく陽斗の背中にのしかかっていた。

それなのに、ここ数日の月斗の夢の明るさはどうだ。

日野鬼の作った変なおにぎりをチラシ寿司より喜んで、水ごりから帰る夜道も、日野鬼が待っているからとやけにはしゃいでいる。

嬉しそうで幸せそうで、その想いはいずれ、蚕様の石杭に定められた枠の中から溢れ出てしまいそうな勢いだった。

まるで監視するように、いつも自分たちの生活の傍らにいた石杭。それを日野鬼が蹴倒したのを夢で見たとき、陽斗はこの喜びが、月斗の感情なのか、それとも自分の感情なのかわからなくなってきた。

洗面所の鏡に自分の顔が映っている。月斗そっくりの陽斗の顔。

この顔が、日野鬼の一挙手一投足を見つめては幸せそうに緩んでいるのか。

「……不愉快だ」

そう口にしてみたが、いつものように日野鬼への暴言は特に思いつかなかった。

それからも陽斗の夢には何度も月斗の感情が押し寄せた。

自分が考えているのか月斗が考えているのかもわからぬ思考の海にたゆといながら、陽斗は月斗となって、その夜も養蚕《ようさん》に疲れた体を、布団の中で休ませていた。

田舎の夜は真っ暗すぎる、と日野鬼は怒るが、夜目がきく月斗は、こうして抱き合って眠る布団の中の日野鬼の顔がうっすらと見える。

高い頬骨から、顎へのなめらかなライン。長い睫《まつげ》をそっと指先でつつくと、むっと眉をひそめられてしまうが、その無意識の表情が可愛らしい。月斗の腰にからみつく日野鬼の腕は華奢なのに力強く、彼のおかげで、最近夜はいつも暖かだ。

体も、心も。

「おきぬさん、やっぱり、日野鬼さんみたいな人が、俺なんかのところにずっといちゃ駄目だと思うんだよな。一日も早く、街に帰してあげたほうがいいに決まってる……」

日野鬼が嫁に来た最初の頃こそ本気でそう思っていたが、最近は自問自答の声も弱々しい。腕の中で日野鬼が身じろいだ。その体の重みに、月斗の胸はざわつく。

月明かりの下の、日野鬼の痴態が嫌でも蘇《よみがえ》った。

あの熱情を思い出すように月斗は日野鬼の腰から尻へと、手を移動させる。いけないことだと思いながらも、薄い浴衣ごしに触れた柔らかな肉の感触に、欲望がうずいた。

そっと指先に力を籠める。その反動のように、ぴくりと腕の中で日野鬼の瞼《まぶた》が震え、月斗はたまらなくなって吐息をこぼした。そして、そろそろと日野鬼の額に自分の額を擂《す》り寄せると、日野鬼の頬に触れるか触れないかのキスをする。

ささやかな接吻が、胸が苦しくなるほど心地よいものだったなんて、日野鬼が村に来てくれなければ一生知ることはなかっただろう。

「おきぬさんごめん。俺、もう繭の中にはいられないや……」

日野鬼を笑顔にしたい。安心させてやりたい。喜ばせたいし、共にありたい。

この想いが深まれば深まるほど、月斗は自分が「おきぬさん」のもとを離れる日が近づいてくるのを感じていた。

それはとても恐ろしいことで、けれども、決して逃げたくない、脱皮の日なのだ。

もう一度、月斗は日野鬼にキスをしようとした。口にしても、いいかな？　そんな欲望にどこからともなく「やめろ、日野鬼の口の悪さがうつる！」という思考が入り混じり、はっとなって月斗……いや、陽斗は目を開いた。

さっきまで間近にあったはずの日野鬼の顔が掻き消え、視界に東京の自宅が広がる。

身を起こすとベッドの上。スーツ姿のままだと気づき、陽斗は帰宅直後、疲労に負けてベッドに突っ伏したことを思い出す。

「あ……また夢……駄目だ。なんかもう……日野鬼まみれの夢に慣れてきた気がする……」

がっくりとうなだれ、陽斗は嘆息した。

あの二人に何があったか知らないが、満月の夜以来月斗の心はやけに前向きで、日野鬼への想いは片思いというよりも、もはや恋人同士の甘い決意のような雰囲気になってきている。

直視したくないものを延々見続けさせられる拷問のような夢に、そろそろ陽斗の嫌悪感も麻痺しかけていた。

明日もきっと、似たような夢を見るのだろう。寝るのが嫌になる。

だが現実は、それほど呑気な状況でもなかった。会社のほうも暗雲が立ち込めているし、村も日野鬼という異分子を優しく受け止め続けてくれるとは思えない。いい加減、日野鬼を東京に連れ戻さないと。そう思うのだが、あの二人の邪魔をするようで、いつも電話一本さえ躊躇《ちゅうちょ》してしまう。

陽斗は、ネクタイをほどきながら、ベッドに放り出していた郵便物を手にとる。光熱費の引き落とし通知だ。もう前回の支払いから一か月経ったのか、と溜息を吐いた陽斗は、しかしその中身を見たとたん悩み顔が引きつった。

光屋家の水道高熱費は、長男なのだからという根拠のよくわからない理由から陽斗が払っている。その支払金額が、いつもと違って多い。それも、ゼロ一つ多い。

「……日野鬼ぃー！」

そうだった。あの男に、田舎暮らしなんてできるはずがなかったのだ。やることがないからといってテレビをつけっぱなしにしたり、風呂を何度もわかしたり、そういうことを、して、して、しまくっているに違いない。

何が夢だ、二人の邪魔だ、知ったことか。あの男は首に縄つけてでも連れて帰らねば、自分の銀行口座が死んでしまう。

かくして陽斗は、夜が明けるとすぐに三年ぶりの故郷へと出立したのだった。

あとがき

はじめまして、黒枝りぃと申します。

薄暗い村の風習。双子。処女しらべ。夜のお堂と水ごりの儀式……目いっぱい盛りあげ要素を盛り込んでおきながら、そんな村の空気を鬼嫁が踏んづけてやる。みたいな花嫁物語となりましたが、お楽しみいただけましたでしょうか。

作中の九割ほどが、秘密の村での嫁生活でしたが、かくいう私は都心生まれの都心育ち。田舎事情には疎いので、小説を書くにあたって、地方に縁のある幼馴染二人にいろいろ聞かせてもらいました。

レストランで夕食がてら、情報打ち込み用にパソコンも用意して、気楽なおしゃべり。……の、はずが、盛りあがりに盛りあがった、幼馴染の田舎トークはとどまるところを知らず、小説執筆が勢いに乗っているときでさえこんな指の動きできない！　と悲鳴をあげたくなるほど、ネタをタイピングし続けるはめになりました。

田舎生活は奥が深いですね。

夜闇も怖い。虫も怖い。静けさも怖い。山鳴りも近所づきあいも怖い。という私には、普通の体験談もホラー映画のあらすじと紙一重でしたが、たっぷり情報を吸収したあと帰宅すると、裏手の駐車場で罵声が響きわたり、パトカーの赤色灯が我が家のカーテンを赤く染めたので、どこにいても怖いことに変わりはないなと思いました。

皆様も日常に潜む危険にはご注意ください。

ちなみに作中の月斗は、パトカーを夢やテレビで見たことはあるけど、実物を初めて見たら、処女しらべ事件を思いだし、逮捕されるかも、と青くなるタイプだと思います。


今回、駒城ミチヲ先生にとても素敵な月斗と日野鬼を描いていただけました。書きたいものを書くのにいっぱいいっぱいだった中、二人が笑顔で抱き合う表紙のラフを見せていただいたときは「この二人がこんなに幸せになって！」と感動しました。太陽いっぱい浴びて育った月斗と、いかにも都会っこな鬼嫁はイメージ通りで、あらためて、二人末永く幸せになってほしいと思えました。ありがとうございます。

そして、担当様には大変お世話になりました。内容、タイトル、その他もろもろ、ご迷惑をおかけしたことばかり思い出してしまいますが、ここまで辿りつけたのも、担当様のおかげです。本当にありがとうございました。今後も精進いたします。


最後になりましたが、読んでくださった方へ。

この作品をお手にとってくださってありがとうございました。

またお会いできる機会が巡ってくることを、心から願っています。

黒枝りぃ

✦初出　秘密の村に嫁いでみました。……………書き下ろし
秘密の夢にほだされてみました。………書き下ろし

黒枝りぃ先生、駒城ミチヲ先生へのお便り、本作品に関するご意見、ご感想などは
〒151-0051 東京都渋谷区千駄ヶ谷 4-9-7
幻冬舎コミックス　ルチル文庫「秘密の村に嫁いでみました。」係まで。

幻冬舎ルチル文庫

秘密の村に嫁いでみました。

2014年6月20日　第1刷発行

✦著者	黒枝りぃ　くろえ りぃ
✦発行人	伊藤嘉彦
✦発行元	株式会社 幻冬舎コミックス 〒151-0051 東京都渋谷区千駄ヶ谷 4-9-7 電話 03(5411)6431［編集］
✦発売元	株式会社 幻冬舎 〒151-0051 東京都渋谷区千駄ヶ谷 4-9-7 電話 03(5411)6222［営業］ 振替 00120-8-767643
✦印刷・製本所	中央精版印刷株式会社

✦検印廃止

ISBN978-4-344-83159-9　C0193　Printed in Japan